NOM▲DES
Les littératures du monde

De la même auteure

Romans

SÉRIE COUP SUR COUP

Coup sur coup, Tome 3 – Coup de maître, Éditions Québec Amérique,
  coll. Tous Continents, 2015.
Coup sur coup, Tome 2 – Coup d'envoi, Éditions Québec Amérique,
  coll. Tous Continents, 2014.
Coup sur coup, Tome 1 – Coup de foudre, Éditions Québec Amérique,
  coll. Tous Continents, 2014.

SÉRIE POUR LES SANS-VOIX

Pour les sans-voix, Volet 3 – Une place au soleil,
  Éditions Québec Amérique, coll. Tous Continents, 2013.
Pour les sans-voix, Volet 2 – Paysages éclatés,
  Éditions Québec Amérique, coll. Tous Continents, 2012.
Pour les sans-voix, Volet 1 – La Jeunesse en feu,
  Éditions Québec Amérique, coll. Tous Continents, 2011.

SÉRIE AU BOUT DE L'EXIL

Au bout de l'exil, Tome 3 – L'Insoutenable vérité,
  Éditions Québec Amérique, coll. Tous Continents, 2010.
Au bout de l'exil, Tome 2 – Les Méandres du destin,
  Éditions Québec Amérique, coll. Tous Continents, 2010.
Au bout de l'exil, Tome 1 – La Grande Illusion,
  Éditions Québec Amérique, coll. Tous Continents, 2009.

Mon cri pour toi, Éditions Québec Amérique, coll. Tous Continents, 2008.

SÉRIE D'UN SILENCE À L'AUTRE

D'un silence à l'autre, Tome III – Les promesses de l'aube, Éditions JCL, 2007.
D'un silence à l'autre, Tome II – La lumière des mots, Éditions JCL, 2007.
D'un silence à l'autre, Tome I – Le temps des orages, Éditions JCL, 2006.

Jardins interdits, Éditions JCL, 2005.

Les Lendemains de novembre, Éditions JCL, 2004.

Plume et pinceaux, Éditions JCL, 2002.

Clé de cœur, Éditions JCL, 2000.

Contes

Contes de Noël pour les petits et les grands, Éditions Québec Amérique,
  album, 2012.

Récit

Mon grand, Éditions JCL, 2003.

Au bout de l'exil

Tome 3 – L'Insoutenable Vérité

Conception graphique : Nathalie Caron
Révision linguistique : Diane-Monique Daviau et Claude Frappier
En couverture : illustration de Polygone Studio

Québec Amérique
329, rue de la Commune Ouest, 3ᵉ étage
Montréal (Québec) Canada H2Y 2E1
Téléphone : 514 499-3000, télécopieur : 514 499-3010

Nous reconnaissons l'aide financière du gouvernement du Canada par
l'entremise du Fonds du livre du Canada pour nos activités d'édition.

Nous remercions le Conseil des arts du Canada de son soutien. L'an dernier, le Conseil a investi 157 millions de dollars pour mettre de l'art dans
la vie des Canadiennes et des Canadiens de tout le pays.

Nous tenons également à remercier la SODEC pour son appui financier.
Gouvernement du Québec – Programme de crédit d'impôt pour l'édition
de livres – Gestion SODEC.

**Catalogage avant publication de Bibliothèque et Archives
nationales du Québec et Bibliothèque et Archives Canada**

Duff, Micheline
Au bout de l'exil
Nouvelle édition.
(Nomades)
Édition originale : 2009-2010.
Sommaire : t. 1. La grande illusion -- t. 2. Les méandres du destin --
t. 3. L'insoutenable vérité.
ISBN 978-2-7644-3093-4 (vol. 1)
ISBN 978-2-7644-3094-1 (vol. 2)
ISBN 978-2-7644-3095-8 (vol. 3)
I. Duff, Micheline. Grande illusion. II. Duff, Micheline. Méandres du
destin. III. Duff, Micheline. Insoutenable vérité. IV. Titre. V. Collection :
Nomades.
PS8557.U283A9 2016   C843'.6   C2015-942262-0
PS9557.U283A9 2016

Dépôt légal, Bibliothèque et Archives nationales du Québec, 2016
Dépôt légal, Bibliothèque et Archives du Canada, 2016

Micheline Duff

Au bout de l'exil

Tome 3 – L'Insoutenable Vérité

NOM▲DES

Tant que des femmes pleureront, je me battrai.
Tant que des enfants auront faim et froid,
je me battrai.
Tant qu'il y aura un alcoolique, je me battrai.
Tant qu'il y aura dans la rue une fille qui se vend,
je me battrai.
Tant qu'il y aura des hommes en prison, et qui
n'en sortent que pour y retourner, je me battrai.
Tant qu'il y aura un être humain privé
de la lumière de Dieu, je me battrai.
Je me battrai,
Je me battrai,
Je me battrai.

William Booth,
Fondateur de l'Armée du Salut

*À Audette P., pour sa générosité,
son courage et ses précieuses confidences.*

Résumé du tome 2 – Les Méandres du destin

Joseph Laurin, après avoir mis le feu à un hôtel et pro-féré des menaces de mort, est condamné à dix ans de prison. Camille, la plus jeune des sœurs Laurin, demeure à Colebrook jusqu'à la mort d'Angelina tan-dis que sa sœur Anne épouse le journaliste Pierre Forêt établi à Lowell. Quant à l'aînée, Marguerite, elle vit un amour secret avec le vicaire Antoine Lacroix. À cause de non-dits, de malentendus et de la mauvaise foi du curé Garin, personne, pas même Antoine, ne saura que l'enfant de Marguerite, qui viendra au monde à Montréal, est le fils du prêtre.

Pendant son séjour à l'hôpital de la Miséricorde, la jeune femme se lie d'amitié avec le docteur Rémi Beaulieu et sa femme Éva. C'est aussi à cet endroit qu'elle fait la connaissance de Béatrice, fille-mère de quinze ans qu'elle sauvera du suicide et à qui on recommande fortement de donner son fils en adop-tion. Après la naissance d'Emmanuel, Marguerite se ressource pendant quelques semaines chez la mère du docteur Beaulieu, puis est embauchée comme institu-trice privée dans une riche famille anglophone de l'ouest de la ville, les Greenberg.

Lors d'une visite à Lowell, au cours de l'été 1888, Marguerite retrouve, grâce à sa sœur Anne, son bel Antoine, défroqué et devenu pasteur protestant. Après leur mariage secret dans les fondations de l'église Saint-Jean-Baptiste en construction, le couple prendra promptement le train pour Montréal, non sans avoir promis à Camille de la faire venir incessamment, en raison de la tentative d'agression sexuelle de Paul Boismenu, le mari de Rose-Marie, chez qui l'adolescente travaille comme bonne d'enfants. Anne les regardera partir en soupirant, après leur avoir annoncé qu'elle-même se trouve enceinte pour une deuxième fois.

1

— Attends-moi ! Tu vas trop vite, je n'arrive pas à te suivre !

Antoine se retourna avec un air désolé. Encore une fois, il prenait les devants en oubliant que son rythme naturellement athlétique coïncidait mal avec celui, plutôt lent et laborieux, de sa bien-aimée. Surtout en raquettes. Et surtout sur une pente ascendante.

Le regard que Marguerite lui lança, à la fois indigné et inconsciemment enjôleur, déclencha chez lui le plus divin des sourires. Ce qu'elle lui paraissait séduisante, ainsi attifée de vêtements d'homme ! Comme si le port d'un pantalon et de grosses bottes aiguisait sa féminité, ses longs cheveux châtains dépassant de sa tuque enfoncée jusqu'aux yeux, ses lèvres en forme de cœur et sa silhouette si gracile sous la veste de peau. Il ouvrit spontanément les bras pour qu'elle puisse s'y blottir.

— Ah ! Je t'aime tellement, toi, la plus mignonne, la plus merveilleuse des femmes ! Presque aussi adorable que les plus grandes saintes du paradis !

— Oui, mais moi, je n'ai pas la patience d'une sainte. Grrrr…

Le souffle court et les joues rougies par le froid, Marguerite se jeta contre son mari avec un tel élan qu'ils tombèrent tous les deux à la renverse dans la neige profonde avec un grand éclat de rire.

— Ah! mais tu veux me faire mourir, mon petit Tony!

Elle s'amusait parfois à l'interpeller de cette manière, souvenir de l'été précédent où le beau vicaire Antoine Lacroix, métamorphosé en pasteur protestant dénommé Anthony Cross, montait sur les tribunes pour prêcher l'Évangile selon les préceptes de l'Église baptiste. Bien sûr, en réintégrant le Canada, le prêtre défroqué avait repris son identité québécoise, mais le nom de Tony ravivait encore chez Marguerite son immense bonheur d'avoir retrouvé, dans un parc de Lowell, un certain après-midi de juillet, celui qu'elle aimait le plus au monde et qu'elle avait cru perdu à jamais.

Six mois déjà qu'ils vivaient ensemble, et elle n'en revenait pas encore. Il faut dire que depuis ce moment béni, il s'était passé tellement de choses. Après un long séjour dans la communauté protestante de Grande-Ligne[1], dans la région du Richelieu, ils étaient enfin de retour à Montréal, lui devenu officiellement ministre de l'Église baptiste du Québec et elle, nouvellement convertie au protestantisme par la force des choses.

Marguerite se mit à lancer de la neige à Antoine, une neige fine et poudreuse, jusqu'à ce qu'il réussisse à se tourner au-dessus d'elle et à lui couvrir le visage de baisers.

— Cette fois, je te tiens, vilaine! Tu vas mourir étouffée d'amour, ma chère. Et vlan! vers le purgatoire!

Marguerite eut l'impression que leur tumulte retentissait sur tout le mont Royal.

— Chut! S'il fallait qu'on nous découvre…

— Ben quoi? C'est le carnaval, non?

---

1. Village situé à une cinquantaine de kilomètres à l'est de Montréal, appelé aujourd'hui Saint-Blaise-sur-Richelieu.

— Pas pour des amoureux comme nous. La horde des Trappeurs[2] ne va pas tarder à nous rejoindre. S'il fallait qu'un curé fasse partie de leur club, ou de celui de Saint-Georges[3], ou de Saint-Charles[4]...

— Puis après ? Je connais très peu de prêtres à Montréal et, de toute façon, ma belle, les curés ne vont pas au carnaval.

— Et s'il passe un journaliste trop catholique ou trop curieux qui te reconnaît ?

— Oublie ça, Marguerite. C'est terminé, ces histoires de nous cacher, toi et moi. Nous sommes maintenant légalement mari et femme. Il va bien falloir t'y faire. Viens, descendons de la montagne et allons rejoindre la foule pour profiter plutôt de cette magnifique journée de congé.

Ce congé-là, ils le devaient à monsieur et madame Greenberg. Le matin même, après avoir signé un bail pour la location d'un logement de la rue Émery, disponible dans les prochains mois, ils s'étaient rendus chez cette riche famille de l'ouest de la ville où Marguerite avait fait office de gouvernante et de professeur de français après la naissance d'Emmanuel. Non seulement ils avaient l'intention de leur présenter fièrement Emmanuel, leur fils de onze mois, et de faire étalage de ses progrès, mais ils désiraient surtout rencontrer Camille, embauchée depuis son arrivée, au début du mois d'août, en remplacement de sa sœur auprès des cinq petits Greenberg.

L'été précédent, après leur départ précipité pour Montréal avec le bébé, au lendemain de leur mariage

---

2. Association sportive pour la pratique de la raquette.

3. Association sportive pour la pratique de la raquette.

4. Association sportive pour la pratique de la raquette.

secret à Lowell, Marguerite et Antoine avaient quelque peu tourné en rond dans les rues de Montréal. Même s'ils avaient enfin retrouvé le bonheur, l'urgence de réorganiser promptement leur vie les avait passablement ébranlés. Que désiraient-ils en réalité ? Où s'installer ? Existait-il une communauté baptiste francophone dans la métropole ? Comment gagner leur pain ? Où Antoine dénicherait-il un travail pour faire vivre sa famille ? Marguerite ferait-elle mieux de reprendre son emploi chez les Greenberg ou bien de s'occuper exclusivement du bébé et de son mari ?

Encore une fois, Rémi et Éva Beaulieu, les amis de Marguerite, s'étaient montrés d'un grand secours. Dès la première rencontre en couples, les nouveaux mariés avaient rappelé à leur mémoire la défection de l'ancien prêtre. Pas question de leur cacher la vérité. D'ailleurs, le médecin et sa femme ne s'étaient montrés ni surpris ni scandalisés, ils s'étaient même gardés d'émettre des commentaires. L'année précédente, Marguerite les avait déjà mis au courant de l'origine réelle du bébé au moment où elle se trouvait à la Miséricorde. Au contraire, Rémi, à peu près du même âge qu'Antoine, avait accueilli le pasteur avec une solide poignée de main.

— Bien content de savoir que tu nous ramènes définitivement Marguerite au Québec, mon vieux ! Mais si je peux te donner un conseil d'ami, mieux vaudrait ne pas dévoiler à la bonne société montréalaise ton abandon de la prêtrise. On porte jugement facilement, par ici.

Il avait raison. Pourquoi révéler au public un passé que le couple risquerait de traîner comme un boulet ? La page était tournée, il fallait repartir du bon pied dans la vie sans être constamment montré du doigt par le clergé ou gêné par les médisances des commères et le mépris des bien-pensants. Officiellement, Marguerite

Laurin revenait des États-Unis au bras de son mari et père de son enfant, le pasteur baptiste Antoine Lacroix, rencontré là-bas. L'ancienne appartenance de l'époux à l'Église catholique demeurerait un secret bien gardé. Le couple présenterait dignement son bébé, ce pauvre petit né au Canada pendant que son père se remettait, en Nouvelle-Angleterre, d'une grave attaque des poumons par le bacille de Koch, maladie qui avait failli l'emporter. Vérité à peine déformée, en réalité, car Antoine avait déjà, par les années passées, souffert de la tuberculose. C'était là la version modifiée de l'histoire de la petite famille Lacroix. Seuls leurs proches et leurs rares amis connaîtraient la vérité.

De plus, Rémi avait dirigé le couple passablement désorienté vers la bourgade agricole de Grande-Ligne où existait justement une institution baptiste : l'Institut Feller, fondé en 1836 par Henriette Feller, missionnaire suisse, assistée d'un jeune pasteur, Louis Roussy.

— Si je me rappelle bien, mon père fréquentait, il y a une quinzaine d'années, un certain monsieur Normandeau autrefois chargé de l'enseignement supérieur, puis directeur de cette école, et maintenant à la retraite. À l'époque, la haute qualité de l'éducation et des apprentissages qu'on y délivrait attirait même des élèves provenant de certains foyers catholiques. J'ignore si les choses ont changé aujourd'hui, mais si vous allez directement sur place pour vous présenter, je mettrais ma main au feu qu'on n'hésitera pas à retenir les services d'un jeune ministre diplômé en théologie et de sa femme, institutrice de profession. Une mine d'or pour eux ! Sinon, j'essayerai de retracer cet homme pour lui demander conseil.

Rémi n'eut pas à rechercher le fameux monsieur Normandeau. On avait engagé le couple sur-le-champ, et Marguerite s'était retrouvée dans l'obligation de remettre sa démission définitive au couple Greenberg. Elle se plaisait dans cette famille, pourtant, et elle s'était attachée aux enfants qui le lui rendaient bien. Avant de les quitter pour la vallée du Richelieu, elle leur avait présenté Antoine, ayant décidé de divulguer à monsieur et madame Greenberg son histoire d'amour avec lui. Elle leur devait bien ça ! Ces gens l'avaient recueillie, dépannée et prise à leur service sans lui poser de questions. Comme elle avait l'intention de continuer à les fréquenter, elle n'aurait pu supporter une relation imprégnée de dissimulation. C'en était fini des mensonges envers ceux qu'elle considérait comme des amis. Elle avait maintenant envie de fonctionner ouvertement et sans cachotteries.

À l'instar du docteur et de sa femme, les Greenberg n'avaient pas semblé impressionnés outre mesure par l'aveu de l'apostasie d'Antoine. La famille appartenait à l'Église méthodiste où, là aussi, le clergé avait droit au mariage. Au contraire, on avait accueilli le révérend Lacroix comme un grand fils, et il leur en avait su gré, lui qui avait perdu ses parents longtemps avant de connaître Marguerite.

Quelques jours à peine après leur arrivée dans la métropole, l'été précédent, Marguerite et Antoine avaient vu surgir Camille en catastrophe. Après l'agression sexuelle de Paul et à cause du logement trop exigu de sa sœur Anne, l'adolescente, sans emploi et sans autre moyen de survivre, avait dû quitter rapidement les États-Unis pour venir se soumettre à la tutelle de sa grande sœur.

Le destin avait bien arrangé les choses : la sœurette avait pu remplacer son aînée chez les Greenberg. Sur la forte recommandation de Marguerite, on avait embauché la jeune fille déjà expérimentée dans le soin des enfants à Lowell, chez les Boismenu. Malgré le fait qu'elle ne possédât pas de diplôme en enseignement pour aider les jeunes à améliorer leur français, Camille était parfaitement bilingue et, grâce aux enseignements de la Française Angelina, elle parlait un langage châtié autant en français qu'en anglais. Cela avait suffi pour séduire monsieur et madame Greenberg. De plus, elle dispenserait aux petits des cours de piano, discipline qu'elle maîtrisait à la perfection.

Évidemment, l'adolescente s'était sentie quelque peu décontenancée quand elle avait vu sa sœur et son beau-frère s'en aller définitivement à Grande-Ligne quelques jours plus tard. Mais Marguerite l'avait rassurée.

— T'en fais pas, Camille, il s'agit d'une situation temporaire. Une fois installés à l'Institut, on trouvera bien le moyen de te faire venir là-bas et de te procurer une activité intéressante pour gagner ta vie. Et… qui sait s'il n'existe pas une haute concentration de princes charmants dans la région !

Mais Marguerite faisait erreur. Elle n'avait pas prévu qu'après quelques mois d'entraînement à l'Institut Feller, la direction allait leur suggérer fortement de retourner à Montréal pour y fonder un centre baptiste francophone, compte tenu des grandes qualités d'initiative et de compétence de leur couple.

On obligea néanmoins Marguerite à se convertir à la religion baptiste. Cela n'avait déclenché chez elle que très peu de problèmes de conscience. Sa foi déjà boiteuse n'allait pas s'encombrer des différences qui séparaient l'Église protestante de l'Église catholique. De toute manière, comme Antoine, ses convictions l'attiraient davantage vers le protestantisme, qu'elle considérait comme plus humain et à l'esprit plus large, basé uniquement sur les préceptes enseignés dans l'Évangile. L'importance accordée aux femmes l'avait séduite d'emblée. Contrairement aux catholiques, les femmes de pasteur se devaient de jouer un rôle prépondérant dans l'exercice du ministère de leur époux.

D'ailleurs, elle aurait accepté de suivre son Antoine chéri n'importe où et dans n'importe quelles conditions. Et le fait qu'une certaine nuit, ils se soient épousés à Lowell dans les structures de l'église Saint-Jean-Baptiste, sous la bénédiction sacerdotale d'Antoine lui-même, donc par un sacrement valide, avait satisfait à ses principes moraux. Elle pouvait dorénavant vivre en femme mariée avec la conscience en paix. Dès leur arrivée à Montréal, les nouveaux époux avaient officialisé civilement leur union, et c'est comme mari et femme, parents d'un enfant, qu'ils s'étaient présentés aux autorités de l'Église baptiste franco-canadienne.

Pour l'installation d'un centre francophone dans un quartier de Montréal, l'Église baptiste prévoyait leur fournir un certain soutien financier. Il s'agissait d'abord de dénicher un local approprié. C'est ainsi qu'en ce jour enneigé de février 1889, Marguerite et Antoine avaient passé une grande partie de la matinée à la recherche d'un lieu convenable et suffisamment vaste pour loger leur petite famille. Ils prévoyaient l'utiliser pour l'exercice du culte, les dimanches et les jours de fête, et aussi dans le but de recevoir des élèves, adultes et enfants, pour l'enseignement gratuit du français les jours de semaine.

On avait trouvé l'endroit idéal en fin d'avant-midi, sur la rue Émery près de Saint-Denis. Dans l'arrière-cour d'un logement aux dimensions respectables, s'érigeait un très grand hangar désaffecté dont le coût d'utilisation était compris dans le loyer. Antoine, pourtant peu expérimenté en construction, avait toisé les murs du bâtiment de planches avec un air de connaisseur.

— Il suffira de poser un bon isolant pour parer aux grands froids et l'affaire sera dans le sac!

On venait de tomber sur l'endroit idéal dans un quartier populaire francophone et fort grouillant. Toutefois, en attendant de prendre possession des lieux, Antoine et Marguerite n'avaient pas le choix de retourner poursuivre leur œuvre à Grande-Ligne pour encore quelques mois.

Une fois le marché conclu, en ce dernier jour du carnaval d'hiver de la ville, le couple s'était donc dirigé, avec le bambin dans les bras, vers la résidence cossue des Greenberg, rue McGill. Contre toute attente, Camille avait très peu réagi en voyant arriver sa sœur. C'est à peine si elle s'était penchée sur son neveu qu'elle n'avait pourtant pas vu depuis l'été. Si Marguerite remarqua une vague morosité au fond du regard de sa cadette, l'agitation des jeunes Greenberg eut tôt fait de la distraire, et elle avait remis son questionnement à plus tard. Avant peu, elle serait davantage en mesure de s'occuper des états d'âme de Camille. L'annonce de leur décision de s'installer pour de bon à Montréal allait sûrement suffire à ramener la bonne humeur de sa jeune sœur.

Madame Greenberg, fort heureuse de cette visite impromptue, avait insisté pour que les jeunes mariés participent aux festivités du carnaval et s'était empressée de sortir deux paires de raquettes et des vêtements de sport d'une armoire.

— Prenez donc congé pour le reste de la journée, *my dear*! Et ne vous en faites pas pour votre petit *angel*, toute la famille va s'en occuper. Nous irons tous vous retrouver ce soir avec Camille et Emmanuel pour la clôture du carnaval. L'attaque du palais de glace est un événement à ne pas manquer, *you know*.

C'est ainsi que les deux tourtereaux se retrouvèrent sans leur rejeton, en cette fin d'après-midi, en train de s'embrasser, enfoncés dans la neige d'une pente douce du mont Royal. Après avoir minutieusement secoué leurs habits, ils dévalèrent le flanc sud de la montagne pour prendre ensuite le tramway hippomobile et se rendre au centre-ville, à travers les rues maintenant éclairées électriquement, en plein quartier Saint-Antoine où avaient lieu la plupart des festivités.

Les activités comprenaient des jeux et des mascarades sur patins, des promenades en traîneaux, des courses en raquettes, des glissades, des parties de curling, sans parler des réceptions et des banquets officiels. Cette année-là, tous les arcs, monuments et palais de glace portaient la marque du castor, l'emblème du Canada. Des conifères faisaient également partie du décor et ornaient rues et trottoirs.

Perdus dans la foule bigarrée, leurs raquettes sous le bras et main dans la main, Marguerite et Antoine n'avaient pas assez d'yeux et d'oreilles pour tout admirer, assourdis par les flonflons des fanfares et les cris de joie et d'encouragement des badauds regroupés autour des patinoires et des glissoires.

Au bout d'un certain temps, Antoine tiqua.

— As-tu remarqué, Marguerite, comme ça parle peu français autour de nous ?

— C'est connu, mon amour : les Canadiens français participent peu aux activités du carnaval conçues surtout pour les touristes et les riches anglophones qui peuvent se permettre de prendre congé. Les nôtres sont au travail. Ils n'ont pas suffisamment d'argent pour se procurer des billets de participation et ne possèdent pas non plus les équipements nécessaires. Il faut dire aussi que les principales manifestations se déroulent dans l'ouest de la ville, chez les anglophones. Malheureusement, le carnaval passe presque inaperçu dans les quartiers ouvriers.

— Sans parler du prêchi-prêcha de l'Église catholique qui a dû influencer les Canadiens français. Savais-tu, Margot, que, selon les bons curés, tu manques présentement aux principes élémentaires de la pudeur et que tu mets ta vertu en danger en t'habillant en homme pour te promener en raquettes ? Cette activité mixte n'a rien pour rassurer sur ta moralité, tu sauras ! Sans parler des risques que tu prends concernant ta frêle santé de femme. Regarde la patinoire Victoria, là-bas. Garde-toi bien d'aller y patiner, ma chère ! Que voilà une véritable occasion prochaine de péché ! Tous les prédicateurs en ont parlé dans les paroisses, la semaine dernière, d'après ce qu'on m'a raconté. Même les journaux l'ont répété, les uns endossant allègrement ces idées, les autres scandalisés par de tels propos.

Antoine se mordit les lèvres pour réprimer un sourire, trop content de ne plus se sentir associé à ces discours moralisateurs.

Vers les dix-neuf heures, tous se rejoignirent pas très loin du square Dominion. On s'était donné rendez-vous sous les fenêtres de l'hôtel Windsor. Les Greenberg s'y trouvaient au grand complet, le père, la mère et leurs enfants, de même qu'une Camille fort excitée tirant derrière elle, bien emmitouflé dans une couverture de fourrure au fond d'un traîneau, le petit Emmanuel profondément endormi malgré le vacarme environnant. La mine réjouie de sa sœur rassura quelque peu Marguerite.

L'apothéose du carnaval survint enfin, au grand plaisir d'une foule de près de cinquante mille personnes. Des centaines de raquetteurs se regroupèrent autour de l'énorme et magnifique palais de glace. À l'intérieur de la forteresse, une garnison de défense formée de miliciens et de pompiers s'installa dans les tours dont on barricada les portes. Au signal donné par un coup de canon pour le lancement d'une fusée lumineuse, les raquetteurs munis de pièces pyrotechniques se ruèrent sur les murs du palais. Les assaillants et les défenseurs se livrèrent bataille sous une pluie d'étincelles. Selon le scénario établi à l'avance, les assiégés finirent par capituler, et les raquetteurs, après leur invasion du palais, entreprirent une marche triomphale aux flambeaux vers le mont Royal pour y allumer un autre gigantesque feu d'artifice.

Serrée contre Antoine, Marguerite assistait à la fête avec des yeux éblouis. Mais, plus fracassant que le bruit des détonations, plus intenses que les pétarades enchanteresses sur le ciel sombre, plus retentissant que le tapage de la foule en délire, un grand feu de joie éclatait à l'intérieur d'elle-même. Une joie délirante et profonde, bouleversante et tout aussi impressionnante que le plus prodigieux feu d'artifice du monde. Une joie pourtant insoupçonnée par ceux qui l'entouraient. Une joie si intense, si immense, que Marguerite retint difficilement les larmes chaudes qui lui embrouillaient la vue. « Mon bel Antoine, tu es là, et l'avenir se dessine enfin concrètement devant nous. Ces explosions, ces feux, ces couleurs, ces clameurs, tout ce bruit ne sont rien à côté de l'incendie qui brûle dans mon âme pour toi, mon amour. »

Quand elle aperçut au loin le salut amical dont la gratifia Rémi, accompagné d'Éva et de leurs jumelles, la joie silencieuse de Marguerite atteignit son paroxysme. Le médecin était en train de soigner un pompier légèrement blessé à la jambe par une pièce pyrotechnique. Même les Beaulieu se trouvaient par hasard auprès d'elle en cette fantastique célébration de la joie. Quel bonheur !

À part sa sœur Anne, sans doute à la veille d'accoucher à Lowell en ce moment même, Marguerite Laurin se trouvait entourée de tous ceux qui comptaient pour elle. Ceux qui meubleraient dorénavant son univers. Manquait aussi Béatrice, la fille-mère en quelque sorte adoptée à l'hôpital de la Miséricorde lors de la naissance d'Emmanuel, et dont elle était sans nouvelles depuis quelque temps. Tous les autres, tous ceux qui l'aimaient et qu'elle aimait étaient présents en ce soir de fête. Son nouveau monde. Le nouveau monde de sa nouvelle vie...

Eux seuls savaient la vérité à son sujet et aucun ne l'avait jugée. On la respectait, on l'accueillait, on l'estimait. Tous feraient dorénavant partie de cette existence qui commençait en ce jour précis où Antoine et elle venaient de signer un bail pour s'installer à demeure à Montréal et se lancer, le printemps venu, dans une formidable aventure. Leur amour, éclos dans le remords et la clandestinité, leur amour si cruellement retenu, pourrait enfin éclater au grand jour comme ces feux d'artifice qui éclairaient la nuit. Sa nuit. Une nuit trop longue où elle avait erré trop longtemps... Depuis ce jour inoubliable où Rébecca, emportée par la mort, avait abandonné ses trois petites filles aux mains d'un père ingrat qui les avait entraînées au bout de l'exil. Elle avait alors treize ans...

Soudain, aux yeux de la jeune femme, ces merveilleux feux d'artifice, symboles de réjouissance, marquaient la fin de toutes ces années de misère. Le temps était venu de prendre racine ailleurs, dans une terre fertile dont l'homme de sa vie serait le jardinier. Le temps était venu de regarder en avant, vers un horizon rempli de soleil. Le temps était venu, enfin…

Monsieur Greenberg profita du tumulte pour offrir une gorgée de caribou à la ronde, « *to warm up* ». Si Antoine accepta allègrement d'y tremper les lèvres, les femmes refusèrent avec une grimace de dégoût. Marguerite se dit qu'elle n'avait pas besoin de cela pour se réchauffer.

Antoine devina-t-il l'état d'âme de sa femme ? Il s'approcha soudain et darda son regard bleu sur elle sans prononcer une parole. Il y avait des étoiles dans ces yeux-là. L'espace d'un moment, perdus dans la foule, les deux amoureux se sentirent seuls au monde. Elle sut alors qu'il partageait son euphorie.

À leurs pieds, Emmanuel dormait en toute innocence dans son petit traîneau.

2

Le nez collé contre la vitre, Anne regardait d'un œil distrait passer les piétons sur le trottoir d'en face. Dans quelques minutes, on frapperait à sa porte. Dix fois elle était retournée devant le miroir pour vérifier sa coiffure, ajuster son col et les plis de sa jupe. Dix fois elle avait fait le tour du logement imprégné d'un arôme de gâteau aux pommes renversé. Elle ne cessait de replacer un objet ou de s'assurer d'avoir éliminé le moindre brin de poussière sur les meubles. Le curé de la paroisse francophone Saint-Joseph de Lowell serait bien accueilli.

Le père Garin semblait la bouder depuis le départ d'Antoine et de Marguerite, à la fin de l'été précédent. À tout le moins en avait-elle l'impression. À la sortie de la messe du dimanche, au moment où il offrait une chaleureuse poignée de main à ses paroissiens sur le parvis de l'église, elle s'était aperçue qu'il détournait systématiquement les yeux sur son passage. Cette manigance maintes fois répétée ne semblait pas alarmer son mari Pierre qui n'y voyait que l'effet du hasard.

Mais aujourd'hui, monsieur le curé effectuait ses visites de paroisse dans la rue où ils habitaient et il n'avait pas le choix de venir la rencontrer. En dépit de l'absence de son mari, Anne s'était surpassée pour rendre sa maison propre et accueillante. Il fallait absolument mettre un terme à ce malaise et, sinon de faire véritablement le point sur certains sujets délicats, elle souhaitait à tout le moins casser la glace avec lui.

Hélas, du haut de sa fenêtre, elle vit avec stupéfaction le curé sonner chez la voisine de droite, puis vingt minutes plus tard chez la voisine de gauche, sans se présenter devant sa porte. Quoi? Le curé la fuyait au point de ne pas remplir son devoir de la visiter? Ainsi, elle ne se trompait pas, même si Pierre blâmait son imagination trop fertile. De toute évidence, le père Garin l'évitait volontairement. Pour quelle raison, elle se refusait d'y songer. Il la connaissait bien, pourtant, pour l'avoir hébergée au presbytère à quelques reprises, en compagnie de sa sœur Marguerite, durant leurs premières années aux États-Unis.

Afin de se rassurer, elle mit sur le compte d'une raison personnelle ce refus de venir chez elle précisément ce jour-là. Sans doute le prêtre voulait-il lui consacrer plus de temps qu'aux autres et reviendrait-il le lendemain ou un autre jour, tout gaillard et prêt à discuter de certaines choses avec bonhomie. De ces «certaines choses» dont elle se doutait avec appréhension et qu'en même temps elle tentait de repousser dans le déni.

Cependant, au bout de deux semaines, le prêtre ne s'était toujours pas présenté. Un bon matin, ne tenant plus en place, elle glissa l'argent de la dîme dans une enveloppe, installa sa fille Élisabeth dans son landau et, prenant son courage à deux mains, se rendit au presbytère. Il lui fallait tirer les choses au clair. La chance était au rendez-vous: elle tomba pile sur le père Garin, en train de travailler seul à son bureau. Elle le vit aussitôt pâlir avant de reprendre contenance et de redresser altièrement la tête.

— Mon père, je vous apporte ma dîme. Vous êtes passé tout droit devant notre porte, il y a quelques semaines, et vous n'êtes pas revenu. J'aimerais bien savoir pour quelle raison vous me fuyez de la sorte depuis quelques mois.

Le prêtre fit la moue, comme frappé de surprise. Sans doute ne s'attendait-il pas à autant de franchise.

— Je ne vous fuis pas, voyons! Qu'allez-vous chercher là? Quant à ma visite chez vous, il s'agit probablement d'une simple distraction de ma part.

— Ah bon. Je croyais…

— Ne croyez rien, mon enfant, je vous en prie. Euh… comment va votre sœur?

— Camille? Elle se porte très bien. Elle travaille maintenant à Montréal pour les gens chez qui Marguerite…

— Marguerite! Ah… celle-là! Toujours avec mon vicaire?

Anne se sentit ébranlée. Ainsi le père Garin était au courant, elle ne s'était pas trompée. À n'en pas douter, sa froideur méprisante provenait de là. En dépit de la fuite rapide des mariés, réfugiés à Montréal, quelqu'un avait probablement renseigné le curé au sujet de la liaison de Marguerite avec le père Lacroix.

— On vous a informé de… des aventures de ma sœur? Marguerite s'est convertie à la religion protestante, vous savez, et elle travaille actuellement à la propagation de l'Évangile avec son époux, le ministre Lacroix. Ils sont maintenant officiellement mari et femme.

— Le pasteur Cross, vous voulez dire. L'apostat…

Le père Garin se leva, manifestement énervé par la tournure de cette conversation qu'il aurait sans doute voulu éviter. Il s'appuya contre son bureau, directement en face d'Anne.

— Comme je vous trouve naïve, ma belle enfant! Il a suffi qu'un paroissien aperçoive votre sœur de retour de Montréal avec un bébé dans les bras et qu'un autre la voie prendre le train en compagnie du vicaire défroqué pour tirer facilement des conclusions. Un et un font deux, ma chère. Tout le monde à Lowell connaît maintenant cette sale et abominable histoire qui fait la honte de notre paroisse à travers tout le nord-est des États-Unis.

Sans s'en rendre compte, le curé, rouge de colère, se tordait la bouche et martelait fébrilement la paume de sa main de son poing crispé. D'abord assommée, Anne bondit à son tour, prête à affronter le curé dans un face-à-face rempli de hargne. Cet homme-là jetait la pierre trop facilement, et elle allait lui rappeler vertement les règles de la charité chrétienne qu'il avait le front de prêcher du haut de la chaire sans les pratiquer.

— Sale et abominable, dites-vous? Moi, je n'écoute jamais les cancans et j'ignorais que des ragots courent au sujet de ma sœur. Quel dommage! Les gens portent des jugements et répandent des médisances sur notre famille tout en m'évinçant de leur route exactement comme vous le faites. Et cela me donne la nausée, vous saurez, monsieur le curé! La nausée…

— Ne me tenez pas responsable de ces rumeurs, ma fille. Ce genre de nouvelles ne met pas de temps à se répandre comme une traînée de poudre, sachez-le!

Anne prit finalement le parti de se taire. Elle n'aurait jamais le dernier mot face à cet homme. Sans qu'elle le laissât paraître, les remarques du curé contribuèrent à approfondir la grisaille dans laquelle elle se trouvait déjà. Ainsi, les commérages allaient bon train dans son dos. Peut-être la traitait-on elle-même, à son insu, de « sœur de la débauchée »? Elle n'arrivait pas à y croire et se sentit soudain écrasée par un effroyable sentiment de solitude.

L'enfant qu'elle portait en elle perçut-il la détresse de sa mère ? Il ne cessait de bouger et Anne en éprouva un certain inconfort. « Calme-toi, mon tout-petit, rien de grave ne se passe. Tout va bien. » Elle porta instinctivement la main sur son ventre et toucha, au fond de sa poche, l'enveloppe froissée contenant la dernière lettre de Marguerite, cueillie au bureau de poste en route vers le presbytère. Non, tout n'allait pas si bien que cela.

Elle avait alors pris le temps de s'asseoir sur un banc de parc pour lire les deux courtes pages avant de sonner à la porte du père Garin. Enfin des nouvelles ! Hélas, autant elle et sa sœur vivaient autrefois en symbiose, autant Marguerite lui paraissait maintenant lointaine. Et cette distance relevait davantage du manque de partage sur leurs vies personnelles que des trois cents milles entre Lowell et Montréal. Comme à l'accoutumée, la lettre ne comportait aucun épanchement, aucune confidence ou effusion. Rien ! Que de stupides banalités ! Depuis belle lurette, l'aînée ne révélait plus ses états d'âme à sa sœur, sans doute trop accaparée par ses amours avec le beau pasteur. Du moins c'était l'interprétation qu'Anne donnait au mutisme buté de Marguerite depuis le tout début de sa relation avec Antoine.

Elle n'osait se l'avouer, mais elle souffrait de ce fossé qui ne cessait de s'élargir. À l'instant même où elle était tombée amoureuse d'Antoine Lacroix, la grande sœur avait brutalement pris des distances, et Anne se demandait bien quelles étaient les véritables raisons de ces silences, de cet éloignement qu'elle supportait difficilement. Introversion de la part de Marguerite ? Honte ?

Peur ? Habitude du mensonge ? Perte d'estime ? Manque de confiance ? Crainte que sa cadette ne répande à tout vent la nouvelle de cette relation inavouable ? Et si c'était simplement de l'indifférence ? Toutes ces lettres insipides et superficielles qu'elle recevait de plus en plus rarement en témoignaient…

Bien sûr, ce n'était pas l'attitude rébarbative du curé ni les qu'en-dira-t-on qui allaient lui faire regretter d'être allée, un certain après-midi de l'été précédent, retrouver le jeune pasteur en formation, Anthony Cross, sur l'estrade du parc de la Merrimack, pour lui annoncer qu'il avait un fils et que Marguerite Laurin l'aimait toujours. Sans ce geste fraternel, courageux et spontané, le pasteur Cross serait sans doute reparti, la tête basse, pour aller prêcher l'amour et le pardon évangéliques dans une autre ville de la Nouvelle-Angleterre. Et Marguerite serait retournée à Montréal, en solitaire avec son bébé, espérant pouvoir troquer son étiquette de fille-mère pour celle, mensongère mais moins honteuse, de veuve éplorée.

Anne avait été la première à se réjouir du mariage secret du couple interdit, même si leur liaison passionnée constituait la dernière chose à laquelle elle se serait attendue. Bien sûr, elle comprenait l'urgence de la fuite des amants vers Montréal. Anthony Cross, l'assistant du *preacher*, n'avait pas intérêt à se pavaner dans les rues de Lowell au bras de sa maîtresse, pas plus que Marguerite n'éprouvait l'envie d'exposer sa progéniture conçue hors mariage braillant dans les bras de son père, ex-vicaire de la paroisse Saint-Joseph. Tandis qu'à Montréal où nul ne les connaissait, le dramatique début de leur roman d'amour s'effacerait et tomberait dans l'oubli s'ils évitaient d'en entretenir le souvenir.

L'annonce de la nouvelle grossesse d'Anne, révélée à la dernière minute sur le quai de la gare de Lowell, ce matin-là, était pratiquement passée inaperçue dans l'effervescence d'un départ dont elle-même n'était pas la vedette. Marguerite et Antoine avaient à peine eu le temps de la féliciter du bout des lèvres, que déjà le train se mettait en branle. Et tant pis pour la bonne nouvelle!

Le terrible sentiment d'abandon ressenti alors devant le convoi qui disparaissait derrière les buissons en créant le vide derrière lui, ce désert infini qu'on appelle l'absence, la jeune femme ne l'oublierait jamais. Même après sept mois, elle n'arrivait pas à le décanter. «Ma grande sœur, pourquoi es-tu partie si vite et si loin?» Depuis la mort de Rébecca, Anne considérait sa sœur comme sa deuxième mère, en dépit de leur faible différence d'âge. Et elle ressentait toujours un vibrant besoin d'elle.

Quelques jours plus tard, c'était une Camille éplorée que le destin avait emportée à son tour vers le Canada. Cette fois, il fallait bien se l'avouer, ce départ avait constitué un certain soulagement pour les Forêt. Non que la benjamine fût difficile à vivre, mais le trois pièces et demie exigu où ils habitaient s'avérait nettement insuffisant pour loger deux époux, un bébé et une pensionnaire. Il reste que ce nouveau déchirement avait approfondi l'impression de vacuité dans l'esprit d'Anne. Elle avait alors commencé à remettre bien des choses en question.

Plus elle y songeait, plus elle se serait sentie prête à regagner le Canada avec mari et enfant afin de rejoindre Marguerite et Camille. Il lui importait plus que tout de tisser à nouveau les liens précieux qui avaient toujours existé entre les trois sœurs Laurin.

Quant à leur père, elle n'en recevait plus de nouvelles et avait donc mis une croix sur lui. Jamais Joseph n'avait répondu à ses lettres et, afin de réduire le désarroi produit par des attentes invariablement déçues, la jeune femme avait décidé de cesser de lui rendre visite à la prison et même de lui écrire. Elle avait gardé une certaine amertume de sa dernière rencontre avec lui en compagnie de ses sœurs, l'année précédente, alors qu'il ne les avait même pas reconnues. Elle n'irait plus. Surtout seule et enceinte. À la vérité, Joseph ne représentait plus rien pour elle. Qu'importe ce qu'il lui arriverait dorénavant. Si jamais il tombait malade et venait à mourir, les autorités du pénitencier conservaient son adresse sur une fiche. Elle l'apprendrait bien assez tôt. La petite Élisabeth, endormie dans son landau, se mit à geindre tout doucement comme si elle voulait ramener sa mère à la réalité. Le père Garin lui fit écho en toussotant légèrement.

Anne sursauta.

— Pardonnez-moi, mon père. J'étais dans la lune. Bon, nous avons dit tout ce qu'il y avait à dire, je crois. J'espère que vous n'allez pas me tenir rigueur pendant encore longtemps pour les gestes de ma sœur dont je ne suis nullement responsable.

— Mais je ne vous en tiens pas rigueur, allons !

— En tout cas, c'était mon impression. Au revoir, mon père.

— Au revoir, ma chère. Et que Dieu vous pardonne. Euh… vous bénisse !

Sur le chemin du retour, Anne sentit un nœud lui serrer la gorge. Une fois à la maison, elle tomba dans les bras de son mari rentré plus tôt qu'à l'accoutumée. Pierre l'écouta patiemment raconter sa pénible rencontre, mais émit peu de commentaires. Ce genre de situation le contrariait. La réputation de sa famille tout autant que la considération du curé Garin revêtaient de l'importance aux yeux du jeune homme en train de se bâtir une carrière de journaliste aux idées bien arrêtées, surtout au sujet de l'Église.

Anne renifla un bon coup.

— Pierre, je voudrais retourner vivre au Canada.

— Tu n'es pas sérieuse ? Il n'en est plus question, tu le sais bien. Nous avons décidé ensemble de vivre ici définitivement et d'y élever nos enfants. Pourquoi changer d'idée tout à coup ? À cause d'un curé un peu malcommode ? Tout va rentrer dans l'ordre, tu vas voir. Le temps arrange bien les choses…

— Savais-tu que toute la paroisse nous montre du doigt, d'après les dires du père Garin ? Mais ce n'est pas tant cela… Montréal m'attire à cause de mes sœurs. Marguerite me manque sans bon sens, Pierre. J'y songe depuis longtemps, tu sais. Très longtemps !

— Et tu me dis ça aujourd'hui, comme ça, tout bêtement ! Mais… nous avions convenu de demeurer aux États-Unis. Je ne peux plus partir, moi !

— …

— Il aurait fallu y songer avant, mon amour. Je me suis engagé à effectuer mon travail ici, maintenant. Qui sait si, un bon jour, je ne fonderai pas un nouveau journal dans la région ? J'y pense déjà, tu sais. Et compte sur moi pour me faire une place enviable dans notre société. Donne-moi seulement un peu de temps… De plus, il est question que *Le National* transporte bientôt ses quartiers généraux ici, à Lowell, et soit publié quotidiennement au lieu d'une fois par semaine. Je n'aurais plus à te quitter aussi souvent pour me rendre aux bureaux de Plattsburgh. Ce serait formidable, tu te rends compte ?

— Tu pourrais exercer ton métier à Montréal. Il existe sûrement des grands journaux là-bas aussi.

— Tu oublies que mon pays, c'est ici dorénavant.

Ainsi, Pierre n'accepterait jamais de rentrer au Canada comme tant d'autres le faisaient. Anne n'en douta plus. Aussi bien se faire à l'idée! Son mari était arrivé à Lowell en bas âge et si, à un certain moment, il était retourné au Québec avec sa famille pour y parfaire ses études, il s'était empressé de revenir, même seul, avec son diplôme en poche. L'ancien étudiant ne rêvait que d'une chose: pratiquer son noble métier aux États-Unis et y devenir célèbre parmi la francophonie. Pour le reste de ses jours, Pierre Forêt était et demeurerait l'archétype de l'émigré canadien-français installé à perpétuité aux États-Unis.

À la vérité, le mari d'Anne était plus Américain que Canadien, et il avait adopté sans trop s'en rendre compte le rythme de vie effréné de la cité industrielle. Mais il défendait les droits des Canadiens français avec la conviction d'un missionnaire. Et il mettait tout son cœur dans l'exercice de sa profession malgré les difficultés de la presse américaine-française, de son faible tirage et de sa qualité médiocre, en plus de son budget perpétuellement réduit. Rédacteur occasionnel pour des revues souvent dépourvues de moyens financiers tout en travaillant pour *Le National*, il s'acharnait à informer fidèlement ses concitoyens sur l'actualité régionale, nationale et internationale, dans une langue française mordante et de grande qualité.

Quelques mois auparavant, il était entré en campagne pour soutenir la candidature de son ami Hugo Dubuque comme représentant républicain à la législature du Massachusetts. Sans l'avouer ouvertement, il avait regretté que la relation entre Hugo et Marguerite n'ait abouti à rien. Il avait accueilli la victoire de l'avocat comme une réussite personnelle. Une récompense. Enfin les Canadiens français commençaient à prendre part au pouvoir chez les Américains! Sa réjouissance avait, à ce moment-là, semblé laisser sa femme indifférente.

— C'est là ma nourriture, Anne, et l'une de mes raisons de vivre. Tu ne t'intéresses donc plus à la politique?

La jeune femme, quelque peu amère, n'avait pu s'empêcher de rétorquer avec un regard corrosif:

— Je suis revenue de mes illusions! Ce pouvoir-là ne nous apportera pas de l'eau au moulin pour déménager notre famille dans un logement plus confortable, ni pour arrondir notre budget à chaque semaine, mon cher. La pauvreté, j'en ai assez! Je vis dans le concret, moi, pas dans les fantasmes et les beaux rêves!

Elle savait pourtant que son homme resterait toujours un idéaliste inquiet pour la survivance de son peuple face au danger d'une assimilation à la société américaine. Le puriste en lui refusait de voir la langue des siens s'entacher de plus en plus d'anglicismes. Le jour où il avait découvert dans un journal une annonce publicitaire indiquant qu'un «peddleur» pouvait livrer une certaine marchandise, mot emprunté à l'anglais *peddler*, il s'était créé des ennemis en protestant avec véhémence.

— On ne dit pas «peddleur», on dit «colporteur»! Bonne mère, où s'en va-t-on?

Il n'admettait pas que de nombreux parents de Lowell, préoccupés par l'avenir de leurs enfants dans un monde anglophone, souhaitaient fermement les voir apprendre la langue du pays d'adoption et les envoyaient à l'école publique au lieu de l'école paroissiale francophone. Par ses écrits exaltés sur la survie de son peuple, le journaliste se heurtait souvent aux autorités américaines soucieuses de favoriser l'intégration des Canadiens en leur imposant d'apprendre l'anglais. Au contraire, le journaliste prônait la reproduction exacte du modèle scolaire québécois axé sur le catholicisme et la culture française. Sa plus grande consolation était de voir des hommes d'affaires et des professionnels canadiens-français réussir à accumuler un petit capital. En effet, certaines élites telles que des médecins, des avocats, des notaires, des marchands s'installaient à demeure en Nouvelle-Angleterre et y faisaient fortune tout en préservant leurs valeurs et leur culture française.

Confinée à son rôle maternel et isolée dans son logement, Anne s'était repliée de plus en plus sur elle-même. Sans s'en rendre compte, l'ancienne vendeuse de chaussures, jadis sociable et engageante, avait perdu tout intérêt pour les affaires publiques qui accaparaient trop son mari. Maintenant coupée du monde, elle préparait la venue d'un autre bébé avec une certaine morosité.

Sa triste rencontre avec le père Garin n'améliora pas les choses, évidemment. Dieu merci, l'adorable Élisabeth contribua à sa manière à ramener la sérénité sur le visage de sa mère. Ce jour-là, en fin d'après-midi, elle l'emmena jouer au parc. Pour s'y rendre, elle dut passer devant une importante usine de textiles. Là, des femmes et des enfants restaient enfermés dix heures par jour, six jours par semaine. Dans son for intérieur, elle les plaignit et remercia le ciel de s'en être sortie à si bon compte. Jamais, pour tout l'or du monde, elle ne voudrait y retourner. Elle jura silencieusement à sa fille et à son futur enfant que, plus tard, ils n'auraient pas à travailler dans de tels lieux. Jamais! Leur mère y veillerait. Et cela devint primordial à ses yeux. Tant pis pour le reste!

Non, elle n'était pas seule, et elle s'en faisait pour rien. Son mari l'adorait et sa petite fille avait besoin d'elle pour grandir et se développer. Quoi demander d'autre à la vie? Bientôt, un autre enfant réclamerait soins et tendresse. Qu'importaient Marguerite, Camille et Joseph, qu'importait le curé, qu'importait le reste de l'univers? Anne Forêt avait une merveilleuse famille et elle n'avait pas le droit de laisser l'amertume gaspiller son bonheur. Elle avait un rôle à jouer. Un rôle important. Le rôle le plus important du monde: celui de mère. Comme Rébecca, autrefois…

Malgré son maigre salaire, Pierre réussissait à faire vivre sa femme et sa fille décemment. Bien sûr, leur couple ne connaissait pas l'aisance de leurs amis Rose-Marie et Paul Boismenu, devenus officiellement les Smallwood, au grand dam du journaliste. Mais Anne s'en fichait.

Pauvre Rose-Marie… La richesse n'avait jamais contribué à son bonheur. Même si Paul avait fait amende honorable après sa tentative d'agression sexuelle sur Camille, les relations continuaient de s'envenimer entre lui et Pierre, autrefois les meilleurs amis du monde. Il arrivait même que le journaliste cite méchamment Paul en exemple.

— En voilà un prêt à renier ses origines pour l'amour de l'argent. Se faire appeler Smallwood, peux-tu imaginer ça, Anne? Même sa famille compte moins pour lui que son maudit *cash*. Un traître! Sans parler du reste…

Si les deux hommes ne se voyaient presque plus, leurs épouses, elles, se donnaient rendez-vous une ou deux fois par semaine, histoire de piquer une jasette et de maintenir le moral. N'avaient-elles pas en commun le même passé misérable dans les usines de textiles et, à présent, les mêmes préoccupations de mères de famille ?

En réalité, Rose-Marie n'en menait pas très large. La plupart du temps, Paul la laissait seule avec les trois enfants. Leur somptueuse demeure faisait office de prison dorée, et Rose-Marie avait appris à la dure école que ni les tapis de velours, ni les tableaux de maîtres, ni les beaux atours, pas même la liberté que procure l'argent ne pourraient remplacer un mari aimant, fidèle et bon père de famille. L'automne suivant, son aîné serait en âge d'aller à l'école. À peine si le garçon connaissait son père, toujours en cavale et davantage préoccupé par ses affaires que par l'éducation de ses enfants. Les deux autres fils suivaient derrière, petits mâles pleins de vie qui auraient eu besoin d'un père plus présent comme modèle.

À les regarder vivre, Anne se disait qu'au fond, elle se plaignait le ventre plein. Ce soir-là, après le souper, une fois Élisabeth mise au lit, elle alla spontanément se blottir contre son Pierre en train de déchiffrer un billet à la lueur d'une lampe. Dans son esprit, elle envoya promener bien loin le père Garin, Camille, Marguerite et compagnie.

— Pierre, je t'aime.

3

Camille leva les yeux au ciel. Ce qu'elle la trouvait insignifiante, celle-là ! Comme le reste de la famille, d'ailleurs ! Dix fois qu'elle lui signalait le soupir[5] à la fin de la première ligne de la partition, et dix fois que la fillette l'oubliait et persistait à appuyer sur le *si* bémol jusqu'à la mesure suivante. La veille, c'était le petit frère qui, après des mois de cours de piano, n'arrivait pas encore à respecter de façon précise la durée des blanches, des noires et des croches. Cette fois, Camille n'en pouvait plus et se retenait difficilement pour ne pas lancer des jurons à la tête de cette niaiseuse de treize ans. Et des jurons en français, par-dessus le marché ! Des jurons qu'elle ne serait pas fichue de comprendre, cette Anglaise pas même capable de se concentrer sur la plus rudimentaire feuille de musique. Comment Marguerite avait-elle pu adorer ces cancres-là et se sentir heureuse parmi eux, Camille n'arrivait pas à se l'expliquer.

Le temps doux avait beau se pointer et les outardes traverser le ciel à grands coups d'ailes, la grande sœur et son mari n'annonçaient toujours pas la date de leur retour de Grande-Ligne pour prendre possession de leur logement de la rue Émery. La venue du couple en février,

---

5. Nom du silence de la durée d'un temps en musique.

au moment du carnaval, n'avait rien réglé à la détresse de la benjamine. À peine avait-elle approché son aînée une heure ou deux au milieu de la foule. Comment lui confier alors son écœurement ? Déjà le lendemain, Marguerite était repartie au bras de son beau pasteur avec des promesses imprécises de retour au printemps. Comme toujours, on avait relégué au second plan et remis à plus tard les problèmes de Camille Laurin. La « petite » n'avait qu'à se débrouiller !

Eh bien, la « petite » en avait assez d'enseigner le piano aux enfants Greenberg ! Et pas seulement le piano ! Le français parlé, et le français écrit, et l'histoire, et la géographie, en plus des problèmes de mathématiques auxquels ils ne comprenaient pas grand-chose. Elle non plus, d'ailleurs ! Sans parler de sa tâche d'occuper intelligemment leurs loisirs…

Ils avaient beau être riches, le génie ne ferait jamais exploser les cerveaux de ces enfants-là ! Voilà l'opinion que Camille entretenait à leur sujet. Sans doute s'avérait-elle la plus maladroite des gouvernantes et la plus médiocre des enseignantes. Un métier qu'elle n'aurait jamais choisi volontairement. Une chose était certaine : le courant ne passait pas entre Camille Laurin et les cinq petits Greenberg.

Marguerite, elle, tout en s'occupant de son bébé, avait réussi au contraire à se créer un univers douillet et confortable au sein de cette famille dont les enfants, considérés comme mal élevés et turbulents par Camille, semblaient incapables de fournir le moindre effort. L'adolescente se sentait décidément plus à l'aise auprès des tout-petits comme ceux de Paul et Rose-Marie Boismenu à Lowell, l'année précédente. Secrètement, elle admirait et enviait sa grande sœur pour la patience qu'elle-même ne possédait pas.

À la vérité, elle s'adaptait difficilement à sa nouvelle vie à Montréal, même après trois saisons. Une fois de plus, on l'avait parachutée sans la consulter dans un univers étranger auquel elle n'avait pas eu le choix de s'accommoder inconditionnellement. De toute manière, comment aurait-elle pu, seule et à seize ans, se débrouiller dans cette grande ville inconnue ? Son arrivée, l'été précédent, avait coïncidé avec le départ de Marguerite et Antoine pour Grande-Ligne. C'était à peine si les deux sœurs s'étaient vues durant quelques jours. Marguerite avait tout réglé : Camille la remplacerait chez les Greenberg sur une base temporaire en attendant d'aller rejoindre le couple là-bas.

Mais la jeune fille ne s'était pas leurrée. Et avec raison. Elle avait vainement espéré, au début, recevoir rapidement un avis de sa sœur l'invitant à déménager dans la région du Richelieu. Hélas, ses lettres restaient gentilles, mais plutôt impersonnelles, sans jamais émettre la volonté formelle de la tirer de sa condition. Jusqu'au jour où Marguerite, en visite au moment du carnaval, lui avait annoncé son intention définitive de revenir vivre à Montréal avec mari et enfant. Effarée, Camille s'était vue condamnée pour encore quelques mois à son emploi détesté de bonne d'enfants insupportables chez des gens trop exigeants, trop bourgeois, trop suffisants. Pire, Madame Greenberg ne cessait de la surveiller et de la manipuler comme sa propre fille, et ces sentiments maternels exacerbés étouffaient littéralement Camille. Cette femme s'imaginait-elle remplacer Angelina ou même Rose-Marie ? Cette dernière, durant le peu de temps que Camille avait passé chez elle à Lowell, l'année précédente, l'avait habituée à plus de respect et de considération. Et à plus de liberté.

Mais où aller en attendant le retour de Marguerite? Qui consulter? Camille n'avait pas le choix d'attendre l'arrivée promise du pasteur et de sa femme, au printemps, pour qu'on veuille bien s'occuper d'elle et l'aider à réorganiser une fois de plus son existence.

Parfois, elle se demandait pour quelles obscures raisons le destin la traitait de la sorte. Depuis son départ de Grande-Baie après la mort de sa mère, neuf ans auparavant, elle avait vécu la plupart du temps coupée de ses sœurs. Toutes ces années passées à Colebrook, chez Angelina et le docteur Lewis où on l'avait traitée comme une reine, mais d'où elle était sortie toujours boiteuse et en quelque sorte orpheline… Et plus tard, son embauche chez les Boismenu d'où elle s'était enfuie à la suite de l'agression de Paul… Tout cela l'avait tenue éloignée de sa véritable famille. Si de famille on pouvait parler! Une famille brisée, morcelée, éparpillée… et de plus en plus désunie.

Que dire de ces semaines catastrophiques écoulées, juste avant son arrivée à Montréal, dans le minuscule logement de sa sœur Anne, à dormir sur le vieux divan cabossé du salon en entendant, aux petites heures du matin, les pleurs d'un bébé qui ne faisait pas encore la distinction entre le jour et la nuit… Camille s'était pourtant réjouie, à ce moment-là, d'emménager enfin chez l'une de ses sœurs, malgré la promiscuité. On n'avait pas tardé, cependant, à l'évincer du décor et à la faire monter dans un train à destination du Canada sans lui demander son avis. Encore barouettée inconsidérément, la petite sœur!

N'existait-il pas de place au soleil pour Camille Laurin? Elle ne réclamait pas grand-chose de la vie, pourtant: une occupation intéressante et l'assurance qu'on ne la déracinerait pas une fois de plus. Et pourquoi pas un attachement affectif sérieux et sécurisant ? Au deuil de sa mère Rébecca et, plus tard, à l'éloignement de son père Joseph, avaient succédé la perte d'Angelina, puis le départ vers New York du docteur Lewis. Sans compter que, depuis bientôt dix ans, ses sœurs s'étaient mises à la considérer comme la benjamine lointaine, la « petite » que quelques rencontres par année suffisaient à rappeler à leur bon souvenir. Peu à peu, elle les avait vues s'éloigner d'elle, la connaissant de moins en moins, ignorant tout de ses états d'âme et des péripéties de sa vie. La petite « gâtée » d'Angelina vivait dans la ouate et ne manquait de rien, pourquoi s'en faire ? S'étaient-elles jamais doutées que la benjamine se languissait affreusement de ses sœurs ?

Les circonstances, et sans doute la destinée, en avaient voulu ainsi. Ses deux grandes sœurs avaient dû se battre pour survivre à la grande illusion de leur père, et il ne serait jamais venu à l'idée de Camille de leur en vouloir pour l'éclatement de leur famille. Mais Dieu sait que, parfois, elle aurait tout donné pour se sentir proche d'Anne et de Marguerite, et pour partager avec elles jusqu'à leur désarroi et la dureté de leur vie à Lowell.

Quant à Joseph, s'il l'appelait encore sa princesse, à peine l'avait-il reconnue, du fond de sa prison, les dernières fois où elle lui avait rendu visite. Princesse abandonnée, reniée et condamnée dans sa tour de solitude… Princesse de rien du tout, sans royaume et sans gloire. Princesse boitillante. Princesse sans amours et sans affection.

Heureusement, Béatrice était apparue dernièrement dans son existence. Au moment de son départ pour Grande-Ligne, l'été précédent, Marguerite lui avait fait connaître son amie dans des circonstances pour le moins bizarres. Tout d'abord, Emmanuel avait spontanément tendu les bras à cette jeune fille qu'elle avait présentée comme la marraine de l'enfant. En s'emparant du bébé, l'étrange Béatrice avait éclaté en sanglots. Puis, à son grand étonnement, Camille l'avait vue s'agripper au bras de Marguerite, au moment où elle montait dans le train, en la suppliant de ne pas l'abandonner là, platement, sur le quai de la gare. La femme du pasteur semblait incapable de la consoler. Effrayé, le bébé s'était mis à pleurer en même temps que Béatrice. De plus en plus de curieux se tournaient vers eux.

— On ne s'en va pas si loin, Béatrice. Trente-cinq milles de Montréal, ce n'est pas le bout du monde. Et je reviendrai de temps à autre. Il faut te montrer raisonnable, allons! Tu pourras prendre le train pour nous visiter quand tu voudras. Mais de grâce, essaye de te trouver un vrai travail au lieu de... de...

— Marguerite, je suis partie pour la famille.

— Dieu du ciel! Pas encore!

— C'est pour le mois de mars. Et cette fois, le voisin n'a rien à y voir. J'ignore qui est le père. Mon amie, je t'en supplie, ne me laisse pas tomber. Oh! mon Dieu...

— Il faut retourner à l'hôpital de la Miséricorde, ma chouette. Là, on va prendre soin de toi, tu le sais bien.

— Non, non, je ne veux pas y aller. Je veux rester avec toi. Cette fois, je veux garder mon bébé, tu comprends? Personne ne me fera changer d'idée. Si on m'en sépare comme l'an dernier, je vais en mourir, je te le jure. Et cette fois, je ne manquerai pas mon coup. Je vais trouver un crochet solide, tu vas voir...

Effarée, Camille avait vu Marguerite se passer la main sur le front en réfléchissant profondément. Ainsi, son aînée semblait avoir trois sœurs, deux légitimes, et la troisième, une adoptée encore plus malheureuse que les deux autres.

— C'est bon. Je ne vais partir que demain. On va régler tout ça maintenant.

Sans même quelques mots d'explication, Antoine, qui avait assisté à la conversation en silence, avait posé une main rassurante sur l'épaule de Béatrice. Puis, après un regard de connivence avec sa femme, il s'était aussitôt dirigé vers les guichets pour tenter d'échanger leurs billets pour le jour suivant. De son côté, Marguerite avait entraîné Camille et Béatrice vers l'extérieur de la gare.

— Si Antoine réussit à remplacer nos billets, nous allons rendre visite au docteur Beaulieu. Tu le connais, Béatrice, il aura sûrement une solution à nous proposer. Je ne vais pas t'abandonner comme ça, ma pauvre amie, tu le sais bien.

L'adolescente, complètement désemparée, n'avait pas réagi à ces bonnes paroles et avait continué de sangloter sous le regard d'une Camille abasourdie qui n'avait jamais entendu parler de cette fille.

Éva Beaulieu, suivie de ses deux turbulentes jumelles, était venue leur ouvrir. Son mari, Rémi, se trouvait présentement en fonction à l'hôpital mais il n'allait pas tarder à rentrer. La femme avait embrassé Marguerite et Béatrice comme de bonnes amies et avait serré chaleureusement la main du pasteur. À Camille, qu'elle rencontrait pour la première fois, elle s'était contentée d'un bienveillant signe de tête.

Marguerite avait rapidement expliqué la situation de Béatrice. Éva n'avait pu se retenir de manifester sa consternation en apprenant la deuxième grossesse de la jeune fille. Mais elle s'était aussitôt ressaisie.

— Écoute, Béatrice. Tu me sembles encore très en forme. Voici ce que je te propose : tu pourrais demeurer ici pour m'aider avec les jumelles et pour exécuter quelques menus travaux dans la maison durant les premiers mois de ta grossesse. Je suis certaine que Rémi serait content de cette initiative. Quand viendra le temps de la naissance, on te conduira à l'hôpital de la Miséricorde. Après, on verra. Ne t'inquiète pas. Si tu tiens à le garder, ce petit-là, on va t'aider. Viens, je vais te montrer la chambre libre, à l'arrière. Rémi s'en sert comme bureau à de rares occasions, mais ça lui fera sûrement plaisir de te la prêter momentanément.

Pleine de reconnaissance, Béatrice avait soupiré bruyamment, puis accepté la suggestion avec un certain empressement.

Marguerite n'avait pas prévu que, durant son séjour à Grande-Ligne, Camille et Béatrice se reverraient à de nombreuses reprises et développeraient une solide amitié. Le dimanche, les deux adolescentes d'à peu près le même âge s'organisaient pour faire coïncider leurs heures de congé afin de se retrouver soit sur les sentiers du mont Royal, soit dans le quartier des Greenberg ou dans celui des Beaulieu. Souvent, Béatrice entraînait Camille dans les cafés aux environs des rues Saint-Laurent et Sainte-Catherine, là où elle avait ses entrées, il n'y avait pas si longtemps. Ignorant maintenant celle dont la grossesse éclatait avec insolence, les hommes se tournaient vers la jeune Camille, malgré sa légère claudication, et ils ne se gênaient pas pour jeter un regard de convoitise sur la silhouette de la pétillante brunette à l'air des plus candides.

Ce jour-là, écœurée d'entendre piocher l'aînée des Greenberg sur le beau piano à queue du salon, Camille demanda la faveur de devancer ses heures de congé du dimanche. Elle s'en fut aussitôt sonner à la porte des Beaulieu dans l'espoir de se changer les idées auprès de sa copine. Éva insista pour que Béatrice prenne aussitôt congé.

— Va, va, je me débrouillerai bien toute seule. Profites-en, ça va te faire du bien de changer d'air ! Avant longtemps, si tu persistes à garder ton bébé, ce sera la tétée aux trois ou quatre heures, jour et nuit…

Les deux filles décidèrent d'aller prendre une boisson chaude dans un café de la rue Saint-Laurent. Un type se présenta soudain à leur table sans y être invité.

— Salut, mesdemoiselles. Comment allez-vous ?

Se tournant ostensiblement vers Camille, il lui tendit la main après s'être contenté d'un simple signe de tête envers Béatrice qu'il semblait bien connaître.

— Je me présente : Hervé Latour.

L'homme, dans la jeune trentaine, plut immédiate-ment à Camille. Cheveux blonds, teint basané, l'air mature de celui qui sait où il s'en va, il dégageait une sorte d'assurance tranquille qui fascina l'adolescente. Sans doute perçut-elle en lui la force virile sur laquelle elle cherchait inconsciemment à appuyer sa frêle exis-tence. Hervé sembla ignorer les coups d'œil méfiants lancés par Béatrice à sa copine et n'eut d'yeux que pour Camille. La jeune fille papillotait naïvement, riait plus fort qu'il n'aurait fallu, faisait du charme sans s'en rendre compte.

Soudain, Béatrice mit un terme à l'entreprise de séduction en se levant spontanément et en enfilant son manteau.

— Bon. Viens-t'en, on s'en va. Il se fait tard et je me sens fatiguée. Camille ? Bouge-toi, je te dis !

— Euh… Les Greenberg ne m'attendent pas avant six heures.

Béatrice se mordit les lèvres. L'innocente ne comprenait donc rien ! Ne flairait-elle pas la manipulation dont elle faisait l'objet ? Elle n'aurait jamais dû amener cette idiote dans ce quartier mal famé. Ce n'était pas une place pour les jeunes filles honnêtes et bien élevées. Trop de loups rôdaient dans les rues où des bars, des cabarets, des maisons de jeu ou de prostitution s'installaient petit à petit. Les aventures qui naissaient dans ce quartier, si elles procuraient momentanément une valorisation illusoire et une certaine manne dans le désert, ne menaient au bout du compte qu'à la déchéance ou à la pendaison au bout d'un crochet dans un dortoir sombre de l'hôpital de la Miséricorde. Béatrice se trouvait bien placée pour le savoir. Quelle idée stupide d'avoir entraîné jusque-là sa vulnérable amie !

— Viens-t'en vite, Camille, j'ai à te parler.

Hervé s'avança gentiment.

— Pourquoi ne resteriez-vous pas, mam'selle Camille ? Je vous raccompagnerai chez vous tranquillement, c'est promis. Et à l'heure que vous voudrez.

— T'en fais pas pour moi, Béatrice. Je vais demeurer sage. Dans deux heures, j'aurai repris mon travail, rue McGill. Ce que tu as à me dire peut attendre à dimanche prochain, non ?

— Camille, j'insiste. Et toi, Hervé Latour, fiche-lui la paix, tu m'entends !

— Voyons, la tigresse, calme-toi les nerfs ! Je vais pas la manger, ta copine ! C'est pas défendu de lui parler, quand même ?

— Camille, je t'en prie, viens-t'en… Bon. Comme tu veux. Mais j'aurais préféré faire un bout de chemin avec toi.

— On remet ça, d'accord ?

Béatrice fit la moue et lança un regard courroucé au charmeur. Puis elle se retira sans même saluer. Camille ne s'offusqua pas de cette attitude pour le moins insolite et, complètement conquise, préféra se retourner vers le séduisant adonis.

Quand Hervé Latour plongea ses yeux verts dans les siens en s'emparant de sa main, elle se sentit fondre littéralement. Jamais un homme ne lui avait porté autant d'attention et ne l'avait considérée de la sorte. En l'espace de quelques minutes, l'adolescente venait de se transformer en une femme belle et désirable. Et ravie.

— Parlez-moi de vous, ma chère Camille.

4

Marguerite regardait Antoine clouer des lattes de bois sur les murs intérieurs du hangar dans l'intention de fabriquer une double paroi qu'il remplirait ultérieurement de copeaux de bois. Cet isolant empêcherait l'air glacial de s'infiltrer durant les mois d'hiver. Resterait ensuite à installer un plancher de pin et un bon poêle, puis à trouver quelques tables et chaises, et le bâtiment serait enfin prêt à recevoir des fidèles pour l'office religieux du dimanche et des élèves pour les classes de Marguerite.

La jeune femme interprétait le vacarme produit par les coups de marteau comme des éclats de joie. L'homme de sa vie se trouvait en train de travailler à ses côtés, et plus jamais il ne s'éloignerait. Elle l'aimait jusque dans ses gestes. Sa façon de soulever les planches et de caresser le bois en se penchant légèrement, sa façon aussi de se concentrer, yeux plissés et langue entre les dents, en oubliant le reste de l'univers, tout cela la faisait sourire. Elle n'arrivait pas encore à croire qu'ils construisaient leur nid bien à eux, non seulement le refuge où ils vivraient leur amour et élèveraient leur famille, mais aussi leur lieu de travail où ils évolueraient tous les deux ensemble.

Ensemble… Une réalité au-delà de tout ce que Marguerite avait pu espérer, ces dernières années. Elle se rappelait encore l'instant précis où elle avait sonné à la porte de l'hôpital de la Miséricorde, l'année précédente, en pauvre fille sans le sou et seule au monde avec son gros ventre. À peine un an et demi plus tard, elle voyait son fils trottiner en riant auprès de son père. Quel contraste! Et au lieu de perdre patience, l'heureux paternel souriait à l'enfant avec une telle tendresse qu'elle en aurait pleuré d'émotion. La joie de vivre… enfin!

Ils n'avaient pas pris possession de leur logement depuis quatre jours que déjà Antoine, avec dans les poches une enveloppe remise par la collectivité protestante de Grande-Ligne, s'était attaqué à la grande remise de l'arrière-cour, en se donnant pour mission officielle de la convertir en salle communautaire. Cependant, il en arrachait avec les travaux de construction, Marguerite le voyait bien. Le mystique au pur tempérament d'intellectuel semblait plutôt malhabile de ses mains, mais il n'avait pas le choix de se transformer en ange de patience et de persévérance. En dépit de ses efforts, il lui arrivait de se tromper dans les mesures, d'égarer un outil ou de répandre sa boîte de clous par terre. La veille, il avait même réussi à se donner un coup de marteau sur un doigt. Elle aurait bien voulu l'aider davantage, mais Emmanuel, heureux comme un prince au milieu des dangers de ce chantier, requérait trop de surveillance.

Toutefois, devant le nombre presque nul de protestants dans ce quartier ouvrier francophone, Marguerite doutait que ce local devînt jamais un réel temple consacré au culte baptiste. Elle hésitait à s'incliner devant l'optimisme délirant de son époux sans manifester quelque inquiétude.

— On n'intéressera personne ici, Antoine. Surtout avec les homélies anti-protestantes prononcées par les prêtres catholiques dans toutes les églises de la ville. Selon eux, on représente le diable en personne !

— Ils viendront, Margot. Les fidèles et les nouveaux convertis viendront. Donne-moi deux ou trois mois pour en convaincre quelques-uns, et tu vas voir comme leur conversion va faire boule de neige. Et s'ils ne viennent pas à nous, nous irons à eux. La rue deviendra notre temple. Nous leur apprendrons à vivre l'Évangile malgré eux. Tu vas voir.

— Nous ne sommes pas aux États-Unis ici, ne l'oubliez pas, mon cher Anthony Cross ! Bonne chance pour convertir un catholique canadien-français convaincu !

— Ils ne pourront pas résister à l'attrait d'une religion aussi simple et proche de l'Évangile que la nôtre…

Elle lui enviait sa confiance inébranlable, mais en songeant à la foule qu'elle avait vue dans la rue Saint-Denis, la veille, se diriger allègrement vers la messe du dimanche de l'église Saint-Jacques située tout près, elle ne pouvait réprimer un certain scepticisme. Malgré cela, le ministre Lacroix, toujours souverainement sûr de lui, ne cessait de ressasser les mêmes arguments.

— La foi peut déplacer des montagnes, mon amour, et cette foi, je la porte en moi, tu le sais bien. Arrête donc de te tourmenter pour rien !

— Avec quel argent allons-nous vivre ? Cette subvention de Grande-Ligne ne me semble pas faramineuse…

— La Providence y pourvoira, t'en fais pas. Les gens font souvent des dons.

« Font des dons, font des dons… » Elle arrivait mal à y croire. Et quand ils n'en font pas ? Elle et Antoine en viendraient-ils à devoir quêter leur pitance pour le reste de leurs jours? Perplexe, elle tentait désespérément de s'appuyer sur la foi aveugle de son mari. De lui émanait une force d'une telle puissance! Une force transcendante qui transformait les êtres et les remplissait de lumière. Et qui donnait envie d'être meilleur. Cette force dont Marguerite prenait ombrage, elle qui avait simplement rêvé d'élever une grosse famille… L'argent n'était pas facile à gagner, et il faudrait sans cesse bûcher pour récolter le strict nécessaire, elle l'avait appris à la dure école de la vie. Et cela l'inquiétait.

De son côté, l'ex-prêtre autrefois torturé par le doute au sujet de sa vocation sacerdotale avait enfin trouvé sa véritable voie, et il s'y engageait à fond sans plus se poser de questions. L'heure était venue de passer aux actes. Antoine Lacroix vivait maintenant sans regrets et dans le présent, sans se soucier du futur. Il sèmerait la Bonne Parole, et cela lui suffirait. «Mon cher Tony flotte sur les nuages», affirmait souvent sa femme avec un sourire taquin légèrement teinté d'anxiété. Côté pratique et côté famille, Marguerite sentait que la responsabilité reposerait sur ses épaules à elle.

Si, après réflexion, elle avait accepté de s'impliquer corps et âme sur les traces de l'homme de sa vie, elle savait pertinemment que son engagement pencherait à l'évidence du côté de l'action, et non vers celui de la propagation de la foi. À l'Institut Feller, elle avait appris que l'Église baptiste représentait ses priorités sur les cinq doigts de la main. Le pouce incarnait la diffusion de la parole de Dieu par la Bible, l'index désignait la prière, le majeur figurait les rencontres communautaires et paroissiales, l'annulaire évoquait l'affirmation de soi comme témoin du Christ, tandis que l'auriculaire symbolisait la charité pratiquée avec humilité.

Marguerite avait opté pour l'auriculaire, car cela lui convenait davantage. La charité constituerait donc son domaine, et son homme s'occuperait des autres doigts. Le don de soi, ça, elle pouvait. À Grande-Ligne, elle avait consacré tout son temps à enseigner le français, et cela lui avait plu. N'importait-il pas de savoir lire pour découvrir les Saintes Écritures ? Faute de promouvoir l'Évangile et de se répandre en prières, Marguerite Laurin prêcherait par l'exemple et pratiquerait la charité chrétienne à sa manière, en instruisant généreusement les adultes et les enfants. Et elle se proposait de leur donner le meilleur d'elle-même.

Cette perspective l'enthousiasmait et la préoccupait en même temps. Là-bas, à l'Institut dont la renommée n'était plus à faire, les classes se trouvaient déjà formées, et on avait fourni au couple le logement et la nourriture. Mais comment organiser maintenant leur vie à Montréal ? Où recruter des élèves ? De quelle manière gagner leur croûte ? Pour l'instant, ils disposaient d'une somme suffisante pour la rénovation du hangar. Mais ensuite ?

Antoine avait suggéré à sa femme de distribuer des exemplaires de la Bible de porte en porte, selon la coutume protestante, et d'accepter tous les dons qu'on lui offrirait.

— Distribution de la Bible et alphabétisation vont de pair, ma chérie : tu leur donnes les textes sacrés et tu offres de leur apprendre à lire pour y comprendre quelque chose. Ça va marcher, tu vas voir. Ajoute à cela ma prédication dans les parcs, et l'affaire est dans le sac ! Ceux qui seront en mesure de te payer le feront, c'est certain. Pour les autres, on pratiquera l'amour du prochain, tout simplement. Songe à la femme de William Booth qui a fondé, avec son mari, l'Armée du Salut en Angleterre. Pourquoi ne nous lancerions-nous pas comme eux sur cette voie fantastique ?

Marguerite lui avait jeté un regard oblique. Jamais, l'année précédente, quand elle rêvait au bel Antoine, elle n'avait envisagé ce genre de vie. Enseigner le français, l'histoire, les mathématiques et même le catéchisme aux enfants dans une école reconnue, et avec un salaire assuré, oui. Mais vivre de la générosité des gens et faire gratuitement la classe dans une remise au fond d'une cour… Ouf ! Cela représentait un tout autre défi, et l'enthousiasme d'Antoine mit un certain temps à gagner sa femme.

Distraite par le tapage d'Antoine et d'Emmanuel batifolant dans un coin de l'atelier, Marguerite s'arrêta de peinturer sa planche. Le père avait laissé tomber ses outils et faisait tournoyer à bout de bras l'enfant qui riait à gorge déployée. Elle leur envoya un baiser de la main. Oui, elle pouvait croire au bonheur, même si la réalité présente ne ressemblait en rien à celle que son imagination avait dessinée sur le coin de son cœur aux instants de noirceur de sa pénible adolescence.

Elle s'approcha tranquillement d'eux en souriant.

— Dis donc, Antoine, nous voilà à Montréal depuis plusieurs jours et je n'ai même pas trouvé une heure pour rendre visite à Camille chez les Greenberg. Que dirais-tu si je te laissais, cet après-midi, pour aller remplir mon devoir de grande sœur ? Une petite visite surprise lui fera certainement plaisir. J'aimerais bien savoir comment elle va.

— Bonne idée, mon amour. Mais au lieu de rester ici, je vais faire un bout de chemin avec toi et en profiter pour aller tâter le terrain au carré Phillips.

Peut-être pourrais-je aller y prêcher, un bon dimanche matin. Savais-tu qu'il est question de déménager un grand magasin à rayons dans la rue Sainte-Catherine, juste au nord de cette place ? Ça va attirer du monde dans le coin, on en parle justement dans le journal de ce matin. Et puis, ça va nous faire du bien de sortir un peu d'ici. Cette poussière me tue.

— On pourrait arrêter chez les Beaulieu en passant, pour emprunter leur voiture d'enfant. Je pourrais y faire dormir Emmanuel. Après tout, Éva ne s'en sert pas pour le moment. Ni Béatrice. Pas encore, du moins, je ne pense pas.

Les jumelles Beaulieu accueillirent le pasteur et sa femme avec des cris de joie. Mais Marguerite remarqua une grande lassitude dans les yeux cernés de Béatrice, toujours en pension chez le docteur et sa femme, et dont la date d'accouchement approchait à grands pas. Marguerite ne put s'empêcher de prendre dans ses bras l'adolescente devenue énorme.

— Ma petite sœur d'adoption… Dis donc, ne va-t-il pas se pointer bientôt, ce petit-là ? Une semaine ou deux encore et on va lui voir la binette, n'est-ce pas ?

— Euh…

— Demain, dimanche, viens donc visiter notre *wigwam*, rue Émery, après la messe. Tu vas pouvoir admirer nos travaux dans le hangar.

— Vous exécutez des travaux ?

C'est Rémi qui avait posé la question. Rémi, le médecin, mais surtout le grand ami, l'homme noble et secourable que Marguerite considérait encore comme son sauveur.

— Si vous le permettez, Marguerite, Éva et moi irons aussi faire un tour chez vous demain, en même temps que Béatrice, histoire de voir où vous vous installez. Ces travaux de réfection m'intéressent beaucoup. Je ne suis pas le bricoleur le plus habile, mais j'aimerais bien vous donner un coup de main, si cela est possible.

— Quelle gentillesse! On vous attend donc avec plaisir et… merci pour le landau!

— Prenez-le pour quelques jours, en attendant que notre Béatrice l'utilise. Ça lui fera une chose de moins à se procurer. D'ailleurs, Éva est en train de lui constituer une magnifique layette…

Si elle ne s'était pas retenue, Marguerite aurait sauté au cou de ses amis. Elle savait bien que les Beaulieu ne laisseraient pas tomber Béatrice après la naissance de son bébé. Antoine, qui n'avait à peu près dit mot, se contenta d'acquiescer d'un signe de tête.

De toute évidence, l'approche de la naissance de son bébé tourmentait Béatrice. Une fois complètement remise sur pied, où nicherait-elle avec le petit? Sans travail et sans argent, sans abri… et un enfant orphelin de père sur les bras! Sans doute ne voudrait-elle pas continuer à encombrer la famille Beaulieu déjà bien assez charitable de l'avoir hébergée durant sa grossesse.

Marguerite frissonna. Chère Béatrice… si fragile, si démunie. Antoine devina-t-il le désarroi de sa femme? Une fois sortis de la maison, il la prit tendrement par les épaules.

— T'en fais pas, Margot, on va s'occuper de ta copine en temps et lieu. Je viens tout à coup d'avoir une bonne idée. Une incroyable et extraordinaire bonne idée. Tu vas être contente…

— Ah oui? Laquelle?

— On en reparlera plus tard, si tu veux. La rue McGill se trouve tout de même assez loin d'ici. Tu ferais mieux de t'y rendre tout de suite si tu veux rentrer pour le souper.

Quand le couple se sépara, Emmanuel dormait déjà à poings fermés dans le landau sous une épaisse couverture de laine. Près d'une heure plus tard, une Marguerite quelque peu essoufflée se présentait allègrement à la somptueuse résidence des Greenberg. Camille, au moins, ne se trouvait pas dans une situation aussi pénible que Béatrice. Elle avait de l'instruction et effectuait, bien en sécurité, un travail intéressant et rémunéré dans une famille sympathique. Elle possédait surtout un tempérament plus solide. D'ici quelques années, la plus jeune des Laurin rencontrerait probablement l'âme sœur, elle aussi, et elle fonderait son propre foyer.

La vieille gouvernante de la maison vint répondre. Marguerite la salua chaleureusement.

— Bonjour, Lucy. *How are you?* Je voudrais voir ma sœur Camille.

— Oh… elle n'est pas ici.

— Elle est sortie pour longtemps?

— Je… je ne sais pas.

— Et madame Greenberg, elle est là?

— Non, elle est partie en voyage avec son mari pour un mois. Ils visitent actuellement l'Angleterre. C'est moi qui ai pris la maison et les enfants en charge.

— Et ma sœur, elle va bien?

— *I don't know.* On ne l'a pas vue depuis trois ou quatre jours.

— Trois ou quatre jours! Êtes-vous sérieuse? Et elle est partie comme ça, sans prévenir? Mais il faut appeler la police pour signaler sa disparition, voyons!

— *Oh no, no!* Je ne vois pas la nécessité d'appeler les policiers à la rescousse, car c'est la deuxième fois qu'elle disparaît comme ça. Ne vous en faites pas, elle va finir par revenir. Exactement comme l'autre jour… *Don't worry, my dear!*

⤛⤜

Marguerite n'en dormit pas de la nuit. Le lendemain, lors de la visite des Beaulieu accompagnés de Béatrice, rue Émery, elle ne put s'empêcher de partager ses préoccupations au sujet de Camille. Elle vit aussitôt sourciller la future mère.

— Quoi? Camille n'est pas rentrée chez les Greenberg depuis plusieurs jours? Hum… je me demande si…

— Que veux-tu dire, Béatrice? Aurais-tu une idée de l'endroit où ma sœur pourrait se trouver?

— N… non. Ça ne me regarde pas! À son âge, elle peut bien gérer sa vie comme elle le veut.

— Camille est encore une petite fille naïve et sans défense, même si elle a ton âge, tu le sais autant que moi, Béatrice Larochelle! Ne me cacherais-tu pas quelque chose, toi, par hasard?

— Euh… En tout cas, je ne l'ai pas vue depuis un bon bout de temps, c'est tout ce que je peux te dire.

Les jumelles et Emmanuel s'en donnaient à cœur joie dans l'atelier. Rémi s'intéressa à la rénovation du hangar, donna son opinion, fit des suggestions et promit de venir participer aux travaux dès qu'il aurait un moment de libre. Éva, de son côté, conçut le projet de confectionner, dès la semaine suivante, des rideaux pour la demi-douzaine de petites fenêtres à carreaux de la remise et même pour celles de l'appartement des Lacroix, plus larges et donnant sur la rue.

Mais Marguerite écoutait tout cela d'une oreille distraite, dévorée d'inquiétude. Où Camille se trouvait-elle donc?

Malgré ses doutes au sujet de l'étrange réaction de Béatrice, elle soupçonna sa jeune sœur d'avoir pris la poudre d'escampette et d'être retournée aux États-Unis sur un coup de tête.

5

Marguerite retourna vainement chez les Greenberg dans l'espoir de retrouver sa jeune sœur. Au bout de deux jours, obsédée par le mirage du suicide manqué de Béatrice l'année précédente, elle retourna chez les Beaulieu pour questionner la future mère. Quelque chose lui échappait.

Qui sait si Camille, dans un moment de découragement, perdue seule à Montréal... Non, non, ça ne se pouvait pas. Camille la joviale n'aurait jamais songé à mettre fin à ses jours, voyons! Camille la joviale, mais aussi Camille la secrète, la silencieuse, celle que Marguerite connaissait mal, qu'elle n'avait rencontrée que de loin en loin depuis dix ans. Celle qui parlait rarement d'elle-même, celle qu'on avait secrètement enviée autrefois parce que dorlotée par Angelina, mais celle aussi dont on ne s'était guère soucié. Celle que Joseph – ou était-ce le destin? – avait retranchée de la famille sans lui demander son avis. Manipulée et déracinée insidieusement, la princesse! Et, ces dernières années, celle dont les grandes sœurs avaient géré la vie en négligeant de s'informer si leur façon de considérer les choses et d'agir à son sujet lui plaisait ou non.

On ne lui avait pas donné le choix d'aller travailler chez Rose-Marie, l'année précédente, puis de sortir brutalement de là à cause d'un Paul Boismenu trop entreprenant. Et on n'avait pas hésité, non plus, à l'envoyer à Montréal à la suite de son aînée. Et quelques jours plus tard, Marguerite, obligée d'accompagner son mari à Grande-Ligne, avait reçu comme une bénédiction du ciel le consentement des Greenberg à engager Camille sans même la consulter.

En y réfléchissant plus sérieusement, Marguerite se rappelait avoir récemment décelé quelques signes de nostalgie entre les lignes des courtes lettres de la jeune fille. Ne s'était-elle pas plainte, un jour, de l'arrogance des jeunes Greenberg ? Hélas, la grande sœur n'y avait pas porté attention, habituée depuis toujours de voir la princesse se plier de bonne grâce et sans protester à toutes les consignes. Quelqu'un avait-il songé qu'il fallait bien s'attendre, tôt ou tard, à une réaction de sa part ? « Rien de plus normal », se disait Marguerite. Mais de là à disparaître mystérieusement sans en aviser personne, il y avait une marge !

Elle ne tenait plus en place. Rien d'autre, maintenant, n'avait plus d'importance à ses yeux que la disparition subite de Camille. Ni Antoine, ni Emmanuel, ni leur installation dans le logement, ni les travaux du futur temple, pas même la lettre d'Anne gardée précieusement au fond de son sac et lui rappelant l'arrivée prochaine de son deuxième enfant. Pour l'instant, seule comptait l'urgence de retrouver sa petite sœur.

À la porte des Beaulieu, elle trépigna longtemps d'impatience avant que Béatrice ne vienne elle-même répondre d'un pas lent et pesant. Cette fois, c'est Marguerite qui s'effondra dans les bras de sa jeune amie.

— Le docteur Beaulieu et sa femme sont absents. Ils ne reviendront pas avant…

— Peu importe ! C'est toi que je viens voir, Béatrice. On a réellement perdu Camille, tu sais. Voilà maintenant six jours qu'elle n'est plus revenue chez les Greenberg. Et la domestique a constaté qu'elle a emporté la plupart de ses affaires avec elle. Je n'en peux plus de me morfondre. J'ai bien envie d'alerter la police, même si Antoine me conseille d'attendre encore un peu. Aurais-tu une idée de l'endroit où elle pourrait se trouver ?

Béatrice lâcha un juron et s'affala dans un fauteuil en se mordant les poings. Malgré elle, Marguerite se mit à la secouer et à la bombarder de questions.

— Toi, tu sais quelque chose. Parle, pour l'amour du ciel !

— Oui… j'ai ma petite idée. Mais je n'arrive pas à y croire. Tout ça est de ma faute. J'aurais dû me méfier, ou du moins la mettre en garde. Jamais je n'aurais cru…

— Que veux-tu dire ? Tu me rends folle ! Jamais tu n'aurais cru quoi ?

— Je me trompe peut-être mais… Viens-t'en, Marguerite, on sort ! Donne-moi seulement le temps de prendre mon manteau.

◆◀

Marguerite connaissait mal ce secteur de Montréal à la réputation sulfureuse. Durant son séjour à l'hôpital de la Miséricorde et les six mois où elle avait travaillé chez les Greenberg, dans l'ouest de la ville, elle ne s'y était guère aventurée. Les trottoirs animés de fêtards de tout acabit, les nombreux restaurants et bars dont la musique se répandait jusque dans la rue, les lanternes rouges signalant les lieux de prostitution et surtout les filles outrageusement maquillées mais légèrement vêtues qui sollicitaient les clients à la porte des maisons closes, tout cela lui causa une vive impression.

L'espace d'une seconde, elle se demanda quels péchés de la chair s'avéraient les plus graves aux yeux de Dieu : ceux commis dans ce quartier pour gagner de l'argent ou les siens, répétés autrefois avec tant d'amour avec son Antoine, un prêtre consacré ayant prêté le serment de chasteté perpétuelle.

Elle n'avait pas assez d'yeux et d'oreilles pour tout voir et tout entendre. Mais l'angoisse remplaça vite l'effet de surprise. Le cœur serré, elle voyait Béatrice s'introduire dans chaque établissement en quête d'un certain Hervé Latour. De nombreuses personnes semblaient reconnaître la future mère et lui répondaient aimablement tout en jetant un coup d'œil à son ventre ayant pris des proportions titanesques. À propos du fameux Latour, tous affirmaient évasivement ne pas l'avoir vu depuis plusieurs jours.

Le gérant du restaurant Gaîty's finit par fournir une réponse plus précise.

— Hervé ? Il a quitté Montréal la fin de semaine passée, soit pour Québec, soit pour Toronto, je me rappelle plus.

— Tu ne sais vraiment pas à quel endroit il est parti ?

— Trois ou quatre fois par mois, Hervé se rend à l'une ou l'autre de ces villes. C'est selon, mam'selle ! Pourquoi veux-tu savoir ça ? Ça t'intéresse ?

— Non, plus maintenant.

Béatrice prit le parti de se taire et se contenta de poser une main nerveuse sur sa bedaine, à côté d'une Marguerite trop effarée pour prononcer une seule parole. L'homme revint à la charge avec un air condescendant.

— À te voir, ma chérie, on peut comprendre que ces petits voyages te disent plus rien. As-tu trouvé un mari, coudon, la Béatrice ?

— Ça te regarde pas. Et Hervé… il est parti tout seul là-bas ?

— Ben voyons ! Tu sais bien qu'il part jamais tout seul. Cette fois, deux filles l'accompagnaient. Une blonde et une brune. Deux pétards, surtout la brunette. Ça va faire fureur chez les Québécois ou les Torontois, ça, ma fille ! Je gagerais pas mal cher là-dessus, moi !

— Et il revient quand, le cher homme ?

— D'habitude, on le revoit au bout de cinq ou six jours, dix tout au plus. Ce genre de voyage d'affaires, ça dure jamais très longtemps, tu le sais !

— Voici le numéro de téléphone de l'endroit où j'habite présentement. Tu m'appelles dès que tu sais quelque chose, d'accord ?

— T'as le téléphone ? Ouais, on rit pas ! T'as frappé le *jack pot*, on dirait !

— J'ai affaire à Hervé et c'est urgent. Très urgent, tu comprends ? Puis-je vraiment compter sur toi ?

— O.K., mam'selle ! C'est promis, moyennant, euh… un petit dédommagement peut-être ?

Béatrice lança rageusement une pièce de monnaie sur le comptoir et tourna les talons, suivie d'une Marguerite ahurie qui croyait rêver et se refusait d'admettre ce qui devenait de plus en plus clair à son entendement.

— Béatrice, ai-je bien compris ? Ne me dis pas que Camille se serait enfuie avec ce… Hervé ?

— Viens d'abord t'asseoir sur un banc, Marguerite, tu vas en avoir rudement besoin.

Les deux femmes traversèrent la rue et s'assirent côte à côte, raides de nervosité, sur le bout d'un banc de bois installé sur un carré de terrain vague sans doute destiné à être transformé en petit parc. Marguerite ne s'était jamais sentie aussi tendue.

— Vite, explique-moi, Béatrice. Je n'en peux plus.

— J'ai rencontré Hervé Latour après la naissance de mon premier bébé. Tu te rappelles, à ma sortie de l'hôpital, j'étais allée habiter chez ma grand-mère, une espèce de folle qui ne voulait pas de moi... Ça n'a pas pris de temps pour qu'elle me mette à la porte et que je déguerpisse de là ! À ce moment-là, je me sentais tellement désemparée d'avoir perdu mon bébé en le donnant à l'adoption, tu n'as pas idée. J'ai alors tourné en rond comme une âme perdue. En quelques jours, je me suis retrouvée sans le sou et sans endroit où aller dormir.

— Et alors ? J'entrevois de la suite... Vite, raconte !

— Un soir, je suis tombée dans les pattes de ce... de ce dégoûtant personnage nommé Hervé Latour. Oh ! tu sais, le type est beau comme un dieu et gentil comme tout. Généreux même. Et il sait te donner l'impression qu'il vient de rencontrer la femme de sa vie. Toi, l'abandonnée, la perdue, tu deviens tout à coup séduisante aux yeux d'un homme riche et aimable. Alors tu tombes dans le panneau, comme toutes les autres filles, jusqu'au jour où le salaud te propose de rendre quelques petits services à l'un de ses amis. Services d'escorte, mais surtout services de lit, pour te donner plus de précisions. Tu comprends ce que je veux dire ?

— Ah mon Dieu ! Mon Dieu !

— Services discrets et ponctuels qui n'engageront à rien. Bien sûr, le type en question laissera un pourboire à partager avec le cher Hervé. Un incroyable et exorbitant pourboire qui risquera, si tu en accumules plusieurs, de transformer ta vie. Tu te vois déjà à l'aise et indépendante, financièrement parlant, enfin ! En plus d'être adulée par des hommes qui roulent sur l'or. Tout ça parce que tu acceptes de relever tes jupes pendant quelques heures sur une période de deux ou trois jours avec le fameux ami, un homme en voyage d'affaires. Évidemment, la paye est plus généreuse si tu acceptes de ne pas utiliser de préservatif. Alors tu prends des risques en te fermant les yeux… Jusqu'à ce qu'un bon matin, la nausée te tire du lit comme ça m'est arrivé, il y aura bientôt neuf mois.

— Arrête, arrête, Béatrice ! Tu fais fausse route. Tout ça n'a pu arriver à Camille. Tu oublies qu'à Lowell, elle s'est enfuie de chez les Boismenu et a renoncé à un travail qu'elle adorait parce que Paul, justement, une nuit… Ma sœur est pure, elle n'accepterait jamais de faire ça, j'en suis certaine.

— Le contexte était différent à Lowell. Il s'agissait alors d'une agression en bonne et due forme. Maintenant, imagine un peu Camille seule à Montréal pendant des mois, sans ressources et travaillant dans un milieu qui ne lui plait pas.

— Les Greenberg sont des gens formidables, tu sauras !

— Ils le paraissaient pour toi, mais pas pour ta sœur. À moi, elle en a souvent fait mention. Un jour, un don juan se pointe, il lui fait les yeux doux et réussit à la conquérir. Il existe un million de chances pour que la petite fille crédule le suive, d'autant plus qu'elle n'a de comptes à rendre à personne : son père se trouve en prison, sa sœur Anne, à trois cents milles d'ici, et toi, à Grande-Ligne avec ton Antoine. D'après moi, Camille constituait la candidate idéale et tout à fait mûre pour se faire enfirouaper par le premier venu. Par malchance, elle est tombée sur Hervé Latour, le meilleur proxénète de la ville.

— Je n'arrive pas à y croire, Béatrice. Tu te trompes, j'en suis convaincue. D'ailleurs, comment aurait-elle connu cet entremetteur ?

— Ah là… Je me sens coupable et stupide, je l'avoue ! Pardonne-moi, Marguerite. Je n'aurais jamais dû amener Camille prendre un thé dans ce restaurant de la rue Sainte-Catherine. Je n'avais pas prévu rencontrer Hervé. Évidemment, le fin renard n'a pas été long à flairer la proie facile.

— Mais Toronto et Québec ?

— Une fois la fille convaincue d'agir par amour pour lui et prête à se prostituer, le traître l'entraîne dans l'une de ces deux villes avec des promesses à la pelle : court séjour agréable, hôtel luxueux, client gentil, retour rapide, salaire fabuleux, anonymat garanti. Le pauvre homme d'affaires s'ennuie, tu comprends ? Et le monsieur est prêt à payer n'importe quoi pour qu'une jolie femme lui fasse vivre quelques jours enchanteurs dépassant ses rêves les plus fous…

— Autrement dit, il s'agit d'un job de putain de luxe, à ce que je vois. Ma malheureuse Camille… Je ne l'avais pas prévenue de notre retour à Montréal parce que je voulais lui faire une surprise. J'aurais dû la visiter le jour même de notre arrivée ici. Je suis à blâmer pour ne pas avoir vu venir tout ça. Ah… je m'en veux tellement !

— Et moi, donc ! J'ai pourtant insisté pour qu'on quitte le restaurant au plus vite, ce jour-là. Mais déjà conquise par Hervé, elle a refusé obstinément de me suivre.

Les deux amies se mirent à pleurer dans les bras l'une de l'autre au milieu des badauds indifférents. Tout à coup, Marguerite se leva d'un bloc en secouant ses jupes.

— Non ! Ça ne se peut pas ! Je n'arrive pas à y croire !
On fait erreur, Béatrice. Il faut chercher ailleurs.

Béatrice ne répondit pas et porta encore une fois
les mains à son ventre en fronçant les sourcils.

— Ouille ! Marguerite, je ferais mieux de m'en
aller à la Miséricorde, moi ! Et vite, ça presse ! Oh la la !
C'est qu'il pousse, ce petit-là !

6

Il passait neuf heures, ce matin-là, quand Anne éprouva les premiers signes de l'arrivée du bébé, trois semaines avant la date prévue. Alarmée à l'idée de se retrouver seule dans cette situation, Pierre étant parti pour le Connecticut le matin même, elle s'en fut chez une voisine pour demander de l'aide. La sage-femme du quartier demeura introuvable, et la pauvre Anne n'eut d'autre recours que de réclamer son amie Rose-Marie pour venir l'assister. Celle-ci se présenta aussitôt et, constatant que les douleurs devenaient plus fréquentes et plus intenses, elle s'empressa de faire bouillir de l'eau et de préparer des linges propres.

— Eh bien, il nous joue des tours, ce petit-là ! Il a hâte de connaître sa mère, faut croire !

— Ah ! Rose-Marie… j'ai tellement mal au ventre. Vite ! Vite ! Il arrive, il arrive…

À peine quelques minutes plus tard, des vagissements retentissaient dans le petit appartement, doublés par les exclamations de joie d'une mère comblée. Émue, l'amie Rose-Marie se demanda si les cris d'un nouveau-né traduisaient la colère d'être séparé de sa génitrice ou la peur d'être lancé si brutalement vers sa destinée. Peut-être exprimaient-ils seulement l'exaltation d'une âme errante ravie de venir enfin habiter à l'intérieur d'un petit être… Ces cris de vie, ces premiers vagissements issus des profondeurs du mystère de la vie… Elle regrettait de n'avoir plus d'enfants à cause de Paul qui exigeait maintenant des relations sexuelles protégées. «Et sans doute avec ses nombreuses maîtresses aussi…», songea-t-elle. Elle soupira.

Serrées l'une contre l'autre, les deux amies admiraient, les larmes aux yeux, la petitesse et la fragile beauté du fils d'Anne et de Pierre Forêt, réclamant à pleins poumons sa place dans la meute des humains. Aussitôt, la mère pressa son petit Philippe contre son sein et lui donna sa première dose d'amour. Un silence bienfaisant se répandit alors.

❧

Anne ne mit pas de temps à se remettre de l'accouchement. Sous les regards admiratifs de ses parents et de sa sœur Élisabeth, le garçon devint rapidement un adorable poupon aux yeux brillants d'intelligence. Pierre finit par dénicher, dans une rue paisible de Lowell, un logement plus confortable et aéré pour loger sa famille. Rien de luxueux ni de comparable à la demeure cossue de leurs amis Boismenu, mais qu'importe. La jeune mère se consacra à la décoration entre les séances de tétée, et elle y prit goût. Elle réussit même à accrocher sur les murs deux ou trois peintures à l'huile exécutées de sa propre main. Dans ce nouveau cadre de vie, elle retrouva une certaine sérénité et oublia ses idées d'aller vivre au Canada. La famille Forêt commença enfin à traverser des jours sans trop de nuages.

❧

Anne agitait nerveusement sa cuillère dans sa tasse de porcelaine. En d'autres circonstances, elle aurait pris davantage de précautions pour ne pas risquer de heurter trop durement la porcelaine importée d'Angleterre de son amie Rose-Marie. Mais d'entendre Pierre et Paul se disputer avec acharnement sur des sujets d'ordre social et politique la contrariait à un point tel qu'elle en oubliait les bonnes manières. Des bonnes manières d'ailleurs apprises sur le tas, et que personne ne lui avait jamais enseignées.

Ce soir-là, les deux copines avaient décidé d'un commun accord d'organiser un souper « en couples » dans une nouvelle tentative de rapprochement entre leurs maris. À la grande déception des épouses, les anciens amis avaient laissé s'élargir les distances entre eux depuis les incartades de Paul de l'été précédent, non seulement à cause de leurs modes de vie respectifs et de leurs codes moraux différents, mais aussi à cause de leurs façons tout à fait opposées de voir les choses.

Les Boismenu n'avaient pas remplacé Camille pour s'occuper des enfants, mais Rose-Marie disposait toujours d'une cuisinière fort habile, et elle lui avait commandé un repas d'envergure pour cette soirée remplie d'espoir. Bien sûr, il n'était pas question de jouer les parvenus ni de lever le petit doigt en l'air. À vrai dire, l'hôtesse Rose-Marie provenait d'une classe sociale aussi humble que ses invités, et le snobisme l'horripilait au même titre. Par contre, l'obligation de recevoir, vêtue de luxueux atours, quelques « grands » de ce monde lui était très souvent imposée.

Hélas, les « grands » de Paul ne ressemblaient guère aux « grands » de sa femme. Comme si la fortune ou le pouvoir politique conféraient une certaine grandeur et suscitaient l'admiration et l'envie ! Aux yeux de Rose-Marie, seule la grandeur d'âme méritait considération. Treizième enfant d'une famille de seize vivant dans un village perdu au nord de Trois-Rivières, la jeune femme avait appris la valeur de l'argent à la dure pendant tout le temps de sa prime jeunesse. Elle avait surtout appris la générosité et le partage. Et quand elle avait quitté les siens pour émigrer aux États-Unis en solitaire, l'idée d'indépendance et d'autonomie l'avait attirée bien davantage que celle de l'argent.

Le fait que son mari soit devenu l'un des chefs d'entreprise canadiens-français les plus importants de la Nouvelle-Angleterre, s'il la soulageait des soucis financiers, ne lui était pas monté à la tête. Au contraire, l'obsession du capital qui animait Paul ne l'atteignait guère. Femme d'intérieur introvertie, mère de famille hors pair, citoyenne empathique et au grand cœur, Rose-Marie trouvait le caractère superficiel des rencontres mondaines souverainement déplaisant. Elle préférait d'emblée les soupers en tête-à-tête avec son mari et de véritables amis ou, encore mieux, les activités familiales avec leurs trois fils de six, cinq et trois ans.

Malheureusement, au grand regret de sa femme, Paul se désintéressait des parties de ballon et des promenades au parc. À vrai dire, ses enfants ne le captivaient pas du tout. Il ne voyait en eux qu'une relève pour l'avenir et rêvait déjà du moment où, sur ses cartes de visite, le nom de son consortium de magasins passerait de Smallwood's à Smallwood's & Sons. Manifestement, les rares moments où il se trouvait à Lowell, Paul Boismenu avait les idées ailleurs. Et Rose-Marie le ressentait avec désarroi.

Anne soupçonnait l'homme d'affaires de revoir son amante, mais jamais elle n'aurait osé confier ses doutes à son amie. Cette façon qu'il avait de dévisager les femmes avec concupiscence, ce désir inavoué de conquérir toujours présent derrière ses sourires, ses manières, son attitude mielleuse... Surtout ses absences inexplicablement trop fréquentes et trop longues... Après son intrusion dans le lit de Camille, l'homme s'était pourtant sérieusement repenti, et on l'avait même vu assister à quelques reprises aux réunions du Cercle de Tempérance. Mais les bonnes résolutions n'avaient pas duré, et il s'était remis à boire «socialement». Si Rose-Marie persistait à jouer à l'autruche et à croire à la probité de son homme, Anne, elle, ne se leurrait guère. Paul Boismenu ne devait certainement pas se priver de tâter de la bouteille quand il allait dans ses multiples *business trips*! Et pas que de la bouteille! Dieu sait comme l'alcool fait tomber les fragiles barrières en n'importe quelles circonstances!

Bien entendu, ce soir-là, ainsi qu'Anne l'avait appréhendé, l'effet de quelques carafes de vin fit tomber tous les espoirs. Le ton montait progressivement entre les deux hommes, et la réunion qui se voulait amicale semblait sur le point de tourner au vinaigre. L'intellectuel et le capitaliste en vinrent finalement à s'affronter sans retenue, à la grande consternation de leurs femmes qui, affligées, les envoyèrent poursuivre leur discussion au salon. Évidemment, Paul sortit un flacon de cristal ciselé rempli de cognac.

Anne et Rose-Marie, leur enthousiasme tombé à plat, prirent le parti de se taire pour écouter, de loin et bien malgré elles, l'évolution des débats entre les anciens copains. À l'évidence, chacun représentait à sa façon les deux grands courants de pensée qui opposaient les émigrés francophones de la Nouvelle-Angleterre : d'un côté les tenants de l'assimilation des Canadiens français à la société américaine et, de l'autre, les défenseurs de la survie du fait français dans tout l'est des États-Unis.

— Toi, Pierre Forêt, tu me fais chier avec tes articles sur la survivance. Arrête de te servir de ce mot-là à toutes les sauces ! Survivance, survivance… Quel mot insignifiant ! Quel danger veux-tu donc surmonter ? Tu veux survivre à quoi, au juste ? À quelque chose de périmé et de dépassé ? Toi, le trouillard, cesse donc de nous croire menacés par un péril !

— Tu n'as rien compris, mon vieux. Si tu buvais moins, tu aurais peut-être les idées plus claires !

— Il est disparu, le péril, Pierre ! Il est même resté au Canada. Et il s'appelle pauvreté. On l'a laissé au nord quand on est descendus jusqu'ici, toi et moi. Eux, là-bas, doivent survivre au péril de la misère. Eux tentent de résister à la conquête des maudits Anglais. Eux ont la vie dure, pas nous ! Rappelle-toi les étendues immenses et sauvages, les intempéries auxquelles sont soumis les cultivateurs épuisés, la bêche ou la hache à la main. Songe aux difficultés de la colonisation, au manque de travail dans les villes, à l'exploitation des travailleurs par les riches compagnies anglaises. Pense à nos frères de la province de Québec… Eux peuvent te parler de survivance, obligés qu'ils sont de fabriquer des enfants comme des machines pour résister à l'emprise britannique et conserver leur caractère français. Eux doivent survivre, alors que nous…

— Le caractère français, justement ! La famille ne constitue-t-elle pas notre plus belle valeur ? Tu dis n'importe quoi, Paul Boismenu. Un vrai codinde !

— Penses-y un peu : les Canadiens français ne réalisent pas que de mettre au monde quinze ou dix-huit enfants les enfonce encore plus profondément dans la pauvreté. Tout ça pour sauvegarder leur identité française et religieuse. Quelle aberration ! Arrête de te caler dans tes vieilles idées de curé, mon cher ! Tu es aux

États-Unis, ici, pas au Canada! Ici, on ne survit pas, on vit. ON VIT, Pierre Forêt, on vit... On vit le progrès, on se développe, on avance et on regarde en avant avec assurance. Ici, les Américains sont libres. Libres et maîtres chez eux, y as-tu seulement pensé? Toi, le journaliste, admets au moins que dans ce pays d'adoption, c'est la vie facile et l'abondance. Et il y a du travail pour tout le monde!

Pierre sentit la moutarde lui monter au nez et se leva brusquement. Il n'allait tout de même pas laisser l'homme d'affaires gagner la bataille avec ses idées farfelues.

— Et tu penses qu'on n'exploite pas les travailleurs, ici? Ouvre-toi les yeux, grands dieux! Toi qui embauches je ne sais combien d'employés dans tes multiples commerces, leur demandes-tu parfois leur avis sur leurs salaires et leurs conditions de travail? Non! Eux, ils travaillent et toi, tu t'en fiches et te contentes de ramasser le magot. Vrai ou pas vrai, Paul Boismenu?

— Désolé, je m'appelle Paul Smallwood depuis un bon bout de temps.

— Tu es trop bien assis sur ta fortune, Mister Smallwood, ça t'empêche de regarder autour de toi. Si tu appelles ça vivre, toi, être obligé d'envoyer des femmes et des enfants travailler comme des bêtes dans des usines empoussiérées et pour des salaires indécents! Savais-tu que la paye d'un père de famille de Lowell ne suffit pas à elle seule pour faire vivre sa femme et ses enfants? Et quand, abrutis, ils sortent des usines, ces gens-là vont s'entasser comme des sardines dans des logements insalubres afin de pouvoir économiser quelques «cennes». Sors de ton château et va faire un tour dans le quartier du Petit Canada, mon cher, tu vas peut-être comprendre. Renoncer à notre identité, à nos traditions, à notre mentalité, à notre culture française et à notre religion pour ça ? Ce serait renoncer à notre seule et unique richesse, d'après moi. Notre plus belle richesse ! Et ne pas s'engager dans la lutte pour la survivance de ces valeurs relève de la traîtrise. La France est notre mère patrie, pas les États-Unis ni l'Angleterre !

— La France ? Laisse-moi rire ! Elle s'est bien fichue de nous, notre très chère mère la France, quand est venu le temps de nous défendre contre les envahisseurs anglais ! « Quelques arpents de neige », qu'il a écrit – comment s'appelait-il déjà ? Ah oui, Voltaire… Tu sauras que je m'en balance, de Voltaire et de ma très sainte culture française. La culture américaine vaut tout autant pour moi, comprends-tu ? Ce qui m'importe, moi, c'est de vivre. VIVRE… Et de vivre à l'aise, avoir du bon temps, jouir de la vie et profiter des dernières découvertes technologiques qui font avancer l'industrie et améliorent l'existence. La hache et la bêche ne m'intéressent pas, si tu veux savoir. Plus jamais ! Et je me fiche totalement de vivre en anglais et d'être assimilé aux Américains. Ils forment un peuple intelligent, libre et heureux, tourné vers l'avenir, pas vers le passé. Et d'en faire partie constitue un privilège pour moi et ma famille, tu sauras, mon cher !

Les deux hommes se faisaient face, hérissés comme des bêtes féroces en train de défendre leur territoire. Le ton montait au même rythme que se vidait le flacon de Courvoisier. Anne et Rose-Marie tentèrent, inutilement, de créer une diversion en offrant un thé chaud, mais ni l'un ni l'autre des adversaires ne daigna tourner la tête. Ils défendaient leurs idées comme s'il s'agissait d'une lutte à finir.

— As-tu oublié, Paul, que la langue est gardienne de la foi ? Notre religion…

— La religion ? Peuh ! Ton écrasante Église catholique canadienne-française est assoiffée de pouvoir et n'a qu'une obsession : dominer dans toutes les sphères de la vie et mener ses ouailles à son gré et par le bout du nez jusque dans leurs couchettes ! J'en n'ai rien à foutre, moi, de cette religion-là ! Les Américains font aussi partie de la chrétienté, que je sache, et ils ne deviennent pas fous avec ça comme tes morons de curés !

— Tu dérapes, mon cher ! Il nous incombe à tous de préserver ce que nous sommes. Nos belles familles, nos fêtes…

— Nos fêtes ? Tu me fais rire ! Parlons-en de nos fêtes : fêtes de la Saint-Jean-Baptiste, du Sacré-Cœur, de l'Annonciation, de l'Immaculée Conception, de la Sainte-Famille, de la Pentecôte, de Saint-Joseph, Fête-Dieu… Toujours des fêtes religieuses, hein ? Et la prière six fois par jour ! La messe, puis les vêpres, puis le mois de Marie, puis le mois du Sacré-Cœur, puis l'Avent, puis le Carême, puis les retraites, tout ça ne fait pas avancer le monde, tu sauras ! Pour progresser, il faut des fêtes populaires, des rassemblements où on se tient les coudes, où on s'amuse, discute et se sent solidaires les uns des autres, quoi !

On se donnait du « mon cher », mais plus la discussion s'envenimait, plus les deux amis prenaient des allures de guerriers, bouches mauvaises et poings serrés.

— Justement, les Américains n'ont rien de solidaire avec nous autres. Ils n'ont qu'une idée en tête : nous assimiler pour nous noyer dans la masse.

— Tu sauras, mon cher Pierre Forêt, que le progrès provient de l'industrie et du commerce, pas des grands-messes! Il faut absolument enseigner autre chose que la religion et le français dans les écoles.

— Là, tu exagères, Paul Boismenu!

— Smallwood, Pierre… PAUL SMALLWOOD!

Cette fois, Anne n'en pouvait plus. Elle bondit sur ses pieds et s'en fut d'un pas ferme au salon où les deux hommes étaient sur le point d'en venir aux coups. Mais elle eut beau tenter de les rappeler à l'ordre en faisant valoir leur amitié de jadis, rien n'y fit. Au bout d'un moment, elle retourna dans la salle à dîner où Rose-Marie semblait elle aussi sur le bord de la crise de nerfs. Les opposants, après avoir à peine porté attention à l'intervention d'Anne, reprirent leur discussion de plus belle.

— Moi, je veux que mes enfants apprennent l'anglais. Les Irlandais, eux, se sont bien assimilés. Pourquoi pas nous? Même les Grecs, les Polonais, les Italiens qui arrivent ici à pleins bateaux s'assimilent aussitôt. Et ils ne meurent pas pour ça!

— Facile pour les Irlandais : ils parlaient déjà anglais en arrivant ici. D'ailleurs, ils ne nous accueillent pas à bras ouverts, tes Irlandais jaloux de nos églises et de nos institutions catholiques francophones. Quant aux autres immigrants, ils sont tellement minoritaires et privés de l'essentiel à leur arrivée sur le territoire américain qu'ils n'ont pas le choix de s'assimiler. Tandis que pour nous, le pays d'à côté est le nôtre. Le NÔTRE, pas celui du voisin! Comprends-tu ça, Paul Bois… euh… Smallwood? Et nous sommes venus ici par centaines de milliers avec notre identité propre. Pour tous ceux qui ne retournent pas au Canada, il faut sauvegarder cette identité à tout prix. Pourquoi ne pourrionsnous pas créer un État francophone à l'intérieur des États-Unis?

— Je m'excuse, mais le Canada, ce « pays d'à côté qui est le nôtre », comme tu dis, appartient à l'Empire britannique depuis cent vingt-cinq ans.

— On parle tout de même encore français dans la province de Québec.

— M'en fiche ! Moi, je veux vivre une vie de pacha à l'américaine. J'ai lu dans tes articles que tu prônes la naturalisation mais ne veux pas devenir Américain. Je ne comprends pas : naturalisé américain mais pas assimilé par les États-Unis ? Quelle absurdité ! Survivance et naturalisation, ça ne va pas ensemble, que je sache ! Fais-toi une idée, le journaliste : ou c'est l'un ou c'est l'autre. As-tu perdu le sens de la logique ?

— Mais oui, ça va de pair. Si je prêche la naturalisation, c'est pour une seule raison bien facile à comprendre : ça nous permet de voter et d'avoir notre mot à dire dans la gestion de l'État. Savais-tu, toi, l'homme d'affaires, qu'actuellement, treize élus francophones nous représentent déjà en Nouvelle-Angleterre ?

— Puis après ? Ça ne va rien changer, ça ! Ils vont prêcher l'assimilation, tu vas voir. Fais-toi à l'idée, mon cher : ou tu adoptes la nationalité américaine et tu t'assimiles, ou tu retournes au Canada. Cesse donc de rêver d'agrandir le Québec jusqu'ici et de croire que tu vas convertir les États-Unis à ta langue et à ta religion ! C'est une utopie que de t'imaginer rester encore longtemps un Canadien français chez les Américains.

— Tu es un vendu, Paul Boismenu. L'argent t'a fait perdre la carte.

— Smallwood… *God damned* que t'as la tête dure ! Vas-tu finir par te mettre dans la caboche que ma famille et moi sommes devenus des Smallwood ? La misère, c'est terminé pour nous. Mes enfants, nés ici, sont déjà américains et ils portent des prénoms anglais : Patrick et Charles. T'avais jamais remarqué ? Nous avons même transformé celui de notre plus jeune, Geoffroy, en Jeffrey. Ils parleront la langue de ce pays et adopteront ses coutumes. Et l'automne prochain, notre aîné ira à l'école américaine sous le nom de Smallwood. On n'a pas peur d'évoluer, nous !

— Tu vas pas faire ça ? C'est de la trahison pure et simple ! D'ici deux ou trois ans, les Frères maristes prévoient ouvrir un collège français ici. Tu pourrais l'envoyer à la petite école française de Lowell en attendant.

— C'est pas de la trahison, c'est de la clairvoyance ! M'en moque, moi, de ton collège administré par des religieux francophones !

— Va donc chez le diable, Paul Boismenu, je ne veux plus te parler !

— Smallwood ! Écoute bien ce que je vais te dire, Pierre Forêt : un jour, nos enfants vont se parler entre eux en anglais, et tes descendants vont s'appeler Forester. Retiens bien ce que je te dis ! Je suis prêt à gager n'importe quoi là-dessus, mon homme !

— Gager, gager… Toujours l'argent, hein ?

Les deux antagonistes s'étaient levés et avaient commencé à jouer du coude. La couleur des visages présageait une bagarre en règle. Dieu merci, il resta suffisamment d'esprit à Pierre pour juger préférable de partir avant d'en venir aux coups. Il se leva brusquement, buta contre la table et signala le départ d'une bouche pâteuse à Anne qui se morfondait, pâle comme une morte. Chavirées, les deux amies décidèrent de fustiger les adversaires.

— Vous n'avez pas honte, les gars ? Allez, donnez-vous la main. Chacun a le droit de penser ce qu'il veut.

Ce n'est pas une raison pour se chamailler de la sorte. Deux grands amis comme vous…

Les anciens amis, fulminants de colère, refusèrent la poignée de main. Paul conserva son attitude guerrière tandis que Pierre monta bruyamment à l'étage en compagnie de sa femme pour chercher ses deux enfants endormis. Ils partirent sur un claquement de porte.

❦

Sur le chemin du retour, dans le calme silencieux des rues de Lowell, Anne ne cessa de sangloter. Quel fiasco, et quelle soirée pathétique… Sans contredit, le dérapage de leur relation avec leurs uniques amis s'était accentué. Pierre Forêt et Paul Boismenu ne redeviendraient plus jamais des proches, elle devait l'admettre. C'en était terminé de leur relation amicale. Encore heureux que son mari, sous l'effet de l'alcool, n'ait pas traité Paul de courailleux et d'obsédé sexuel ! Tout autant dérouté, Pierre déambulait à côté d'elle en titubant légèrement, avare de paroles.

Le fait de perdre le contact avec Paul Boismenu ne chagrinait guère Anne. Ce coureur de jupons imbu de lui-même et se croyant doté de tous les pouvoirs parce qu'il possédait de l'argent ne lui manquerait guère. Mais son plus gros défaut consistait à être le mari de Rose-Marie, sa seule amie de cœur, celle dont la présence avait dépanné et sécurisé autrefois les deux petites sœurs perdues, quand elle et Marguerite s'étaient retrouvées à la résidence pour femmes de la Boott's Company. À présent, cette amie généreuse tenait toujours lieu pour Anne de confidente et même de sœur, surtout depuis le départ de son aînée. Elle appréhendait maintenant de voir le vil personnage, qu'elle s'était mise à détester, défendre à son épouse de la fréquenter désormais.

Une fois de plus, Anne Forêt se demanda comment retrouver le goût de vivre dans ce pays où l'atmosphère se trouvait aussi controversée. Elle en avait assez de ces discussions à n'en plus finir entre les Canadiens exilés. Tout cela les éloignait les uns des autres au lieu de les rapprocher.

Arrivés chez eux, un télégramme les attendait sur le pas de la porte. Anne déchira l'enveloppe d'une main fébrile et tenta de déchiffrer le message. Il s'agissait d'un court billet de Marguerite demandant si Camille ne se trouvait pas par hasard à Lowell. Elle avait, semblait-il, disparu depuis huit jours. Quoi? La petite sœur avait disparu? Ah! Seigneur! Où donc pouvait-elle se trouver? Camille ne lui avait-elle pas confié dernièrement, dans l'une de ses rares lettres, sa difficulté de vivre auprès de la famille Greenberg, qu'elle trouvait arrogante et hautaine?

Anne aurait tout donné, ce soir-là, pour se trouver à Montréal en compagnie de Marguerite. Pour se serrer contre elle et s'inquiéter avec elle au sujet de leur jeune sœur. Elle se sentait soudain confinée dans un univers restreint, à l'autre bout de monde, sans autre moyen que la prière pour se rassurer. «Oh! Camille, je t'en prie, reviens vite! Rassure-nous! Mon Dieu, protégez-la!» Le lendemain, elle irait au bureau de poste pour envoyer d'urgence une réponse à Marguerite et lui affirmer qu'elle partageait son angoisse. Mais, écrasée par un profond sentiment de solitude, elle se demanda cyniquement si quelqu'un songerait à la prévenir du dénouement heureux ou malheureux de cette inquiétante disparition…

En cette fraîche et claire nuit de printemps, ni elle ni son mari ne remarquèrent la voûte céleste parsemée d'étoiles, ni la lune qui souriait silencieusement derrière la silhouette dégarnie des arbres. Anne mit longtemps à s'endormir, blottie contre un Pierre ténébreux. Lui aussi rongea silencieusement son frein pendant de longues heures avant de trouver enfin la paix entre les bras de sa bien-aimée.

7

Marguerite ne se possédait plus. Ainsi, Camille avait disparu et ne se trouvait nulle part. D'un commun accord avec Antoine, elle décida d'alerter les autorités policières. La tête basse et le moral dans les talons, le couple se dirigea à petits pas vers le quartier général de la police de Montréal.

En route, Marguerite ne put s'empêcher, selon son habitude depuis près de deux semaines, d'entrer au bureau de poste du voisinage au cas où un miracle se serait produit. Hélas, chaque jour, l'employée l'accueillait d'un geste négatif de la main accompagné d'un haussement d'épaules en signe de désolation avant même que la jeune femme en proie à l'inquiétude n'ait franchi le seuil de la porte. Non, elle n'avait reçu aucune lettre pour Mme Antoine Lacroix, pas plus que la veille et l'avant-veille. Et sans doute pas plus que le lendemain.

Mais ce jour-là, en voyant le pasteur et sa femme apparaître devant la vitrine, la femme s'empressa d'agiter bien haut une large enveloppe brune. Marguerite sentit son cœur bondir. Une enveloppe brune ? Non, ça ne pouvait pas provenir de Camille. Elle aurait utilisé l'une de ces enveloppes blanches conventionnelles dont elle se servait habituellement quand elle écrivait de Lowell, l'hiver précédent. Elle s'empara néanmoins nerveusement de l'enveloppe et la déchira d'une main énergique. Déçue, Marguerite n'en reconnut même pas l'écriture.

L'envoi contenait un feuillet écrit à la main et, ô soulagement, une autre enveloppe blanche encore scellée, adressée aussi à Mme Marguerite Lacroix, à l'adresse de l'Institut Feller de Grande-Ligne. Cette fois, elle portait bien l'écriture penchée et finement ciselée de Camille. Le message qui l'accompagnait, signé par la secrétaire de l'Institut, indiquait que la femme du pasteur avait reçu, tout juste après avoir quitté Grande-Ligne, cette lettre en provenance de Montréal qu'on s'empressait de lui retourner à son nouveau domicile.

Marguerite ne prit même pas le temps de sortir du bureau de poste avant de se mettre à lire à voix haute la longue lettre de Camille. Mais elle ne réussit pas à se rendre jusqu'à la fin, le regard trop embrouillé par les larmes. Antoine dut prendre la relève devant la postière triturant elle aussi son mouchoir.

Montréal, 10 mars 1889

Ma chère grande sœur,

Comment vas-tu? J'ai tellement hâte de te voir revenir définitivement à Montréal, tu n'as pas idée. Chaque jour, j'attends un signe de toi pour m'indiquer la date de votre arrivée. Je rêve de pouvoir te rencontrer aussi souvent que je le voudrais ou en aurais besoin. Enfin, je pourrai dorloter mon neveu Emmanuel à mon gré. Et je ferai aussi plus ample connaissance avec mon nouveau beau-frère. Je n'arrive pas à y croire. L'an passé, les quelques mois vécus à Lowell à travailler chez Rose-Marie n'ont pas suffi à me faire prendre conscience de posséder une vraie famille. As-tu une idée de ce que vivre auprès de ma grande sœur va représenter pour moi qui n'ai jamais connu cela, sauf quelques jours chez Anne et Pierre? Tu sais, je t'écris en pleurant. Pourquoi est-il plus facile de formuler certaines choses par écrit plutôt que de les exprimer verbalement?

Mon existence à Montréal n'a pas toujours été une sinécure jusqu'à maintenant, je dois l'avouer. Comment arrivais-tu à supporter des enfants aussi turbulents que les Greenberg? Et leur mère qui me tapait sur les nerfs en se prenant pour la mienne... Dernièrement, j'ai profité de l'absence de mes patrons pour fuguer, crois-le ou non. Eh oui, j'ai décidé spontanément de quitter mon emploi chez eux. Ne me le reproche pas, Marguerite, je n'en pouvais plus.

Imagine-toi qu'un homme que je croyais merveilleux m'a conté fleurette et m'a amenée jusqu'à Québec avec lui. Je n'ai pas eu le courage de refuser. Ne me dispute pas, c'était là l'occasion rêvée pour sortir de chez les Greenberg. Malheureusement, une fois là-bas, j'ai vite flairé la manigance. Le fin renard s'était mis en tête de me présenter à un de ses amis en me demandant d'accompagner ce monsieur barbu durant quelques jours. Bien sûr, on sait à quel genre d'accompagnement s'attendait le vieux qui puait. Pouah! Angelina m'avait mise en garde, autrefois, contre ce genre de vautours, et ça m'a servi, crois-moi! Il a eu beau brandir une liasse de dollars sous mon nez, j'ai refusé catégoriquement les avances de ce vilain, et j'ai vite déguerpi, tu penses bien. J'avais l'impression de vivre pour une deuxième fois ma fuite de chez Rose-Marie, la nuit où Paul…

Par chance, j'avais apporté un peu d'argent et j'ai pu reprendre le train vers Montréal afin de réintégrer mes quartiers généraux chez les Greenberg, deux jours plus tard. Ils n'ont jamais rien su de cette histoire, car j'ai simplement expliqué à la gouvernante qu'on m'avait appelée d'urgence pour des affaires personnelles. Elle m'a boudé durant plusieurs jours, la vache! Évidemment, je n'ai raconté à personne cette mésaventure dont je suis peu fière, pas même à mon amie Béatrice qui a dû avoir son bébé à l'heure actuelle, du moins je le suppose.

Tout cela m'a fait comprendre une chose: il en allait de ma tranquillité d'esprit de quitter les Greenberg, sinon je risquais de perdre la tête un jour ou l'autre. J'ai donc profité d'un long voyage de mes patrons et je suis partie de ma propre initiative dans les rues de Montréal, à la recherche d'un autre travail. Bien sûr, d'autres invitations à la prostitution se sont présentées mais j'ai résisté. J'ai aussi scruté à la loupe les annonces dans les journaux. J'y ai finalement déniché un emploi de vendeuse dans une boulangerie, grâce à ma maîtrise de l'anglais. Je n'ai même pas averti la gouvernante en quittant la rue McGill. Qu'elle aille au diable, avec son air bête! Cependant, quand monsieur et madame Greenberg reviendront de voyage, dans trois semaines exactement, j'ai bien l'intention d'aller m'excuser pour ce départ précipité. Malgré tout, je suis bien élevée. Je les remercierai aussi de m'avoir gardée parmi eux pendant tous ces mois, en dépit de mon manque évident d'intérêt et de compétence.

La propriétaire de la boulangerie m'a loué une chambre au-dessus de la boutique, et j'habite maintenant dans cet espace minuscule. Ça ne ressemble en rien au paradis, tu penses bien, mais j'ai enfin le sentiment de respirer à l'air libre malgré la solitude. La solitude déprimante qui semble mon lot en ce bas monde...

Je trouve dommage que tu ne m'écrives pas plus souvent, ma chère Marguerite. Anne non plus ne se fait pas beaucoup de souci pour moi. Je suppose que vos activités respectives vous tiennent toutes les deux très occupées, Anne avec son nouveau bébé, et toi à Grande-Ligne en train de préparer votre retour à Montréal. Retour très attendu par « la petite », tu peux me croire ! Je vois revenir le temps doux avec excitation en me disant que très bientôt, ma grande sœur demeurera dans la même ville que moi. Ce sera une vraie bénédiction du ciel !

Je te donne donc ma nouvelle adresse, juste au-dessus de la boulangerie À Ma Mie Dorée, rue Saint-Gabriel au coin de Saint-Paul. Dès ton retour, tu pourras m'y trouver. Viens-t'en vite, j'ai tellement hâte !

Ta petite sœur qui t'aime,
Camille

❧

Marguerite pleura longtemps, ce matin-là, autant d'attendrissement à l'égard de sa sœur enfin retrouvée saine et sauve que de regret de l'avoir à ce point

négligée. Saine et sauve, mais malheureuse et délaissée…
La sachant en sécurité chez les Greenberg, la grande
sœur était partie vers Grande-Ligne l'été précédent en
éliminant de son esprit toute préoccupation à son
sujet. Il en allait de même pour Béatrice, qu'elle avait
casée entre bonnes mains à l'hôpital de la Miséricorde,
deux semaines plus tôt, sans aller la visiter et sans plus
s'en inquiéter. Comme Camille le mentionnait dans sa
lettre, la fille-mère avait dû elle aussi mettre son bébé
au monde à l'instar d'Anne à Lowell.

Marguerite se sentait quelque peu dépassée par les
événements. Dur, dur, pour une nouvelle épouse et
jeune maman, d'endosser en même temps le rôle de
mère adoptive pour deux adolescentes, deux jeunes
filles immatures à leur manière. L'une, Camille, trop
naïve, vierge et pure, presque encore une enfant mais
tout de même capable de dire non et de fuir devant
l'agresseur, l'autre, Béatrice, complètement irrespon-
sable, engrossée pour la deuxième fois pour l'amour
de l'argent, indifférente devant les conséquences de
relations sexuelles hors mariage. Deux adolescentes
du même âge, pourtant marquées du sceau de la
même solitude et de la même détresse. Deux blessées
de l'enfance. Et en plus, deux personnes que Marguerite
chérissait.

C'est Antoine qui pénétra le premier dans la boutique
À Ma Mie Dorée. Il s'adressa à la jeune employée vêtue
de blanc sur un ton ronflant, avec un demi-sourire.

— Bonjour, belle demoiselle…

— Père Lacroix! Euh, je veux dire… Antoine!
Enfin, enfin, vous revoilà à Montréal! Depuis quand?
Et Marguerite, où est-elle?

Marguerite abandonna à la porte la voiturette dans laquelle Emmanuel s'amusait avec un jouet et vint se jeter dans les bras de sa sœur.

— Pardonne-moi, Camille, de t'avoir laissée trop longtemps sans nouvelles. Quand tu as quitté les Greenberg, tu nous croyais encore à Grande-Ligne, mais nous étions déjà arrivés ici. J'ai mis trop de temps à te contacter. Pardonne-moi, pardonne-moi. Je m'en veux tellement !

— C'est tout pardonné, voyons !

— Ce soir, quand tu auras terminé ta journée de travail, tu empaquetteras tes affaires. Je ne veux même pas visiter ta chambre car, à partir de maintenant, tu n'habites plus là. Tu t'en viens chez nous jusqu'à… jusqu'à ton mariage, tiens ! Plus jamais je ne vais t'abandonner, je t'en fais le serment solennel, ma petite Camille chérie.

En entendant le rire se mêler aux sanglots des deux sœurs, Antoine se racla la gorge et tenta de créer diversion.

— Maintenant qu'on en a trouvé une, on va partir à la recherche de l'autre.

— L'autre ? Comment ça, l'autre ? De qui parles-tu donc ?

— Que dirais-tu, Marguerite, si on poussait notre promenade jusqu'à l'hôpital de la Miséricorde ? On va laisser notre chère Camille terminer sa journée de travail et on reviendra ensuite pour l'aider à transporter ses bagages. On pourra alors lui donner des nouvelles de son amie Béatrice.

— Bonne idée !

— Te rappelles-tu, l'autre jour, quand je t'ai parlé d'une « extraordinaire bonne idée » ? On n'en a plus reparlé par la suite, mais… elle tient toujours !

— C'est vrai, cela m'est complètement sorti de la tête. Alors ?

— Alors… tu verras !

Le regard que Marguerite porta à son mari ne reflétait pas la curiosité mais tout l'amour du monde.

8

Sœur Sainte-Clothilde ne reconnut pas Marguerite immédiatement. Elle avait l'habitude de jauger le ventre des arrivantes avant d'examiner leur visage.

— Revenez dans quelques mois, mademoiselle. Votre grossesse n'est pas assez avancée. Pour le moment, vous n'avez rien à cacher. Et nous sommes débordés, il n'y a plus de place.

— Sœur Sainte-Clothilde! C'est moi, Marguerite Laurin. Vous ne me reconnaissez pas? J'enseignais le français aux Madeleines, l'année passée.

— Marguerite Laurin! Mais oui, je vous reconnais! Et... c'est votre petit?

Comme si elle venait tout juste de les apercevoir, la religieuse leva les yeux sur Antoine qui tenait affectueusement son fils dans ses bras.

— Oui, mon petit et mon grand! Voici Emmanuel. Et voici son père, mon mari Antoine Lacroix.

La jeune femme jugea bon de ne pas donner d'autres précisions à la religieuse. Elle aurait pu mentir et ajouter que le père avait dû rester aux États-Unis au moment de la naissance du bébé, l'année précédente, pour des raisons de maladie, selon la version qu'ils s'étaient forgée. Elle aurait pu aussi présenter Antoine comme le nouveau pasteur protestant du quartier sans faire mention de ses antécédents de vicaire catholique. Au pire, elle aurait pu clamer bien haut son mariage tout récent avec ce ministre baptiste, géniteur de l'enfant. Mais elle préféra ne rien dire. Sœur Sainte-Clothilde n'en avait probablement rien à foutre du passé, du présent et du futur des anciennes patientes de l'hôpital de la Miséricorde.

— Nous venons simplement pour une visite. Béatrice Larochelle se trouve-t-elle encore ici ? Elle a dû accoucher, il y a une quinzaine de jours.

— Béatrice Larochelle ? Attendez, voir… Oui, oui, elle a refusé de laisser son bébé en adoption, cette fois. Elle demeurera donc ici pour plusieurs semaines afin de rembourser sa dette à l'hôpital. Actuellement, elle travaille à la pouponnière où elle allaite un autre nouveau-né en même temps que sa fille.

— Pourrions-nous la voir ?

— Désolée, vous devrez revenir. Les visites ont lieu le dimanche entre deux et quatre heures seulement. Vous devriez bien le savoir !

— Oui, mais on ne lui parlerait que quelques minutes. Nous avons quelque chose de très important à lui dire.

— Je regrette. À moins d'une urgence absolue que je pourrais lui transmettre moi-même…

— Je vous en prie, ma sœur. C'est de la plus haute importance et…

— N'insistez pas ! Vous imaginez notre situation si on commençait à se plier aux caprices de tout un chacun !

Marguerite sentait la fureur s'emparer d'elle et d'anciens élans de révolte remonter à la surface. Cette inflexibilité, cette indifférence… À ses côtés, Antoine frétillait d'impatience. L'homme rétorqua finalement sur le ton autoritaire du pasteur qui ne laisse pas de place à la réplique.

— Écoutez-moi bien, ma révérende sœur. Ma femme et moi avons l'intention de fonder un centre d'accueil pour jeunes filles abandonnées ainsi que pour les filles-mères et leur bébé : le Refuge Lacroix, sur la rue Émery, pas très loin d'ici. Non seulement nous voulons rassurer Béatrice sur son avenir immédiat, car nous allons l'héberger dès sa sortie, bien sûr, mais nous voulons aussi lui demander si elle accepterait de travailler pour nous. Elle pourrait aider au ménage et à la préparation des repas tout en élevant son enfant. C'est capital pour nous de connaître sa réponse, car un refus de sa part nous obligerait immédiatement à prévoir embaucher quelqu'un d'autre.

— Vous allez ouvrir un refuge pour jeunes filles ? Mais c'est merveilleux, ça, mes enfants ! On cherche toujours un endroit où caser nos filles.

Marguerite réprima un sourire et se demanda jusqu'à quel point les demi-vérités constituaient des mensonges. Si sœur Sainte-Clothilde avait connu l'allégeance religieuse d'Antoine et su que, le dimanche, on allait bientôt célébrer des offices protestants dans cet endroit, elle ne chanterait pas sur le même ton !

À mi-chemin entre la boulangerie À Ma Mie Dorée et l'hôpital de la Miséricorde, Antoine avait finalement révélé son idée de génie à sa femme et lui avait fait une proposition excitante. Ils s'étaient installés sur un banc du carré Viger, près du marché au bétail, afin de reprendre leur souffle.

— Écoute-moi bien, Marguerite, et donne-moi sincèrement ton opinion.

La suggestion avait aussitôt enthousiasmé Marguerite. Antoine lui avait confié ce projet auquel il songeait depuis quelque temps : faute de convertir des Canadiens français à l'idéologie protestante, il avait l'intention de transformer la remise de l'arrière-cour en résidence pour quelques jeunes filles dans la situation de Béatrice, ou même celle de Camille. Des jeunes filles seules, rejetées par leur famille ou agressées par un violeur, des adolescentes qui voulaient fuir la prostitution, des filles-mères qui décideraient de garder leur bébé et n'auraient pas d'endroit où dormir. Tant de misère existait dans une grande ville comme Montréal.

— Tant de travail nous attend, Marguerite. Tant d'amour à donner…

Le jeune pasteur avait pris les mains de sa femme dans les siennes et l'avait regardée avec la même ferveur que lorsqu'il lui avait déclaré son amour. Une telle lumière brillait dans ses yeux que Marguerite n'avait pas eu le choix d'endosser une si formidable proposition dans laquelle elle reconnut l'appel de son destin. En cet instant précis, elle voyait enfin se tracer concrètement le chemin sur lequel elle irait de l'avant pour le reste de ses jours. Un chemin sans doute accidenté et rempli d'embûches, non sans pentes dangereuses et tournants vertigineux, mais un chemin qu'elle franchirait main dans la main avec l'homme grand et fort qu'elle avait épousé pour le meilleur et pour le pire.

Pour la première fois depuis son départ de Grande-Baie dans une charrette, après tant et tant de routes parcourues souvent à tâtons et bien malgré elle, à la noirceur ou sous des vents d'orage, toujours vers l'inconnu et l'incertain, perpétuellement vers le provisoire ou le sauve-qui-peut, pour la première fois depuis l'âge de treize ans, Marguerite Lacroix avait le sentiment d'avoir enfin trouvé sa voie. Sa vraie voie. Là où elle se sentirait elle-même et enfin heureuse. Désormais, plus rien ne l'arrêterait.

Elle avait cheminé d'un pas allègre vers l'hôpital de la Miséricorde, bénissant le ciel d'avoir placé Antoine Lacroix sur sa route, ce pilier, ce phare lumineux qui guiderait chacun de ses pas. Antoine, sa force et son amour. Antoine, son merveilleux époux...

Et Béatrice serait la première à apprendre l'existence du fantastique projet du Refuge Lacroix. La simple visite amicale qu'ils désiraient d'abord lui rendre venait de se transformer en une explosion de bonnes nouvelles. Marguerite imaginait déjà l'enseigne en forme de demi-lune au-dessus de la porte de la remise : Refuge Lacroix, Centre d'accueil pour jeunes filles.

Après la repartie d'Antoine, les traits durs de la religieuse s'adoucirent comme par enchantement. La métamorphose n'échappa pas au pasteur qui en profita pour donner des précisions et même pour pousser audacieusement quelques demandes à peine camouflées.

— D'ici quelques semaines, ma sœur, nous serons déjà en mesure de commencer à recevoir des pensionnaires. Ne vous gênez pas pour nous en envoyer deux ou trois. Ma femme et moi les accueillerons dans la mesure du possible. Marguerite pourra même leur enseigner à lire et à écrire. Il ne nous reste qu'à compléter l'ameublement. Si jamais vous avez des lits ou du matériel de trop, pour adultes et pour enfants, nous vous serions gré de...

— Justement, nous faisons actuellement le grand ménage du sous-sol de l'hôpital passablement encombré. Certaines choses pourraient peut-être vous servir. Je m'engage à y voir moi-même de plus près. Mais dites-moi, qui êtes-vous donc, jeune homme, pour concevoir de telles idées philanthropiques ?

— Je suis Antoine Lacroix, pasteur de l'Église baptiste, au service de Dieu et des hommes, ma sœur.

— Dieu du ciel! Un ministre protestant! Il ne manquait plus que ça! Déguerpissez d'ici au plus vite, monsieur!

Sœur Sainte-Clothilde se signa prestement. Elle aurait rencontré Satan en personne qu'elle n'aurait pas plus mal réagi. Un peu plus et elle allait s'effondrer, frappée d'apoplexie. Marguerite dut lui tirer une chaise et lui offrir un mouchoir pour sécher la sueur qui perlait sur son vieux visage.

Comme s'il n'avait pas remarqué cette réaction d'hostilité, Antoine s'approcha de la religieuse et, plongeant son regard bleu dans le sien, il se mit à lui parler d'une voix douce et feutrée, en souriant.

— Vous savez, ma sœur, la vraie charité, celle que nous pratiquons avec sincérité, vous et moi, n'a pas d'étiquette. Elle n'est ni catholique, ni baptiste, ni anglicane, ni méthodiste et ni presbytérienne. Elle est chrétienne. Simplement chrétienne. Et la misère non plus n'a pas d'étiquette, sachez-le!

— Votre objectif réel consiste à convertir les résidentes du fameux refuge à votre religion, je suppose?

— Aucunement, ma sœur. Notre unique but est de vivre selon l'Évangile et de prêcher la charité par l'exemple. Exactement comme vous le faites si bien vous-même dans votre hôpital. Tout le reste importe peu, ne croyez-vous pas? Ne prions-nous pas le même Dieu, vous et moi? Ne lisons-nous pas la même Bible? Ne combattons-nous pas le même mal, chacun de notre côté, chacun à notre manière? Dieu, Lui, dans sa bonté infinie, ne fait pas les mêmes distinctions que les humains. Il nous aime tous…

La religieuse jeta sur Antoine un regard à la fois courroucé et intrigué. Qui donc était cet homme qui parlait comme un curé et venait lui faire la morale ? Un ministre protestant ! Ne fallait-il pas fuir comme la peste ce genre de personnage, cette race de monde ? Dire que Marguerite Laurin s'était acoquinée avec un tel énergumène. Un hérétique, un suppôt de Satan, un voleur d'âmes…

Antoine revint à la charge, toujours avec son air innocent.

— Puisque nous ne sommes pas tombés sur le jour des visites, ma sœur, pourriez-vous au moins faire le message à Béatrice de ne plus s'inquiéter ? Nous l'accueillerons à bras ouverts lors de sa sortie. Elle aura chez nous un endroit chaud et propre où dormir, de la nourriture en abondance et tout ce qu'il faut pour soigner son bébé. Dans moins d'un mois, le Refuge Lacroix sera prêt, en autant que des âmes charitables nous aident à concrétiser notre beau projet. Au pire, nous la prendrons dans notre maison, en attendant. La rassurer serait vraiment un geste charitable, je crois… De toute façon, nous reviendrons sûrement dimanche prochain. Entre deux et quatre heures, pour les visites, avez-vous dit ?

Marguerite s'empressa d'ajouter ce qui lui tenait le plus à cœur.

— Et dites à Béatrice que nous avons retrouvé ma sœur Camille et qu'elle se porte très bien. Cette nouvelle va sûrement la rassurer et lui faire plaisir.

La religieuse hésita un moment avant de répondre, comme si elle cherchait ses mots. Au moins, elle ne criait plus à Antoine de s'en aller. Marguerite vit ses lèvres trembler et sa main caresser nerveusement la croix suspendue à sa ceinture. Serait-elle tombée sous le charme du pasteur? Finalement, après lui avoir jeté un œil interrogateur, elle retrouva sa langue et se releva promptement.

— Ne bougez pas, je vais la chercher, votre Béatrice!

— Oh! merci, ma sœur. Dieu vous le rendra.

— Euh… Vous avez bien dit rue Émery près de Saint-Denis, c'est bien ça? Puis-je savoir l'adresse exacte?

≫⸺≪

Deux jours plus tard, un inconnu sonna à la porte du logement des Lacroix.

— C'est la livraison pour le refuge.

— La livraison? Quelle livraison?

Devant le passage menant derrière la maison se tenait un cheval harnaché à une charrette remplie à ras bord de meubles, de matelas et d'une multitude de sacs. Marguerite et Antoine y trouvèrent quatre vieilles couchettes d'enfant, cinq matelas pour adultes encore assez propres, une pile de draps et de couvertures, et un large assortiment de vêtements pour bébés, de couches de coton et de biberons.

Le livreur, une fois tout le matériel déposé dans la remise, tendit une enveloppe à Antoine. Elle contenait un formulaire de reçu que l'homme lui demanda de signer. Sur la feuille, une courte ligne sans signature était rédigée à la main, d'une écriture en pattes de mouches:

Au nom du même Dieu que le vôtre…

S. S.-C.

106

Ému, Antoine s'empressa d'ajouter, avant de tracer ses initiales :

Ma chère sœur, qu'Il vous bénisse et vous le rende au centuple !

A. L.

9

« C'est un rempart, que notre Dieu, en ces jours de détresse… »

La mélopée montait, vibrante, enivrante comme un parfum calmant qui apaisait les cœurs. Une grande partie de l'assistance avait la vie dure. Ces filles-mères ostracisées, sans travail, avec la responsabilité d'un enfant sur les épaules, ces nouveaux convertis au protestantisme sans cesse montrés du doigt, ces rares fidèles tirant le diable par la queue pour faire vivre leur famille nombreuse… Sans doute ces gens trouvaient-ils dans ces lectures, ces chants et les paroles rassurantes du pasteur, un brin de consolation et un germe d'espoir pour une vie meilleure.

Camille s'en donnait à cœur joie pour accompagner les chorals sur le petit orgue placé à côté de la bible déposée au milieu, sur un trépied de fortune formé de vieilles boîtes empilées les unes sur les autres. Si la pauvreté et le détachement des biens de ce monde faisaient partie des priorités du ministère protestant, Marguerite et Antoine y adhéraient parfaitement, sans compter leur dévouement à l'égard du prochain. Envers et contre tous, ils arrivaient à se débrouiller avec les moyens du bord.

En mêlant sa voix à celles de la petite assemblée réunie pour l'office du dimanche, Marguerite y trouvait son compte et éprouvait une certaine fierté. Bien sûr, les sons nasillards et les fausses notes émis par Antoine détonnaient et détonneraient toujours sur l'harmonie de ces hymnes si beaux. La nature avait, hélas, oublié de le doter d'une oreille juste, mais le cher homme chantait avec tant d'ardeur que sa femme lui pardonnait cette cacophonie qui la faisait sourire. Après tout, c'était là son seul défaut!

Comme cet homme-là avait transformé sa vie! Depuis la fondation du Refuge Lacroix, quelque deux ans auparavant, elle se sentait enfin utile, emportée dans l'existence avec un élan sans pareil. Les tâtonnements d'autrefois n'existaient plus. Le couple avait décidé d'avoir un deuxième enfant, et chaque mois elle attendait avec frénésie les signes de sa présence en elle. Mais son idéal dépassait maintenant celui d'être simplement une mère de famille. Plus haut, plus loin, plus grand que son couple et que les siens, elle avait maintenant la conscience profonde d'appartenir à la grande communauté humaine et d'y jouer un rôle, sinon essentiel, à tout le moins prépondérant. Ainsi, tout en s'occupant de son cher Emmanuel, elle se donnait pour tâche quotidienne d'améliorer le sort de ses semblables, main dans la main avec l'homme de sa vie.

En cette fin du printemps 1891, cinq jeunes filles logeaient dans le refuge de l'arrière-cour à l'abri de la pauvreté et du désœuvrement, et loin du danger. Non seulement Marguerite et son mari leur procuraient le gîte, mais ils leur offraient aussi une écoute attentive et une assistance empressée. Combien de fois Antoine, avec son impressionnant pouvoir de persuasion, n'avait-il pas empêché l'une d'elles de sombrer de nouveau dans la prostitution? Ou encore l'avait-il aidée à se chercher du travail pour acquérir son autonomie et retrouver sa dignité, se faire une place au soleil et recommencer à marcher la tête haute? Et combien de fois Marguerite n'avait-elle pas emmené un bébé malade chez le docteur Beaulieu pour le faire soigner? Et ce club de tricot qu'elle avait formé pour habiller les enfants pauvres, et les cours de lecture et d'écriture qu'elle offrait gratuitement à tous ceux qui s'y intéressaient, catholiques et protestants confondus… Même Camille, toujours pensionnaire chez eux, écoulait ses heures de loisir auprès des enfants du refuge en revenant de la boulangerie.

Antoine s'avança devant les fidèles pour prononcer son sermon. Dans ses homélies, il parlait avec tant de conviction que Marguerite ne comprenait pas pourquoi la ville de Montréal au complet ne se présentait pas aux services religieux de la rue Émery. Malheureusement, après des mois et des mois d'une présence remarquable et remarquée dans le voisinage, à peine une infime poignée de fidèles se présentaient à l'office du dimanche. On y comptait quelques résidentes du refuge ainsi que cinq ou six habitants du quartier, pour la plupart des émigrés ayant adopté la langue française. De nouveaux convertis, il ne s'en pointait guère.

Il faut dire que les membres du clergé de la paroisse voisine livraient à Marguerite et Antoine une lutte sans merci et affirmaient haut et fort que l'association de catholiques et de protestants ne pouvait produire rien de bon. À leurs yeux, le Refuge Lacroix n'était rien d'autre que l'«antre du démon». Les deux sociétés distinctes de Montréal, séparées par la langue, la religion et les moyens financiers, demeuraient pourtant en interaction constante et partageaient pacifiquement les rues, les endroits publics, les magasins et les milieux de travail.

À sa sortie de l'hôpital de la Miséricorde, deux ans auparavant, Béatrice s'était installée au fond du hangar des Lacroix avec son bébé, accompagnée d'une autre fille-mère avec qui elle s'était liée d'amitié dans les corridors de la maternité. Grâce à l'envoi discret de matériel par sœur Sainte-Clothilde, Marguerite et Antoine avaient pu aménager un dortoir pour femmes et enfants. Par contre, la religieuse s'était bien gardée, par la suite, de leur confier des jeunes filles. Mais la publicité de bouche à oreille eut tôt fait de remplir le gîte presque continuellement à pleine capacité.

Emballé par l'initiative, le docteur Beaulieu avait offert de payer de sa poche l'installation, au fond de la remise, d'une petite cuisinette élémentaire garnie de quelques armoires, d'une glacière et d'une cuisinière à charbon pour la cuisson. On avait alors couru tous les bazars de la ville pour dénicher les ustensiles usuels, la vaisselle et autres nécessités. Et quand Camille et Marguerite s'étaient rendues chez les Greenberg, eux-mêmes protestants, pour leur donner des nouvelles et s'enquérir de la santé de chacun, elles ne s'attendaient guère, en les invitant à venir visiter le refuge, à recevoir un petit orgue en cadeau dès le lendemain de leur visite. Même l'Armée du Salut, ayant enfin pignon sur rue en dépit des émeutes qui l'avaient accueillie à Montréal et à Québec quelques années auparavant, accepta de leur trouver une table et des chaises.

Ainsi, il n'était resté à Antoine qu'à fabriquer des bancs pour la partie réservée au culte du dimanche ainsi qu'à fixer une longue pôle au milieu du plafond pour permettre de tirer un rideau au travers de la remise de façon à créer une séparation lors des offices religieux et des heures de classe.

Le pasteur toussota légèrement et se tourna vers l'assemblée devenue silencieuse en ouvrant tout grand les bras.

— Mes amis, voici venu le temps de demander pardon à Dieu pour nos péchés. N'oubliez pas qu'il vous pardonne en permanence, à toute heure du jour et de la nuit. Ici, il n'existe pas de confessionnal. Avouez-lui directement vos fautes en toute confiance, en sachant qu'il vous a absous à l'avance.

En entendant ces paroles, Marguerite soupirait d'aise chaque fois. C'en était fini des visites au confessionnal dont elle se souvenait comme d'un cauchemar. Finis les aveux honteux au sujet desquels le confesseur ne se gênait pas pour demander des précisions. Avec qui ? Combien de fois ? En avait-elle ressenti du plaisir ? Jamais elle n'avait accepté de divulguer le nom de son amant quand elle se confessait au père Lagier, à Lowell. Et quand venait le temps d'affirmer pieusement son regret et son ferme propos de ne plus recommencer, elle savait qu'elle mentait, à elle-même autant qu'au prêtre. Mais on ne ment pas à Dieu…

La seule pratique qu'elle n'appréciait pas dans le rituel baptiste était le baptême par immersion totale où même l'officiant devait pénétrer dans l'eau. Elle n'était pas arrivée à s'y soumettre, ni sur les bords du Richelieu ni sur la rive du grand fleuve. Pas encore… Elle appréciait, par contre, que l'on se garde de baptiser les bébés totalement inconscients, préférant les conduire plusieurs années plus tard vers ce sacrement, à un âge où ils pouvaient décider par eux-mêmes et en toute connaissance de cause de faire un geste symbolique de foi réelle et d'un engagement en conséquence.

L'assemblée se leva d'un bloc. Le temps était venu de passer à chacun le pain et le vin consacrés. Au moment de s'avancer vers l'officiant, Marguerite se retourna et crut apercevoir des visages inconnus dans l'une des fenêtres du refuge. Avait-elle rêvé? Quelqu'un voulait-il les attaquer ou semer le trouble? Peut-être avait-elle l'imagination trop fertile…

Elle n'avait jamais oublié les histoires d'horreur qu'on lui avait racontées sur les débuts de l'Institut Feller à Grande-Ligne. Quand la fondatrice, Henriette Feller, et le jeune Roussy étaient arrivés de Suisse en 1835, ils avaient été la cible de la colère populaire entretenue par les prêtres catholiques. À tel point qu'ils avaient dû, avec leurs acolytes et une cinquantaine de familles, s'exiler aux États-Unis pour un certain temps avant de pouvoir revenir courageusement au Québec. On avait attaqué les maisons des convertis, saccagé leurs jardins et brûlé leurs biens. On s'était même amusé à organiser des charivaris à leurs portes. Et ça n'avait pas été facile non plus pour les deux autres centres protestants, l'Institut de Pointe-aux-Trembles et l'Institut méthodiste français.

Depuis ce temps, l'Église catholique n'avait jamais cessé de blâmer publiquement les protestants avec hargne et animosité. Le mois précédent, un ministre presbytérien, Charles Chiniquy, le célèbre prêtre catholique défroqué et excommunié, dont les mémoires connaissaient un énorme succès aux États-Unis, était venu malgré son grand âge pour prononcer quelques discours virulents décriant l'Église catholique. À la suite de cette visite, dans toutes les paroisses de la ville, on mettait les fidèles en garde contre ces faux prophètes protestants associés à Satan, ces loups galeux déguisés en brebis pour monter un complot contre le Dieu vivant. On ne manquait pas de préciser aux fidèles que les exemplaires de la Bible distribués par les protestants étaient vomis des entrailles de l'enfer et que leur lecture allait perdre leur âme. Évidemment, à la suite de ces événements, la communauté protestante de Montréal se plaignit de vandalisme et de sabotage à de nombreux endroits.

Malgré les efforts d'Antoine pour la rassurer, Marguerite s'attendait tôt ou tard à des actions belliqueuses perpétrées contre le Refuge Lacroix par ceux qui prétendaient détenir seuls la vérité. Distraite de la cérémonie qui se déroulait à l'avant, elle n'avait de cesse de surveiller la porte et chacune des fenêtres. Elle ne s'était pas trompée. Terrorisée, elle vit tout à coup l'un des intrus portant un masque brandir le poing devant la vitre. Elle se mordit les lèvres pour se retenir de crier. Mieux valait ne pas broncher, pour l'instant, et éviter de provoquer les importuns.

Inconscient du danger, Antoine leva la main pour esquisser le geste de la bénédiction.

— Que le Seigneur vous garde tous. Rappelez-vous que vous êtes les témoins du Christ dans le monde.

Au moment où l'orgue entamait l'introduction du dernier cantique, un vacarme insolite vint interrompre l'office. Dans l'arrière-cour, un groupe de jeunes frappaient sur des chaudrons et soufflaient dans des instruments de musique. Ils commencèrent à lancer des pierres pour fracasser les carreaux des fenêtres en criant : « Arrière, Satan ! »

Effarouchés, les quelques fidèles se précipitèrent candidement de l'autre côté du rideau, dans l'espace qui servait de logement aux jeunes filles, avec le fol espoir de se protéger contre les agresseurs. Les enfants commencèrent à hurler de frayeur. Le pasteur, en bon gardien de son troupeau, tenta de les calmer un peu.

— Ne bougez pas! Vous les encouragez en leur montrant que vous avez peur.

Antoine sortit alors en refermant brusquement la porte derrière lui et marcha d'un pas assuré vers les agresseurs. Les jeunes voyous, au nombre de six ou sept, figèrent sur place, surpris par l'attitude frondeuse du pasteur.

— Salut, les gars! Essayez-vous de chasser les mouches avec des cailloux, dites donc?

— Non, on chasse le démon.

— Où ça? Vite, vite, dites-moi où! Moi aussi, je veux le combattre!

Antoine s'empara d'une grosse pierre et la souleva très haut, ce qui eut pour effet de couper le souffle aux assaillants.

— J'espère bien qu'il ne se trouve pas parmi vous, le démon… Dites donc, les gars, c'est dimanche aujourd'hui. Avez-vous assisté à la messe?

— Euh…

— Bon, je vois… Écoutez, je vais vous arranger ça. On va chasser le démon tous ensemble. Si vous regrettez sincèrement vos mauvais coups, Dieu est prêt à vous pardonner. Je me charge de lui en parler, tout de suite, là, en ce moment même. Ici, on ne communie qu'une fois par mois et ça adonne bien, c'est aujourd'hui! Il me reste un peu de pain et de vin pour vous faire communier, je crois. Ça vous intéresse? Mais il vous faudra d'abord regretter sincèrement vos bêtises avant de recevoir Jésus.

— Bof…

— Ensuite, j'ai une autre surprise pour vous: derrière ce rideau, ma femme est en train de servir du thé et les meilleures galettes à la mélasse de la ville. Et devinez à qui ? Aux cinq plus belles filles de Montréal. Ça vous dit quelque chose ?

Était-ce la perspective de boire du vin ou celle de rencontrer des jolies filles en avalant les meilleurs biscuits de la ville, ou encore celle d'être pardonnés de leurs fautes ? Dépités, les jeunes délinquants pris au dépourvu ne mirent pas de temps à capituler.

C'est parmi eux que, ce jour-là, Camille rencontra son premier amoureux. Antoine Lacroix s'en mordit les pouces pendant longtemps.

10

— As-tu vu ça, Anne ? Des terrassiers irlandais et des ouvriers canadiens-français d'une compagnie de Holyoke se sont mis en grève pour protester contre une réduction de salaire doublée d'une hausse de productivité. Pour une fois que les nôtres ont le courage d'exprimer leur désaccord ! Évidemment, les pauvres travailleurs ont été remplacés comme d'habitude par d'autres Canadiens français plus lâches. Les salauds ! Mais, crois-le ou non, les grévistes ont réussi à convaincre ces foutus briseurs de grève de renoncer à jouer les *scabs*, et ils ont accepté ! Les patrons, désemparés, ont dû engager des Italiens et des Polonais peu entraînés pour les remplacer. Eh ! eh ! C'est là que les Américains vont commencer à apprécier à leur juste valeur les qualités de nos ouvriers de plus en plus spécialisés et leur haute compétence dans plusieurs secteurs. Il est temps que nos immigrants québécois fassent l'apprentissage de moyens de pression comme la grève et arrêtent de se laisser exploiter sans défendre leurs droits.

— Hum hum…

Absorbée par le tableau qu'elle était en train de peindre, Anne répondit à peine. Elle en avait marre de tous ces sujets dont son mari lui rebattait les oreilles à cœur de jour. Tantôt, il en voulait aux propriétaires de compagnies imbus de « nativisme » qui n'embauchaient que des Américains ou des gens naturalisés et complètement assimilés, tantôt, il reprochait au Québec, sa mère patrie, son désintéressement et son attitude méprisante envers le pays d'adoption de plusieurs dizaines de milliers de ses enfants émigrés, et tantôt, il se lançait dans de longues diatribes sur les guerres religieuses entre catholiques canadiens et irlandais.

Anne, qui autrefois possédait une bonne conscience sociale et s'intéressait à tous ces problèmes d'actualité, n'aspirait plus maintenant qu'à un bonheur tranquille et sans histoire auprès de sa petite famille.

L'année précédente, Pierre s'était réjoui de voir, comme il s'y attendait, le journal *Le National*, produit dans l'État de New York et pour lequel il travaillait, déménager ses pénates au Massachusetts, précisément à Lowell. Mais son contentement s'était avéré de courte durée, car une mésentente entre lui et la direction l'avait amené à remettre sa démission. Il avait alors postulé pour un emploi plus régulier au journal *L'Étoile* situé sur la rue Prince et, par une chance inespérée, on l'avait embauché le jour même à cause de sa bonne réputation.

Anne avait bondi de joie. Enfin son mari n'aurait plus à la quitter à tout moment pour visiter les bureaux de Plattsburgh ou aller faire des reportages un peu partout en Nouvelle-Angleterre. Mais elle se leurrait. Les dirigeants de *L'Étoile* formaient eux aussi le projet de transformer l'hebdomadaire en quotidien avant une année ou deux, et ils appréciaient le fait d'avoir mis la patte sur un journaliste de la trempe de Pierre Forêt. On allait l'entraîner et le mettre au courant de tous les dossiers en prévision de lui offrir un poste-clé dans la future équipe. Jamais, depuis ce temps, le mari d'Anne n'avait autant brillé par ses absences, trop souvent prolongées. Quand il ne partait pas pour Boston, il s'embarquait pour New York, Fall River ou Pittsburg, ou toute autre ville importante de l'est des États-Unis.

Cela n'avait pas empêché l'homme de faire un troisième bébé à sa femme. Hélas, cette grossesse imprévue donnait du fil à retordre à la mère et semblait de plus en plus tourner au vinaigre. Dès le début, des saignements abondants s'étaient manifestés sans raison, et le médecin lui avait recommandé avec insistance de garder le lit à toute heure du jour et de la nuit. Avec un mari absent et deux enfants… Il en avait de bonnes, celui-là!

Un matin, Anne se retrouva en hémorragie, tenant à peine sur ses jambes pour aller demander, encore une fois, l'aide de la voisine. Cette fois, le docteur se montra catégorique: elle devait absolument demeurer à l'horizontale et les jambes soulevées en tout temps. Il s'agissait là d'une question de vie ou de mort.

On engagea donc une servante, une jeune Américaine d'une quinzaine d'années, pour préparer les repas et s'occuper d'Élisabeth et de son petit frère Philippe. En fin de journée, Pierre prenait la relève, partagé entre son travail et les travaux ménagers, rédigeant ses textes à la maison ou au bureau, évitant autant que possible les déplacements à l'extérieur de la ville. Harassé, il se mit à jurer par tous les saints que cette grossesse-là serait «la dernière des dernières». Trois enfants suffiraient à leur bonheur, «quoi qu'en disent les curés». Anne se gardait bien d'émettre une opinion à ce sujet. Sauver d'abord cet enfant-là et surtout sauver sa propre vie, c'était là tout ce qui importait pour elle à ce moment.

Petit à petit, la situation sembla s'améliorer. Les saignements s'espacèrent et Anne atteignit quatre mois de grossesse. Mais la consigne de rester alitée fut maintenue. Installée sur le grand sofa du salon, elle sombrait dans l'ennui, comptant les heures une à une en soupirant, se contentant de regarder d'un œil attendri ses deux enfants jouer autour d'elle en présence de la servante. La lecture et même la rédaction de lettres à ses sœurs de Montréal avaient perdu tout intérêt à ses yeux. Que lui servait de raconter ses malheurs à Marguerite et Camille, elles vivaient ailleurs, dans un autre univers, à des centaines de milles au nord de Lowell, et elles ne pouvaient l'aider en rien. La famille Laurin, disloquée, scindée, brisée, n'existait plus.

Seule son amie Rose-Marie comptait pour elle, avec sa tendresse et ses petites attentions, sa sollicitude, son écoute bienveillante. Quelques semaines auparavant, elle s'était pointée, un bon après-midi, avec un assortiment de toiles, de tubes de couleurs et de pinceaux de tous les formats. Le parfait ensemble de l'artiste peintre!

— Mais que veux-tu que je fasse avec ça, Rose-Marie? Je ne peux même pas quitter ce satané sofa!

— On peut peindre assise, non? À tout le moins, c'est ce qu'on raconte, parce que moi, je n'y connais rien. Pourquoi ne pas t'y remettre? Tu as un talent fou.

— Qu'en sais-tu? Je ne possède aucune notion technique. Moi non plus, je ne sais pas peindre. Il me faudrait d'abord suivre des cours, tu ne penses pas?

— J'adore tes tableaux suspendus au-dessus du guéridon. Essaye-toi encore! Tu ne verras plus le temps passer.

— Mais il s'agit de paysages. Je vais peindre quoi, moi, rivée à ce divan? Je ne peux même pas sortir à l'extérieur de la maison!

— Allons donc! Tu as des enfants qui peuvent te servir de modèle, et puis un chat, des bibelots, un pot de fleurs sur la table, une fenêtre où regarder la rue et le ciel. Je ne sais pas, moi… Ouvre-toi les yeux, bon Dieu de la vie! Je n'en peux plus de te voir démoralisée de la sorte! J'avais pensé qu'un nouveau centre d'intérêt, une nouvelle activité te sortirait de la grisaille.

— Au fond, tu as raison. Je vais faire un effort. Une chance que je t'ai, toi, ma douce amie! La meilleure amie du monde!

Ainsi, grâce à Rose-Marie, Anne commença à se consacrer à la peinture. Rapidement, elle prit un plaisir incroyable à barbouiller des toiles à longueur de journée. Barbouillages fort habiles et magnifiques, d'ailleurs, et devant lesquels un Pierre ébahi ne tarissait pas d'éloges. Même Rose-Marie se pâmait d'admiration.

Alors naquirent des scènes d'enfants accroupis en train d'examiner une fourmi ou penchés au-dessus d'un pot de fleurs, puis celle d'un chat, une patte menaçante tendue sur le rebord d'un aquarium, puis celle d'un bourgeon en train d'éclore sur le bout d'une branche, perçu à travers les rideaux d'une fenêtre, et bien d'autres sujets tout aussi adorables les uns que les autres.

Un jour, Rose-Marie demanda la permission d'apporter quelques toiles à la maison pour les montrer à Paul. Les deux maris ne s'étaient pas réconciliés depuis leur dernière prise de bec, quelques années auparavant, et on évitait systématiquement les rencontres en couples. Elle revint le lendemain, pleine d'enthousiasme, ravie de l'excellente nouvelle qu'elle apportait.

— Tu sais pas quoi, Anne? Paul a adoré tes tableaux et il te demande la permission de les exposer, et éventuellement de les vendre, dans le hall d'entrée du Rosemary's Fair de Lowell. Tu sais, l'une de ces boutiques de prêt-à-porter pour dames maintenant devenues une chaîne de magasins? Il semble convaincu que ce style naïf plaira à ses riches clientes américaines. Et si ça marche bien, il va t'en commander d'autres.

— Allons donc, tu te moques de moi!

— Non, non! C'est sérieux, je t'assure! Mon mari a ses défauts, mais il n'est pas sans-cœur. Il affirme devoir ce petit service à sa première et meilleure vendeuse, celle qui, à l'époque, a moussé sa carrière en faisant si bien démarrer son premier magasin de chaussures. La Par-botte, tu te rappelles?

— Certain que je me rappelle! J'avais seize ans...

Anne ne put terminer sa phrase, trop émue par ce qui lui arrivait tout à coup. Anne Forêt, peintre officiellement reconnue dont on mettrait les œuvres en vente dans l'un des plus grands magasins de Lowell, et peut-être même ailleurs en Nouvelle-Angleterre... Wow! Elle croyait rêver.

— Tu le mérites bien, mon amie, et ça va t'aider à passer le temps. Il te reste encore quelques mois de grossesse à écouler, ne l'oublie pas.

Comment pouvait-elle l'oublier? Ainsi, quand Pierre annonça son intention de partir pour Holyoke afin de tâter le terrain là-bas, elle lança des cris de protestation. Et si elle se remettait à saigner? Elle se fichait éperdument de cette histoire de grève, elle! Pierre s'était alors approché et avait susurré son argument, tout en portant un œil distrait sur le nuage qu'elle était en train de peindre au-dessus des logements de briques alignés de l'autre côté de sa rue lui servant de modèle.

— Je pourrais pondre quelques articles sur ce qui se passe à cet endroit, voir comment les gens réagissent, recueillir les opinions, faire le point sur cette affaire. Mon journal apprécierait sûrement de me voir fouiller ce sujet à fond et en faire une manchette. Ça réveillerait peut-être quelques Canadiens. Sans parler de l'augmentation de salaire à laquelle j'aspire depuis quelque temps…

Outrée, Anne se mordit les lèvres pour ne pas crier et poussa deux longs soupirs plutôt qu'un avant de réagir.

— Et si je recommence à me sentir mal, moi, je fais quoi pendant l'absence de monsieur le journaliste ? Dois-je t'attendre avant de mourir, ou préfères-tu que je boucle le tout avant ton retour ?

— Ne sois pas cynique, Anne. Tu vas mieux depuis une quinzaine de jours. Et je ne partirais que pour quarante-huit heures tout au plus. Deux jours, c'est vite passé. Une affaire de rien, quoi !

La jeune épouse ne répondit pas. Depuis plusieurs mois, le soin de sa femme l'avait emporté sur la vie professionnelle de Pierre, et elle lui en était grandement reconnaissante. Mais, cette fois, il ne plierait pas. Après tout, elle ne resterait pas seule, la servante se trouvait là. Cependant, pouvait-on faire confiance à cette boniche anglophone à l'attitude peu délurée et aux gestes trop souvent maladroits ?

Anne fit la moue et consentit finalement d'un simple signe de tête au départ de son mari soulagé et tout à fait content. Était-ce par instinct, intuition ou prémonition ? Ce jour-là, elle ajouta plusieurs nuages gris dans le ciel de sa toile.

Hélas, contrairement aux prévisions de Pierre, ces deux jours ne furent pas vite passés. À peine quelques heures après le départ du journaliste, la future mère commença à ressentir des crampes au bas du ventre. Au bord de la panique, elle reconnut ces douleurs qu'aucune femme n'oublie jamais. C'étaient les douleurs de l'accouchement. À cinq mois et demi de grossesse.

11

Lowell, 9 août 1891

Ma chère Marguerite,

J'ai le malheur de t'annoncer la perte de mon bébé, la semaine dernière. À travers l'énorme quantité de sang et le monceau de débris, grumeaux, caillots et placenta qui sont sortis brutalement de mes entrailles, personne n'a songé, dans l'affolement du moment, à rechercher le sexe du minuscule corps flasque emporté par le flot. Je ne saurai jamais si l'ange que j'ai envoyé au ciel est un garçon ou une fille. J'espère en tout cas qu'il ne se trouve pas dans les limbes pour reprocher à sa mère, durant l'éternité, d'avoir négligé de l'ondoyer. Comment aurais-je pu ? Et la servante américaine, une protestante, n'y a pas songé elle non plus. J'ai réellement failli perdre la vie, Marguerite, et si le docteur s'était trouvé à l'extérieur de chez lui quand la bonne est allée le chercher en catastrophe, je serais au paradis moi aussi. Car Pierre avait quitté Lowell, ce jour-là.

Tout ce sang... J'ai tellement pensé à maman quand elle nous a quittées, tu n'as pas idée. Je n'avais que onze ans, à l'époque, mais je n'ai rien oublié. Ce sang répandu sur ses jambes et ses pieds, sur ses vêtements, sur les draps, les serviettes, les couvertures. Partout ! Et maman qui criait à fendre l'âme qu'elle ne voulait pas mourir...

J'ai fait pareil, Marguerite. J'ai prié, j'ai crié, j'ai juré, j'ai hurlé à mort. Lorsque le docteur s'est enfin présenté en courant, il m'a rapidement placé les jambes en l'air sur une pile de coussins, puis il a essayé d'extirper toutes les cochonneries qui me restaient dans le ventre. Ensuite, il m'a bourrée de tampons. Il criait à la servante de lui trouver de la glace, mais de la glace, ça ne court pas les rues en été.

Petit à petit, le miracle s'est produit. Le sang a cessé de gicler, puis il a commencé à s'écouler goutte à goutte. Finalement, au bout d'un certain temps, il s'est arrêté de me vider de ma substance et d'emporter ma vie. J'ai alors perdu connaissance. Quand je me suis réveillée, plusieurs heures plus tard, le médecin se trouvait encore à mes côtés ainsi que Rose-Marie. Elle a passé la nuit à mon chevet à me tenir la main.

Pierre, au courant de rien, est rentré le lendemain. En apprenant la perte du bébé et le grand péril auquel je venais d'échapper, il s'est mis à pleurer, la tête dans mon cou, en me demandant pardon. Je n'avais rien à lui pardonner, à vrai dire, sinon d'être simplement parti accomplir son devoir de travailleur, sans plus. Fatalement, cette fausse couche se serait produite même s'il s'était trouvé auprès de moi. Mais il est demeuré inconsolable.

Moi aussi, je ressens un grand chagrin. J'accepte mal la perte de cet enfant. Tu me manques sans bon sens, ma grande sœur, et je pense très souvent à toi. Je n'en peux plus, tu sais. Alors hier, après une concertation à mon insu, mon mari et Rose-Marie se sont approchés de moi, toujours en convalescence sur le sofa du salon. Affichant un sourire inhabituel, ils m'ont présenté avec un air mystérieux une petite boîte emballée et enrubannée comme une étrenne du jour de l'An.

Je me suis empressée de l'ouvrir, tu penses bien! Sais-tu ce qu'elle contenait? Tu n'en reviendras pas: un billet de train aller-retour pour Montréal! «Parce qu'on t'aime et qu'on veut te changer les idées», avaient-ils écrit sur la petite carte qui accompagnait le cadeau. Tu parles! Trois semaines à Montréal auprès de mes sœurs! Je n'en reviens pas encore. Le bonheur… Peux-tu imaginer combien cette délicate pensée m'a fait plaisir? À tel point que j'ai recommencé à pleurer!

Rose-Marie s'offre pour garder Élisabeth et Philippe durant mon absence. Je n'aurai donc pas à m'inquiéter. Il me reste à reprendre des forces et à me remettre sur pied. D'ici mon départ, je compte bien avoir retrouvé la forme et le moral. Depuis le temps que tu me demandes de te rendre visite, ma chère grande sœur, cette fois, je te réponds oui avec excitation et une immense joie.

Si tout se passe bien, j'arriverai à la gare Bonaventure le 24 août, par le train du Grand Tronc de quatre heures de l'après-midi. Je t'y donne rendez-vous. J'ai tellement hâte de te serrer dans mes bras et de revoir Emmanuel. Et Antoine et Camille aussi. Comment va-t-elle, cette vilaine qui ne m'a pas écrit depuis des lunes?

En attendant ce moment extraordinaire, je t'envoie à l'avance mille et un baisers.

Anne
xxx

❧❧

Marguerite détestait les gares. Elles lui rappelaient trop de mauvais souvenirs, dont le plus douloureux la ramenait à sa première arrivée à Lowell, après avoir quitté Colebrook en compagnie de son père et de sa sœur. Comment oublier leur détresse alors qu'ils ne savaient pas où aller dormir? Et comment, aussi, ne pas revivre son désarroi de l'été 1888, quand elle était débarquée à Montréal, seule au monde avec le fruit de son péché grossissant secrètement dans son ventre et l'adresse de l'hôpital de la Miséricorde en poche? Trois ans déjà…

Et presque trois ans qu'il avait, l'adorable bout de chou qui trépignait à ses côtés, avide d'aller fouiner dans tous les recoins de la gare, frémissant, joyeux, plein de vie. Trois ans d'amour, trois ans de bonheur… Mais ce matin-là, en attendant l'arrivée d'Anne, ce bonheur la rendait mal à l'aise, et son ventre déjà légèrement gonflé par la présence d'un petit trésor à venir lui semblait indécent. Sa sœur ne venait-elle pas tout juste de perdre un enfant?

— Marguerite? Allo, ma grande sœur chérie!

Perdue dans ses pensées, Marguerite s'était trompée de quai et n'avait pas vu surgir le train en provenance des États-Unis.

— Anne! Comme tu es belle!

Ces admirables yeux pers, ce teint de pêche, cette chevelure fauve, et surtout ce sourire enjôleur, comment

Marguerite avait-elle pu les oublier? Combien de temps les deux sœurs restèrent-elles enlacées en sanglotant, là, parmi la foule et au beau milieu de la gare? C'est Emmanuel qui manifesta son impatience en tapochant les jupes de sa mère.

Anne ne put réprimer un cri d'admiration.

— Emmanuel! Quel mignon garçon! Beau comme son père, si je me rappelle bien le visage d'Antoine. Comment va-t-il, ce cher pasteur?

— Il nous attend à la maison avec un repas digne d'une reine, ma chère.

— Et toi, la grossesse, ça va? Et Camille? Elle n'a pas pu venir à la gare?

— Euh… Camille, on ne la voit pas très souvent de ce temps-ci. Je te raconterai ça plus tard. Viens, on rentre à la maison.

Bras dessus, bras dessous, les deux sœurs empruntèrent les voitures publiques jusqu'à la rue Émery, accompagnées d'Emmanuel et encombrées des nombreux bagages de la voyageuse.

Antoine accueillit sa belle-sœur à bras ouverts et s'empressa de l'inviter, avant le repas, à faire le tour du propriétaire du Refuge Lacroix derrière la maison. Épatée, Anne vit deux jeunes femmes en train d'effectuer des travaux de couture, l'une taillant une large pièce de tissu sur la table de la cuisine, une autre, bien calée au fond d'une chaise berceuse, brodant du nid-d'abeilles sur le corsage d'une robe d'enfant du nid-d'abeilles tandis qu'une troisième pédalait hardiment sur une machine à coudre. Une quatrième, un peu plus âgée que les autres, brassait un bouilli de bœuf aux légumes dans une grande casserole sur le poêle pendant que la dernière, aux allures de fillette, allaitait un bébé d'à peine quelques semaines.

Antoine crut bon d'apporter quelques précisions.

— Ces jeunes mamans travaillent pour monsieur Muir, un manufacturier de Montréal qui nous a loué cette machine à coudre et vient porter du travail ici chaque semaine. Évidemment, c'est payé fort bon marché et à la pièce. Par contre, l'avantage pour ces jeunes mères est de pouvoir s'occuper de leur bébé tout en participant aux dépenses du refuge. Elles demeurent ici en transit, en attendant de se trouver un travail bien à elles et un logement approprié. Bref, elles habitent ce gîte pour se bâtir une autonomie et surtout se refaire une dignité. Nous travaillons très fort sur ce dernier point, Marguerite et moi, car il ne s'agit pas seulement de les dépanner momentanément, mais aussi de les aider à se débrouiller. C'est pourquoi Margot leur donne des cours de français deux soirs par semaine.

Le pasteur saisit fièrement sa femme par les épaules, et Anne sursauta devant ce geste affectueux exempt de pudeur. Elle n'avait été en contact avec Antoine dans son rôle d'homme marié que durant deux jours à Lowell, avant son départ définitif pour Montréal avec Marguerite, au lendemain de leur mariage clandestin. Dans les souvenirs d'Anne, datant déjà de quelques années, Antoine prenait davantage la figure du bon père Lacroix, vicaire de la paroisse Saint-Joseph, que de celle d'époux et de père de famille. Et même de beau-frère!

Béatrice vint d'elle-même serrer la main de la visiteuse.

— Salut! Je suis Béatrice Larochelle, la plus ancienne pensionnaire de la maison et… la plus coriace! Je suis surtout la grande amie de votre sœur Camille et même, si j'ose dire, un peu la fille adoptive de Marguerite, malgré notre faible différence d'âge. Je dois la vie à votre sœur, vous savez…

Anne prit conscience d'avoir manqué un grand bout de l'existence de Marguerite. Mais la vue de tous ces bébés dormant paisiblement dans leurs couchettes installées dans le dortoir attenant à la cuisine eut tôt fait de lui changer les idées. Elle retint difficilement ses larmes, assumant encore avec douleur le deuil de son troisième enfant. Et de tous les autres enfants qu'elle n'aurait sans doute jamais, si elle suivait scrupuleusement les conseils du médecin. « *Too risky*, avait-il clamé, *you could die*[6]… »

Elle n'eut pas à expliquer ce brusque saisissement. Marguerite perçut le chagrin sur le visage de sa sœur et elle s'approcha aussitôt pour se serrer contre elle sans dire un mot. Une sœur, c'était cela, ce geste simple et éloquent, ce silence complice, cette compréhension naturelle et spontanée, ce partage qui dépassait la proximité physique et rejoignait l'âme. Le cœur de l'âme… Il n'en fallut pas plus pour qu'Anne éclate pour de bon. Dieu que le contact avec Marguerite lui faisait du bien !

Antoine se racla la gorge, sans doute pour chasser le trop-plein d'émotions qui s'emparait aussi de lui.

— Dis donc, la belle-sœur, tu dois avoir faim ! Si on ne veut pas manger du poulet brûlé, on ferait mieux de rentrer.

Camille, qui avait accepté de bon cœur de partager sa chambre avec Anne, ne se présenta ni pour le souper ni pour la nuit. De toute évidence, la sœurette causait de vives inquiétudes au couple Lacroix. Marguerite

---

6. « Trop risqué, vous pourriez mourir… »

n'hésita pas à partager ses appréhensions avec sa sœur.

— Imagine-toi qu'elle s'est amourachée d'un voyou. Une espèce de dévergondé, buveur et racoleur, qui n'a pas froid aux yeux et cherche continuellement le trouble. On a beau la mettre en garde contre ce genre de fréquentations, elle n'y voit que du feu et nous envoie promener là où tu penses ! Je soupçonne ce garnement fort louche d'être un voleur. L'autre soir, Camille est rentrée complètement saoule, vêtue d'une robe de grand luxe et arborant un superbe collier en or. Où a-t-elle pris ça, penses-tu ? Elle ne se l'est sûrement pas offert avec son maigre salaire de vendeuse à la boulangerie ! D'ailleurs, avec ses trop nombreuses absences, elle va finir par le perdre, cet emploi à la boutique de pain, j'en ai bien peur. Antoine a encore parlé à sa patronne, hier, pour la rassurer sur cette « mauvaise passe » et la supplier de faire preuve de patience. Mais la patience a ses limites, les affaires étant les affaires…

— On doit faire quelque chose, Marguerite. Angelina l'avait pourtant bien élevée, cette enfant-là…

— Cette enfant-là, comme tu dis, s'en va sur ses dix-huit ans. On ne peut tout de même pas l'attacher !

— Et si je la ramenais à Lowell avec moi ? Nous habitons maintenant un plus grand logement, nous pourrions lui faire une place.

— Bonne chance ! Tu peux toujours lui en parler… En tout cas, l'autre jour, Antoine lui a fait un sermon en bonne et due forme sur la morale. Elle a à peine écouté en levant les yeux au ciel. Sais-tu ce que mon mari a fait ? Crois-le ou non, il lui a donné un plein sac de préservatifs. Au moins, de ce côté-là, je me sens un peu rassurée. Elle ne se mettra pas les pieds dans les plats comme les filles du refuge. Pas question de faire un bébé avec le blanc-bec !

— Des préservatifs ? Ça existe ? Et ton mari pasteur en possède une réserve et il les donne aux filles ! Allons donc !

— Mais oui. La religion protestante considère les femmes comme égales aux hommes et ne les oblige pas à mettre un bébé au monde chaque année. Notre Église préconise les belles et nombreuses familles plutôt que la contraception, cela va de soi. Cependant, elle prend aussi en considération la santé et la qualité de vie. Pas question de faire mourir les femmes à force d'accoucher, ni d'imposer à des enfants de vivre dans la pauvreté et l'insalubrité. Certaines Canadiennes françaises, si elles ont la chance de ne pas mourir lors d'un accouchement, mettent au monde jusqu'à quinze ou vingt enfants, au cours de leur existence. Ça n'a aucun sens !

— Et personne n'ira en enfer avec ces empêchements de la famille tellement condamnés par les prêtres ? Je n'en reviens pas !

— Non, personne n'ira chez le diable.

Un silence lourd envahit la pièce. On aurait pu entendre une mouche voler. Marguerite se dit qu'il s'agissait peut-être d'un ange. Au bout d'un instant, Anne sembla se ressaisir.

— Oh ! dis donc, j'ai apporté des cadeaux pour tout le monde, moi !

De son immense sac de toile, elle extirpa deux adorables oursons de peluche « pour mes deux neveux », l'un, gigantesque, destiné à Emmanuel qui s'en empara avec un grand sourire de contentement, et un plus petit, minuscule mais tout à fait semblable, qu'Anne déposa délicatement dans le moïse vide disposé, en attente, au fond de la chambre des parents.

— Comment ça, pour tes deux neveux ? Pour l'instant, tu n'en possèdes qu'un seul, que je sache ! Et comment peux-tu savoir que j'attends un garçon ?

— Les fées me l'ont dit, eh ! eh !

Pour Camille, Anne avait tricoté un magnifique châle de mohair aux couleurs de l'arc-en-ciel, mais la jeune fille ne se trouvait pas là pour le recevoir.

— Je l'ai fabriqué pendant mes relevailles. J'aurais eu le temps d'en tricoter dix, je pense ! Quant à vous deux, Marguerite et Antoine, j'ai peint ces deux tableaux en pensant à vous dès les premiers jours où j'ai eu la permission de sortir de ma tanière et d'aller me promener un peu. J'espère qu'ils vous plairont.

Pour sa sœur, Anne avait peint l'église Saint-Jean-Baptiste de Lowell dont la construction avançait tranquillement et qui prenait forme de plus en plus au fil des années.

— Puisque vous vous êtes épousés dans les fondations de cette église, je sais que ce lieu, même transformé, aura toujours une place de choix dans ton cœur, ma grande sœur. Est-ce que je me trompe ?

— Quelle bonne idée ! Tu as raison, je songe très souvent à cette église où toute mon existence a basculé sous une nuit étoilée. Comment as-tu pu le deviner ?

Pour Antoine, le tableau reproduisait le parc de la Merrimack, à l'endroit précis où le *preacher* Anthony Cross avait enfin retrouvé sa bien-aimée.

— Tu n'as jamais dû oublier cet instant-là, n'est-ce pas, mon beau-frère ?

— Comment ne pas me rappeler le moment le plus important de ma vie ? Quelle belle sensibilité tu as, ma chère Anne !

La pureté des lignes, la vivacité des couleurs et, surtout, la pertinence des sujets enchantèrent le couple Lacroix. On installa les deux peintures bien à la vue sur le plus grand mur du salon, à la grande satisfaction de la peintre.

— Chère Anne, toujours aussi délicate et généreuse ! Mais j'y songe, à part notre hospitalité, nous n'avons pas de cadeau à t'offrir, nous…

— Un sac de préservatifs, au moment de m'en retourner aux *States*, devrait me suffire. Ça fera plaisir à mon médecin et à mon mari.

La jeune femme se mit à rire, mais Marguerite ne douta pas un instant qu'elle riait jaune.

12

Les premiers jours, Marguerite, en dépit de sa grossesse, servit volontiers de guide touristique pour
Anne. Tôt le matin, elle abandonnait Emmanuel à son
père pour la journée avec mille recommandations.
Antoine, bon diable, se faisait rassurant.

— Pars en paix, mon amour, et oublie-nous pour
quelques heures, je saurai me débrouiller. Tu le
mérites bien !

Leurs inquiétudes dissipées, les deux sœurs partaient bras dessus bras dessous à la conquête de ce qui
était en train de devenir la métropole économique du
Canada. Bien sûr, au moment du retour, en fin de journée, elles manquaient de trébucher sur des jouets et
de nombreuses traîneries jonchant le sol, et le souper
n'était pas préparé de la façon recommandée, mais
qu'importe, Antoine accueillait les deux femmes avec
une telle bienveillance, un intérêt tellement sincère pour
connaître leurs péripéties de la journée, que Marguerite
n'osait protester. D'ailleurs, Anne ne cessait de répéter
à sa sœur qu'elle avait épousé un homme en or.

— Ce n'est pas mon Pierre qui aurait le courage de
prendre la maisonnée en charge pendant toute une
journée ! Il a fallu que Rose-Marie s'occupe de mes
deux petits pour me permettre de venir ici. Qui aurait
cru que notre cher père Lacroix deviendrait un si bon

père de famille ? Je te le dis, ma sœur, tu as remporté le gros lot en mettant le grappin sur ce bonhomme-là ! Je le trouve extraordinaire.

Marguerite baissait la tête en rougissant et n'osait répondre que c'était plutôt lui qui avait usé du grappin pour l'attraper, elle ! Et que rien ne s'était avéré facile au début. Son bonheur, elle avait l'impression de l'avoir mérité au prix de vives souffrances.

En quelques jours, les deux sœurs firent allègrement le tour de la ville. Marguerite ne négligea rien et accompagna chaque visite de moult commentaires : la cathédrale de Montréal en construction sur le modèle de Saint-Pierre de Rome, la place d'Armes où l'église Notre-Dame fut la première église de la paroisse Ville-Marie, le marché Bonsecours, principal lieu de rencontre des citadins et des agriculteurs, la chapelle du même nom, très souvent en rénovation, le mont Royal, si agréable à parcourir, le carré Philips où le magasin Morgan venait d'ouvrir ses portes du côté nord de la rue Sainte-Catherine, le parc Logan situé au nord de la rue Sherbrooke près de Papineau, où aller faire des pique-niques, sans oublier les magasins et les édifices à bureaux de la St. James Street, occupés par des Anglais, pour la plupart.

Anne remarqua la sobriété, sinon la pauvreté, des quartiers ouvriers où habitaient les masses populaires francophones par rapport aux secteurs situés plus à l'ouest de la ville. Là, se dressaient des demeures princières à peu de distance des marchés financiers et commerciaux. Il s'en trouvait jusqu'au pied du mont Royal, toutes habitées par des Montréalais anglophones dont un grand nombre étaient d'origine anglo-écossaise.

— Les gens de langue anglaise et ceux de langue française ne paraissent pas se fréquenter davantage ici qu'à Lowell, tu ne trouves pas, Marguerite ?

— Pas pour les mêmes raisons ! Aux États-Unis, les francophones essayent en quelque sorte d'éviter la noyade dans un monde étranger, et leur résistance se base d'emblée sur la sauvegarde de leur culture. Tandis qu'ici, les Canadiens français sont chez eux. Ici, chez nous, c'est l'argent qui fait toute la différence. Pour le reste, les deux sociétés se tolèrent tacitement. Quelqu'un a écrit que Montréal constitue une ville britannique avec un cœur français. Et le cœur ne s'avère-t-il pas l'organe le plus important ?

En passant devant le Théâtre Royal, Anne nota qu'on y donnait la version dramatique du roman de Walter Scott, *Bride of Lammermoor*.

— Oh ! On a présenté ce spectacle dernièrement à Lowell. Rose-Marie l'a vu et elle en est sortie enchantée.

— Savais-tu que l'immense majorité des représentations offertes ici se jouent en anglais ? Il s'agit, pour la plupart, de vaudevilles et de spectacles de variétés offerts par des troupes américaines en tournée. Les bourgeois s'installent au parterre, les ouvriers au balcon. C'est pourquoi la Société Saint-Jean-Baptiste, en réaction contre l'anglicisation, a pris l'initiative de construire le Monument National sur la rue Saint-Laurent. Elle entend bien voir ce théâtre devenir le grand foyer culturel de la francophonie en Amérique du Nord.

— Dis donc, Marguerite… On devrait assister à *Bride of Lammermoor*. J'adore l'acteur Henry Irving. Je le trouve tellement beau !

— Malheureusement, mes moyens ne me le permettent pas, ma pauvre Anne. Les maigres revenus de nos résidentes ne suffisent pas à couvrir entièrement les dépenses du refuge. Antoine et moi, en dépit de son salaire dérisoire de pasteur, vivons surtout de dons de charité qu'on investit aussitôt dans nos bonnes œuvres. Le Refuge Lacroix s'est avéré une entreprise de plus grande envergure que prévu. Je ne m'en plains pas, tu sais, mais de là à m'offrir un billet de théâtre…

— Et si je t'offrais ce billet ?

— Non, j'ai autre chose en tête. Quelque chose qui, je pense, va t'emballer. Ça m'est venu à l'idée juste comme ça, ce matin, mais je préfère en parler à Antoine auparavant, question de budget encore une fois.

— Là, tu m'intrigues avec tes manigances !

— Eh ! eh ! Tu connaîtras mon idée en temps et lieu, ma chère. D'ici quelques jours, probablement, quand Camille viendra souper.

Anne fit mine de pincer sa sœur. Elle savourait avec un bonheur sans égal ces moments privilégiés en présence de Marguerite. Rien n'avait finalement changé entre elles, elle le voyait bien. Les deux femmes se retrouvaient comme si elles s'étaient vues la veille. À vrai dire, Anne n'avait jamais vraiment compris ni accepté la fuite si soudaine et sans explications de son aînée, enceinte et en état de crise, au début de l'été 1887. Et l'année suivante, son nouveau départ vers Montréal, au bras d'Antoine, l'avait aussi terriblement affectée. Bien sûr, elle s'était réjouie du bonheur de sa sœur, mais elle avait tout de même vécu cette séparation impromptue comme une déchirure, un arrachement d'avec celle qui avait partagé son enfance et sa jeunesse. Marguerite s'en était allée précipitamment sans prendre le temps de lui faire des adieux, et Anne avait vu partir avec désespoir la seule personne au monde qui autrefois, à part Rose-Marie, la comprenait, la soutenait, l'encourageait, la guidait même, malgré leurs âges rapprochés. Marguerite, son héroïne, son modèle, son idole… Marguerite sa sœur, son amie, sa presque mère…

Après ces trois années de séparation, Anne ressentait toujours de façon aiguë les sentiments qui la liaient à sa sœur. Et depuis le début de cette visite, Marguerite le lui rendait bien. Mature, responsable, toujours aussi rationnelle et déterminée, la grande sœur continuait de manifester une affection profonde envers sa cadette qui ne s'y attendait plus. Anne s'était trompée. Au bout du compte, l'éloignement n'avait atténué en rien leur attachement, même si elle avait souvent protesté du manque d'émotion et de confidences dans les lettres trop courtes et fort occasionnelles de son aînée. La tendresse et la complicité avaient perduré, elle le voyait bien. Marguerite Laurin possédait tout simplement une nature moins sentimentale et extravertie, voilà tout. Un peu comme Camille, quoi !

En passant devant le Montreal General Hospital niché sur le flanc de la montagne, Marguerite expliqua que, dans cette singulière société montréalaise, les Canadiens anglais et les Canadiens français, malgré leur bonne entente, tiraient tout de même chacun de leur côté de la couverture.

— Les anglophones dénigrent nos politiques de patronage et les sommes, selon eux exorbitantes, englouties par le gouvernement du Québec dans les travaux publics. De l'autre côté, les francophones reprochent aux Canadiens anglais d'investir uniquement dans leurs propres institutions, comme cet hôpital, par exemple. Aussi, ils possèdent leur université bien à eux, la McGill University, alors que nous, à

Montréal, devons nous contenter d'une simple ramification de l'Université Laval de Québec. Dieu merci, quelques hommes d'affaires canadiens-français commencent à percer parmi les élites et à former une bourgeoisie francophone qui, je l'espère, fera changer les choses.

— Le même espoir existe pour nous, en Nouvelle-Angleterre : les francophones possédant une certaine fortune augmentent en nombre. Malheureusement, un début d'assimilation à la société américaine se fait maintenant sentir, au grand désespoir de mon mari, tu penses bien ! Plusieurs des nôtres parlent de plus en plus anglais à l'extérieur de la maison et ne vont plus à l'église. Et ça donne des démangeaisons à Pierre Forêt !

Pierre… Depuis son départ, Anne y songeait souvent, à son homme, surtout tard le soir, les yeux rivés au plafond dans l'obscurité de la chambre en attendant le retour de Camille. Elle se languissait de lui, cet homme lui aussi rationnel, sage et sérieux, dévoré de patriotisme et féru de politique mais en même temps excellent époux et bon père de famille. Ses petits lui manquaient aussi. Mais, malgré tout, ce voyage lui faisait un bien immense. Il lui arrivait même, certains jours, prise dans le feu de l'action, d'oublier complètement la perte de son troisième enfant.

Le soir, autour de la table, Antoine prenait la relève dans les discussions et s'employait à refaire le monde. Il lui arrivait même de critiquer vertement l'Église catholique.

— Si seulement le clergé cessait d'idéaliser le passé et de se montrer réfractaire à l'industrialisation… Qu'ils cessent donc de prôner l'agriculture comme mode de vie ! Comme si le repli sur soi pouvait déboucher sur le progrès… Ça n'a aucun sens ! Au fond, ces chers évêques veulent s'approprier tous les pouvoirs et ne cherchent qu'à se substituer à l'État. Je connais bien leur jeu !

Parfois, le fougueux pasteur allait trop loin, et Marguerite ne résistait pas à l'envie de lui lancer quelques reproches afin de modérer ses emportements.

— Tony, je t'en prie ! Tu oublies que les évêques vont très souvent bénir l'ouverture d'une usine. D'ailleurs, l'Église catholique n'a-t-elle pas toujours pris en main la gestion de nos écoles et de nos hôpitaux ? Tous ces religieux et ces religieuses qui consacrent leur vie aux autres... Elle ne fait pas que des mauvais pas, cette Église ! Tu exagères, mon chéri !

Malgré ces petits rappels à l'ordre de sa femme, Antoine exerçait toujours sur elle, après trois ans de mariage, un ascendant formidable : celui du représentant de Dieu, doté de tous les savoirs, de tous les dons et de tous les pouvoirs sur les autres humains. Aux yeux de Marguerite, son époux incarnait encore et toujours celui qui détenait la vérité, l'homme choisi entre les hommes, l'élu de Dieu et son représentant à qui les humains n'avaient pas le choix de vouer respect et considération. Et par-dessus tout, obéissance. Prêtre ou pasteur, quelle différence ? Même si elle le connaissait maintenant dans tous les hauts et les bas de la vie quotidienne, et dans des domaines plus terre-à-terre que celui de la religion, elle portait encore sur lui un regard frisant l'idolâtrie.

À vrai dire, une seule et unique chose la choquait chez son mari : elle ne tolérait pas de l'entendre dénigrer l'Église catholique, convaincue que la critique ne menait à rien. Elle avait lu récemment quelques-uns des mémoires du fameux prêtre défroqué Chiniquy, et ses foudres enflammées lancées contre l'Église avaient scandalisé la jeune femme. Pourquoi détruire au lieu de bâtir ? Mais Antoine, dans toute sa primauté, ne se laissait pas désarmer par les réticences de sa femme.

— Dire que les évêques s'opposent aux syndicats internationaux…

— Antoine, au lieu de les dénigrer pour leurs faiblesses et leurs erreurs, tu arriverais mieux à contrer la mentalité des évêques en proposant ton programme à toi, différent et davantage ouvert au progrès, tu ne crois pas ? Regarde, tu as déjà baptisé dans le fleuve deux des jeunes filles qui ont habité au refuge dernièrement. Pour quelles raisons, crois-tu ? Parce que tu as prêché par l'exemple en pratiquant la charité, et non pour tes blâmes envers l'Église catholique. Laisse-leur donc la paix, à ces chers catholiques, si tu veux qu'ils te la laissent, et fais donc honnêtement ton travail, rien de plus. L'indifférence peut devenir la plus dangereuse des armes, tu sais.

— Tu ne vois donc pas l'effet de leurs prédications sur la mentalité des pauvres fidèles ? Comment ne pas en garder de l'amertume ? Et comment ne pas réagir et protester très haut, grands dieux !

— Je sais, je sais. Tu as peut-être raison. Après tout, c'est vous le pasteur, *dear Mister Cross* !

Au cours de ces discussions autour de la table, Anne regrettait la présence de Pierre. Le journaliste aurait pu apporter des arguments à la discussion. Il aurait si bien su analyser les problèmes, peser les pour ou les contre avec le pasteur. Tandis qu'elle… Une vraie niaiseuse ! Ses centres d'intérêt d'autrefois s'étaient réduits ces dernières années, et ils se limitaient maintenant à l'univers restreint d'une mère de famille à l'esprit étroit et dont l'ouverture sur le monde n'allait pas au-delà de la communauté francophone de Lowell.

Elle admirait Marguerite, toujours aussi belle et intelligente, et de plus en plus cultivée en dépit de ses rôles de mère de famille et de femme de pasteur. Sûre d'elle-même, elle semblait tout connaître et ne craignait pas d'émettre une opinion sur tout. Comme elle avait évolué depuis le temps où elle exerçait la fonction de secrétaire de la paroisse Saint-Joseph de Lowell!

On ne pouvait en dire autant de Camille. Secrète et renfrognée, elle se défilait devant les questions et fuyait littéralement la compagnie de ses deux sœurs. Rarement la voyait-on partager le repas du soir avec elles et le pasteur. Anne ne reconnaissait plus la benjamine candide mais sociable qui avait quitté Lowell, trois années auparavant, pour venir rejoindre Antoine et Marguerite à Montréal. Quand elle rentrait, aux petites heures du matin, Camille s'empressait de se réfugier sous les draps, inquiète et l'oreille aux aguets, en évitant tout contact avec sa grande sœur couchée dans le même lit.

Un soir, Anne l'avait entendue sangloter silencieusement et avait étiré son bras pour caresser maternellement la chevelure de sa cadette. Prise au dépourvu, Camille l'avait laissée faire pendant un certain temps, puis, cessant ses reniflements, elle s'était brusquement retournée contre le mur. Mais la grande sœur avait insisté.

— Dis-moi ce qui ne va pas dans ta vie, Camille. Tes secrets vont rester entre nous deux, juré, craché!

— Rien.

— Comment ça, rien? Rien ne va, ou bien tu ne veux rien me dire?

— Les deux! Laisse-moi dormir.

— Dis-moi au moins quelque chose, Camille. À quoi penses-tu en ce moment précis?

— M'ennuie de papa.

— Tu t'ennuies de notre père? Allons donc! Il ne répond pas à nos lettres depuis des années, et il ne se souvenait même pas de qui nous étions quand nous lui avons rendu visite toutes les trois. Tu ne t'en rappelles pas?

— Oui, je m'en rappelle. Moi, il m'avait reconnue. «Ma princesse», qu'il avait dit… Pourquoi tu ne vas plus le voir? Tu habites plus près de Concord que nous, après tout.

— Tu as raison. Il pourrait aller mieux sans qu'on le sache, et ses filles lui manquent peut-être, sait-on jamais… Toi, surtout, qu'il voyait plus régulièrement à Colebrook. Je retournerai à Concord, un de ces jours, et je t'en donnerai des nouvelles. Je te le promets. Maintenant, parle-moi de ton amoureux.

— Je n'ai rien à raconter. Te l'ai dit tantôt.

— Pourquoi ne l'amènes-tu jamais ici? Marguerite, Antoine et moi aimerions bien le connaître, tu sais. Certes, il a déjà fait une erreur en créant tout un émoi à la porte du refuge avec ses amis, mais ce n'est pas la fin du monde. Les gens d'ici savent comprendre la jeunesse et pardonner… Surtout Marguerite et Antoine.

— …

— Le trouves-tu beau? Le trouves-tu fin?

— Ah oui, il est beau. Très beau.

— Et fin? Toujours fin?

— …

— Tu n'es pas très heureuse avec lui, ça se voit bien. Parfois, je t'entends pleurer la nuit. Est-ce que je me trompe?

— N…on, tu te trompes pas.

— Et ton emploi ? Tu aimes toujours ça travailler à la boulangerie ?

— Je travaille plus là depuis… ce matin !

Anne eut beau tergiverser et tenter de faire sortir le chat du sac, rien n'y fit. La mystérieuse Camille refusait obstinément de s'exprimer au sujet de son aventure amoureuse, tout comme de la perte de son emploi. Elle accepta néanmoins de se blottir entre les bras de sa sœur comme un petit chat qui a besoin de protection.

Quelques minutes plus tard, Anne reconnut la respiration régulière et sifflante de la dormeuse. Camille était de toute évidence épuisée.

Ce n'est que le lendemain matin, aux premières lueurs du jour, que, frappée de stupeur, Anne remarqua les nombreuses ecchymoses sur les bras et les jambes décharnés de sa sœur. Pire, quand Camille quitta doucement le lit en tâchant de ne pas la réveiller, Anne la vit sortir de la chambre en boitant plus fortement qu'à son habitude, une main sur la hanche et l'autre, tremblante, tâtant son œil noirci et à moitié fermé.

13

Les trois sœurs se tenaient bien droites à l'avant du navire fendant les flots, solidement agrippées au bastingage. En les examinant de loin et même de derrière, on pouvait facilement deviner le lien fraternel qui les unissait : même silhouette mince et longiligne et même voix légèrement flûtée. Seule la chevelure les distinguait : une châtaine, une rouquine et une brunette aux cheveux bouclés. Quand elles se retournaient, les deux aînées affichaient une véritable similitude de traits tandis que la plus jeune présentait une figure plus ronde arborant un relent d'adolescence dans son sourire. Les yeux aussi se différenciaient par la couleur, nettement plus foncée chez Camille. Par contre, l'expression brillante d'intelligence assombrie par une teinte à peine perceptible de mélancolie caractérisait le regard de chacune.

Quand la proue du *Corinthian* fendait une vague avec fracas, les jeunes femmes s'esclaffaient, et leurs éclats de rire se déversaient sur le pont du bateau à vapeur en même temps que les trombes d'eau. Elles jubilaient au point qu'en ce jour béni, nulle tempête ne serait arrivée à les effrayer. Ce voyage constituait un cadeau du ciel, et assurément ni le hasard ni le mauvais sort, et encore moins le mauvais temps, ne pourraient entraver leur bonheur, elles en avaient la certitude. La certitude candide propre aux enfants...

Car il s'agissait bien de cela : en ce sixième jour du mois de septembre 1891, les sœurs Laurin étaient redevenues des enfants. Trois petites filles debout, face au vent, les yeux rivés sur le grand fleuve déchaîné par la bourrasque, conscientes qu'à chaque nœud parcouru, elles approchaient de l'embouchure du Saguenay, à l'endroit où le navire changerait de cap pour s'engager dans le fjord assurément plus calme. Et ce fleuve les mènerait dans la région qu'elles se plaisaient encore à appeler leur « chez-nous ».

« On revient chez nous, on revient de l'exil », songeait Marguerite, quelque peu étourdie par la nausée dont elle accusait davantage sa grossesse que les eaux tumultueuses. Bien sûr, elle éprouvait le sentiment de prendre sa revanche sur le destin et se réjouissait d'être partie à la recherche de ses racines dans son village de Grande-Baie.

Mais ce lieu représentait-il vraiment l'autre bout de l'exil ? Par rapport à sa vie actuelle, elle ne savait plus où se situait ce fameux exil. Se trouvait-il à Lowell ou à Grande-Baie, ou bien à Montréal, ces trois agglomérations si éloignées les unes des autres entre lesquelles sa difficile existence s'était étirée ? Elle ne savait plus établir la frontière entre ce qui lui appartenait et ce qui la laissait indifférente. À quel âge s'approprie-t-on un lieu pour le considérer comme son véritable chez-soi ? Les enfants à la vie stable et ordinaire n'ont pas à arrêter ce choix, ils se sentent d'emblée chez eux. Mais les petits qu'on déracine, qu'on arrache du nid sans leur demander leur avis et qu'on parachute dans un ailleurs inconnu, à quel âge deviennent-ils en mesure d'adopter définitivement un nouvel environnement ? Quand arrivent-ils à s'incruster suffisamment pour y produire d'autres racines et d'autres tiges vigoureuses et pleines d'avenir ?

Et son « chez-nous » à elle, Marguerite Lacroix, son lieu, sa patrie, sa terre, son bercail, où se trouvaient-ils présentement ? Elle avait mis si longtemps à s'adapter à la vie chez les Américains. Et maintenant, quelques années à Montréal suffisaient-elles pour développer un réel sentiment d'appartenance ? Montréal, entre le Massachusetts et le nord de la province de Québec... Sans compter qu'elle ne portait même plus le nom de Marguerite Laurin, mais celui de Marguerite Lacroix !

Si, la veille, elle était montée dans un train pour Lowell au lieu de mettre le cap sur le Saguenay, aurait-elle autant frémi d'excitation ? Revoir « sa » rue où elle avait vécu en célibataire avec Anne, au-dessus du magasin de chaussures, pénétrer à nouveau dans « son » église Saint-Joseph, retrouver « son » école où elle avait enseigné, et passer devant « son » usine où elle avait tant peiné... Non, assurément non ! En ce moment même, en route vers le lieu de sa naissance, elle savourait l'impression unique de tourner enfin le dos à l'exil.

Au Saguenay, elle reverrait son village et sa maison sur le chemin Saint-Bruno. Son nid, quoi ! Mais il n'y aurait plus de maison, plus d'allée de fleurs, plus de jardin potager, plus de Rébecca. Et personne pour l'aider à retrouver sa petite école dont elle ne se rappelait plus l'emplacement. Il n'y aurait même pas de tombe dans le cimetière derrière l'église Saint-Alexis pour aller se recueillir et raviver concrètement la mémoire de celle dont elle oubliait de plus en plus le visage. La tante Léontine n'avait-elle pas affirmé un jour, à Lowell, que leur maison avait brûlé avec la dépouille de leur mère à l'intérieur, la nuit de leur départ ?

D'où venait alors cette frénésie à l'idée de retourner dans ce sinistre patelin? Elle, Marguerite, avait au moins conservé quelques souvenirs précis de cette époque, de bons souvenirs enfoncés profondément dans sa mémoire, mais qui ne manqueraient pas de remonter à la surface. Mais Anne? Et surtout Camille? Elles n'avaient que onze et six ans au moment de la cavale de Joseph! Qu'avaient-elles retenu des premières années de leur enfance?

Elle semblait pourtant très excitée, ce matin, la Camille! Dieu merci, son œil blessé avait désenflé, mais il afficherait assurément les couleurs de l'arc-en-ciel pendant encore quelques jours! Sans doute cette escapade représentait-elle davantage pour la benjamine une fuite hors du temps présent qu'une quête de son passé. Se dérober aux menaces et aux assauts de la brute, ce délinquant qui la maltraitait, mettre momentanément un terme à cette relation amoureuse malsaine et à sens unique, fuir les dangers de ce milieu louche où elle s'enlisait… Fuir aussi le regard réprobateur d'Antoine quand elle rentrait de ses nuits blanches. Et contourner surtout cette obligation, ce devoir pressant envers elle-même et envers ceux qui l'aimaient de se prendre en main et de changer de mode de vie. Et en même temps que tout cela, aller découvrir les éléments d'un passé plus ou moins embrouillé dans sa mémoire.

Quant à Anne, ce retour aux sources semblait la réjouir au plus haut point. À l'instar de Marguerite, elle avait dû emmagasiner une foule de souvenirs toujours vivants mais enfouis sous une tonne d'aventures et de mésaventures vécues depuis cette fameuse nuit où Joseph Laurin avait entraîné ses trois filles vers l'inconnu.

L'idée de retourner quelques jours au Saguenay avec ses sœurs avait germé dans l'esprit de Marguerite, durant les dernières années, comme un rêve farfelu difficilement réalisable. La venue impromptue d'Anne à Montréal avait constitué l'occasion rêvée pour le concrétiser. Bien entendu, le voyage allait engendrer des dépenses inévitables, et elle avait un peu appréhendé la réaction d'Antoine en lui confiant ce secret désir. Mais le pasteur s'était montré au contraire emballé par l'idée.

— Va, va, ma chérie, tu le mérites bien. Et tu as surtout le droit, comme tout le monde, de retourner un jour ou l'autre au pays de tes ancêtres.

Elle avait aussitôt présenté son projet à sa sœur. Anne avait trouvé l'idée géniale et avait aussitôt offert de défrayer une partie du voyage de ses sœurs par une large contribution.

— Merci pour ta générosité, ma chère Anne, mais pensons plutôt à Camille. Si on l'aidait, elle pourrait se joindre à nous. Ça lui ferait tellement de bien ! Tu nous imagines, réunies toutes les trois à Grande-Baie ? Quel bonheur !

Camille ne s'était pas fait prier. Elle avait même affirmé pouvoir assumer elle-même ses propres dépenses. Marguerite lui avait lancé un regard soupçonneux mais n'avait pas osé poser de questions. Et la jeune fille s'était évidemment bien gardée de révéler la provenance de son mystérieux magot.

La veille, Béatrice était venue la retrouver pendant que, l'œil à moitié fermé et les membres encore endoloris, Camille tentait d'apaiser sa détresse sur l'orgue du refuge. Jamais la toccate en *ré* mineur de Jean-Sébastien Bach n'avait résonné avec autant de fougue et de rage. Devant son visage tuméfié, la copine avait poussé de grands cris.

— Quand vas-tu te décider à lâcher ce trou-de-cul?

— Je sais pas, je sais plus. Je l'aimais, moi, ce gars-là. Le pire, c'est qu'on m'a mise à la porte de la boulangerie, hier. Ça va mal...

Camille s'était levée spontanément et jetée dans les bras de son amie.

— J'en peux plus, Béatrice. Je voudrais m'en aller. Ou mourir...

— T'en aller? Mais t'en aller où? Tu n'es pas bien ici, chez ta sœur?

— Oui, mais je ne me sens pas libre. Marguerite et Antoine me surveillent sans cesse, mine de rien. Et puis, j'ai peur de mon cavalier. Il... il est dangereux, je pense. Franchement, je voudrais recommencer ma vie ailleurs, tu comprends? Loin, très loin d'ici. Ma vie à moi, à moi toute seule, à ma manière à moi.

— Et si tu retournais à Lowell? Parles-en à Anne, profite de sa présence.

— Lowell? Bof...

— Attends une minute!

Béatrice s'était levée subitement et avait traversé la grande salle au pas de course pour se rendre au dortoir, à l'autre bout du refuge.

— Pleure pas, « matante Mimille »...

La jeune fille s'était retournée avec étonnement. Elle n'avait pas remarqué la présence de la petite Clémence qui la dévisageait de ses grands yeux verts interrogateurs. Camille adorait la fille de Béatrice, petit bout de femme de deux ans qui trottinait à longueur de journée dans le refuge et ne manquait jamais de venir s'asseoir au pied de l'orgue quand Camille s'y exerçait.

— Là… je ne pleure plus, ma chérie, répondit Camille en s'essuyant le visage du revers de la main. Es-tu contente? Viens, nous allons chanter. «Matante Mimille» va t'apprendre une nouvelle chanson. Elle s'appelle «Il était un petit navire». Écoute comme c'est joli.

Camille s'était élancée sur le clavier, mais Clémence n'avait eu le temps de rien apprendre car Béatrice était aussitôt revenue pour remettre à son amie une enveloppe bourrée d'argent.

— Tiens! C'est à toi, je te le donne. Après tout, ta sœur Marguerite m'a bien sauvé la vie, il y a quelques années, et elle m'héberge encore depuis deux ans. À mon tour de faire une bonne œuvre pour quelqu'un. Aussi bien que ce soit pour toi! Prends ça et sauve-toi pendant qu'il en est encore temps. Il y a là de quoi recommencer ta vie quelque part.

— Mais où as-tu pris ça?

— S'il te plaît, ne pose pas de questions.

— Ben quoi? Ne me dis pas que tu as recommencé à… Je n'en reviens pas, Béatrice!

— Puis après? Ça me regarde!

— Si Antoine savait ça, il te flanquerait tout de suite à la porte du refuge, j'en ai bien peur, ma chouette!

— Si c'est ça, le pardon qu'il prêche… Mais notre cher pasteur ne se doute de rien. Je sors d'ici en douce vers dix ou onze heures, le soir, longtemps après que la lumière de sa chambre soit éteinte. Et je rentre avant l'aurore. Ni vue ni connue. Et les résidentes du refuge se ferment la trappe à mon sujet grâce à un petit montant d'argent d'encouragement que je leur refile chaque semaine.

— Béatrice, Béatrice, tu n'en reviendras donc jamais ?

— Pas grave, c'est mon choix ! Quant à toi, prends cet argent et va t'installer ailleurs si c'est là ton désir. Sinon, ce sauvage va finir par te tuer, j'en ai bien peur. Va-t'en à Québec ou à Trois-Rivières, à Lowell ou à Paris, si tu veux, mais va-t'en ailleurs et loin pour un bon bout de temps. Compris ? Je n'ai pas envie d'assister à tes funérailles, moi ! Mais je mets une condition, une seule : tu n'oublies pas de me donner de tes nouvelles !

Ainsi, le lendemain soir, au moment du souper, Camille avait accueilli la proposition d'un voyage au Saguenay comme une bénédiction du ciel. Bien sûr, cette échappée ne durerait que quelques jours, mais cela lui donnerait momentanément le temps de respirer un peu. Au retour, elle prendrait sa décision : soit demeurer à Montréal, soit s'installer aux États-Unis pour de bon. Pourquoi ne retournerait-elle pas vivre à Colebrook ? Après tout, elle ne détesterait pas ça. Ou encore, elle pourrait rejoindre le docteur Lewis à New York. Ne le lui avait-il pas proposé dans sa dernière lettre ?

La sirène du bateau fit sursauter les trois voyageuses. Tadoussac était en vue, et l'heure du repas arrivait déjà. Le cœur dans la gorge à cause de la houle, elles n'eurent pas à se concerter très longtemps pour décider d'un commun accord de renoncer à manger pour ce midi. Quel voyage, tout de même ! La veille, elles avaient dû prendre le train entre Montréal et Québec, puis passer une nuitée dans une vieille auberge mal tenue. Et voilà que maintenant elles devaient écouler une journée entière à se faire brasser sur ce satané bateau par le plus exécrable des temps.

Qu'importe ! Le soir, elles débarqueraient à Chicoutimi. Et le lendemain ou le surlendemain, elles

partiraient pour Grande-Baie dans le but d'y recons-
truire mentalement leur passé.

Elle avait beau rire et feindre de s'amuser, Marguerite
trouvait cette journée bien longue. Le navire s'engagea
enfin sur les eaux noires du Saguenay et se mit à glisser
plus tranquillement à travers un dédale de masses
rocheuses moussues, de falaises escarpées et de ver-
sants abrupts recouverts de forêts. Devant la beauté
du paysage, elle soupira, n'ayant pas prévu découvrir
un tel paradis. Le calme s'empara d'elle, comme un
apaisement soudain, une paix indéfinissable qui la
réduisit à l'immobilité et au silence, ce silence médita-
tif qu'une colonie de goélands ne manqua pas de briser
avec des cris de joie au-dessus d'un banc de poissons.

Elle se retourna vers ses sœurs. Appuyées à la ram-
barde, ni l'une ni l'autre ne disait mot. Étaient-elles
emportées, elles aussi, par tant de magnificence ? Elle
devina dans l'œil d'Anne l'intérêt artistique, cette
petite étincelle appelée inspiration, elle qui, ces derniers mois, avait réussi à survivre à ses tourments
grâce à l'art de la peinture. Camille, quant à elle, semblait à des siècles du moment présent, retournée dans
son univers intérieur vraisemblablement imperméable
à la somptuosité du panorama. À quoi pouvait-elle
songer ? Marguerite lui souhaita secrètement de trouver
enfin la paix.

Sur elle-même, elle ne s'interrogea guère, obnubilée
par la seule pensée de retrouver enfin son lieu de naissance. Comment avait-elle pu oublier que la région du
Saguenay était si belle ? Et aussi sauvage ? Il lui semblait
que derrière les montagnes, par delà les grands arbres
feuillus, plus rien d'autre n'existait. Fallait-il être
aventurier et téméraire pour venir coloniser une
contrée si lointaine ! Les sœurs Laurin étaient entrées

dans l'existence à l'endroit le plus inculte et éloigné de la Terre ! Un véritable lieu d'exil…

À sa grande déception, le navire ne s'engagea pas dans la baie des Ha ! Ha ! et fila plutôt directement vers Chicoutimi. Mais Marguerite ne put s'empêcher de lorgner de ce côté.

— Regardez, les filles ! Voilà Grande-Baie, là, juste au fond de l'anse ! Voyez-vous le clocher de l'église se dresser sur le bord de la rive ? Chez nous, c'était par là.

Personne ne desserra les dents, mais on garda les yeux rivés sur le fond de la baie jusqu'à ce qu'elle disparaisse, derrière le rivage accidenté.

❧

Au quai de Chicoutimi, quelques charretiers attendaient les rares voyageurs qui allaient débarquer du *Corinthian*. Marguerite s'empressa d'aborder le premier.

— Jeune homme, pourriez-vous, s'il vous plaît, nous conduire jusqu'à l'hôtel Martin ? En autant qu'il reste de la place à cette heure tardive…

— À ce temps-ci de l'année, mam'selle, on trouve toujours des chambres de libres. Sinon, je vous mènerai à l'auberge.

— Nous aurons aussi besoin de quelqu'un, au cours de la semaine, pour nous mener à Grande-Baie.

— Pas de problème, je vous conduirai moi-même avec plaisir. Vous n'avez qu'à fixer le jour et l'heure et je viendrai vous chercher.

Anne retrouvait-elle ses tendances bavardes de jadis ? Elle ne put se retenir d'ajouter quelques précisions.

— Nous sommes nées toutes les trois à Grande-Baie, vous savez.

— Ah oui ? Moi aussi ! Mais ma famille a déménagé à Chicoutimi, voilà déjà une douzaine d'années. Au fait, quel est votre nom ?

— Anne Laurin. Et voici Marguerite et Camille Laurin.

— Laurin ? Et… vous arrivez de loin ?

— Mes deux sœurs vivent à Montréal, mais moi, j'habite toujours aux États-Unis depuis notre départ en 1880, voilà onze ans exactement.

— Ben ça parle au diable ! Me dites pas que vous êtes les filles de Joseph Laurin, celui qui a émigré aux États avec ses enfants après avoir perdu sa femme Rébecca ? Ah ben, ça par exemple !

— Exactement ! Mais comment le savez-vous ? On n'a pourtant annoncé notre visite à personne d'ici !

— Des Laurin, y en a pas tant que ça dans la région. Et à l'époque, tout le monde a parlé de votre histoire…

— De notre histoire ? Comment ça ?

Le jeune homme repoussa son chapeau sur le bout de sa tête sans répondre, préférant dévisager attentivement chacune des trois filles à la lueur de sa lanterne. Marguerite se mit aussitôt sur la défensive.

— Que se passe-t-il, monsieur ? Pourquoi nous examiner de la sorte ?

— Ben je pense que vous et moi, on est des cousins. Ma mère s'appelait Hélène Laurin avant de marier mon père, et elle est la sœur de votre père Joseph et de ma tante Léontine. Cette dernière nous avait beaucoup parlé de vous, à son retour de… Où c'était donc ? Une ville américaine située en haut de Boston, si je me rappelle bien.

— De Lowell ?

— Exactement ! De Lowell !

Estomaquées, les sœurs restèrent coites pendant que le jeune homme retirait son chapeau et leur faisait une profonde révérence.

— Alfred Tremblay, pour vous servir, mes très chères cousines.

Anne se renfrogna sans que personne ne s'en rende compte. S'il disait vrai, Alfred Tremblay était donc sans contredit le cousin d'Armand, le violeur de sa jeunesse. Qui sait s'ils n'avaient pas joué ensemble autrefois et n'étaient pas restés de bons amis…

14

Il n'était pas encore huit heures du matin quand on frappa à la porte de la chambre des trois sœurs. Marguerite s'attendait à voir apparaître le propriétaire de l'hôtel pour les aviser de faire moins de bruit. L'établissement leur avait pourtant paru désert à leur arrivée, la veille. À croire que les Saguenayens ne recevaient jamais de visite !

Mais ce matin-là, une petite souris fort téméraire avait effrontément traversé la chambre en se faufilant entre les pieds d'Anne en train de se brosser les cheveux devant le miroir. Horrifiée, la jeune femme avait bondi sur le lit et lancé un cri de terreur, ce qui avait déclenché le fou rire des deux autres. Camille n'avait pu se retenir de la taquiner.

— Ah ! ces Américaines, elles ont peur de tout ! N'as-tu jamais vu de rongeurs à Lowell ? Moi, j'en connais à Montréal qui traversent de temps en temps certaines arrière-cours de la rue Émery... Et ils n'ont jamais mangé personne !

— Au moins, aux États-Unis, les souris respectent les visiteurs, tu sauras ! Elles ne viennent pas les effrayer jusque dans leur chambre. D'ailleurs, ma chère Camille, à ta place, je regarderais un peu aux alentours avant de me moquer des autres... As-tu remarqué les jolies petites crottes que cette charmante souris canadienne a gentiment laissé dans ton soulier au cours de la nuit ?

Il n'en avait pas fallu davantage pour déclencher le chahut dans la chambre.

Les coups redoublèrent à la porte, et Marguerite, rouge d'avoir trop ri, s'y précipita en s'attendant à recevoir un sermon en règle sur les bonnes manières de certaines touristes dans les lieux publics.

— Salut les filles ! Comment allez-vous ? Mon Dieu que vous êtes belles ! C'est toi, Marguerite ? Je te reconnais à peine. Et vous deux, comme vous avez changé aussi !

— Madame… ?

— Vous ne me reconnaissez pas ? Tante Hélène, la sœur de votre père. Vous pensez bien que quand mon fils Alfred m'a informée de votre visite, hier soir, j'ai aussitôt eu envie de venir vous retrouver ici. Pas besoin de vous dire que j'ai trépigné d'impatience jusqu'à huit heures, ce matin ! On ne reçoit pas de la grande visite comme ça tous les jours ! Vous êtes dans la région pour longtemps ?

— Quelques jours seulement. Anne doit retourner aux États-Unis ensuite.

— Et votre père ? Parlez-moi de Joseph. Toujours en vie, j'espère ? Pas une seule fois, il ne m'a donné des nouvelles depuis votre départ de Grande-Baie, à la mort de cette pauvre Rébecca. Quel vilain merle !

— Je pense qu'il n'en donnait à personne, ma tante.

— Dieu merci, Léontine vous a rencontrés à Lowell, il y a quelques années, et le reste de la famille a pu savoir à quel endroit vous vous étiez établis. Et alors, ce cher frère, comment va-t-il ? Il ne vous a pas accompagnées ?

Marguerite hésita à révéler à cette quasi étrangère que Joseph purgeait alors une peine de dix ans de prison. Ce secret honteux demeurait emmuré au tréfonds de son silence et jamais elle ne le révélait à qui que ce soit. Dans son esprit, son père n'existait plus. Cette femme, à cause de ses liens familiaux, méritait-elle ce genre de confidence? Y avait-elle droit? Marguerite hésitait. La sœur aînée de Joseph, bien vivante, se trouvait devant elle… Elle n'en revenait pas encore!

Après tout, elle se rappelait à peine cette tante peu fréquentée autrefois par ses parents, même si elle aussi habitait tout près, sur le chemin Saint-Charles de Grande-Baie, avec son mari et ses enfants. Marguerite n'avait retenu, parmi ses souvenirs, que quelques vagues rencontres annuelles, à l'occasion du jour de l'An, avec des cousins et des cousines pour la plupart plus âgés, et qu'elle ne revoyait plus par la suite.

Par contre, en ce moment précis, un souvenir bien particulier, pénible et insistant, surgit inopinément dans sa mémoire. Elle revoyait sa tante Hélène en train d'aider Joseph à laver et vêtir convenablement la dépouille mortelle de Rébecca avant de l'exposer sur des planches placées sur deux tables, au milieu du salon. La sœur et le frère se disputaient parce que Joseph voulait passer une robe rouge à sa femme et qu'Hélène prétendait qu'il était inconvenant d'habiller une morte dans une couleur aussi flamboyante. « Tu n'y penses pas, Joseph, habiller ta femme de la couleur du sang! Et même de l'enfer! » Joseph avait rétorqué d'une voix sifflante: « Ça lui va mieux que ton bleu ciel ou ton blanc pureté! » Au bout du compte, on avait opté pour enfiler à la pauvre mère une blouse blanche brodée de fleurs multicolores, ce qui avait contenté tout le monde. Impressionnée, Marguerite n'avait rien compris aux arguments des deux opposants, et elle avait mis du temps à reléguer cette scène aux oubliettes. Et voilà que tout à coup, sans crier gare, elle retrouvait tous ces gestes et ces mots qui l'avaient laissée perplexe.

— Mon père ? Euh… il va bien. Il se trouve toujours en Nouvelle-Angleterre. À Concord, New Hampshire, plus précisément.

— Ah bon ! Il travaille là-bas, je suppose ? A-t-il refait sa vie avec une autre femme ?

— Non, non, il est demeuré veuf.

La tante releva-t-elle la gêne qui se répandait tout à coup sur le visage de ses nièces ? Elle entreprit finalement de se renseigner sur l'existence quotidienne des trois sœurs, « les plus mignonnes de la terre quand elles étaient petites ». Marguerite se demanda si elle changeait de sujet par délicatesse ou par indifférence à l'égard de son frère.

Chacune y alla de son histoire personnelle, brièvement résumée et quelque peu embellie. Anne ne s'attarda pas longuement sur sa dernière fausse couche mais fit l'éloge d'Élisabeth, de Philippe et de leur père, journaliste aux États-Unis. Camille se vanta d'être la meilleure vendeuse de Montréal sans spécifier qu'on l'avait congédiée quelques jours auparavant. Marguerite, quant à elle, annonça sa grossesse actuelle en évitant de mentionner le statut de prêtre défroqué de son mari. Elle se contenta de le présenter comme un pasteur de l'Église baptiste.

En apprenant ces nouvelles, la tante ne cessait de s'exclamer. Quoi ? Anne était déjà mère de deux petits ! Quoi ? Marguerite avait épousé un ministre protestant et attendait un deuxième enfant ! Quoi ? Camille savait jouer du piano ! Quoi ? Les trois sœurs étaient parfaitement bilingues !

— Et vous, ma tante ? Parlez-nous de vous.

À vrai dire, Hélène Tremblay, belle femme au début de la cinquantaine, leur paraissait fort avenante et sympathique. Elle avait mis au monde dix enfants, tous casés maintenant, et elle était déjà grand-mère de treize petits-enfants. Même le plus jeune, Alfred, leur charretier de la veille, attendait un premier enfant pour le mois suivant. Employé à la scierie de la Price Brothers's & Co, il arrondissait ses revenus en conduisant les voyageurs et leurs bagages à l'arrivée des bateaux ou en acceptant quelques contrats de transport à l'extérieur de Chicoutimi. Après le départ de sa progéniture, Ludger Tremblay, le mari d'Hélène et père de toute cette famille, avait vendu sa terre de Grande-Baie pour ouvrir, assisté de sa femme, un magasin général à Chicoutimi, sur la rue Racine. Au-dessus du commerce, on avait aménagé un vaste et confortable logement où le couple habitait toujours.

Hélène semblait couler des jours sans histoires au cœur de ce dur pays de colonisation. Si le magasin faisait de bonnes affaires au cours de l'été grâce aux nombreux touristes qui ne manquaient pas de profiter du beau temps pour visiter leurs familles, on ne pouvait en dire autant quand les temps froids survenaient. La petite communauté de Chicoutimi, isolée et laissée à l'abandon, n'avait pas le choix de se replier sur elle-même. Le magasin général devenait alors le lieu de rencontre où on réglait tous les problèmes de l'univers et où couraient toutes les informations, nouvelles, racontars, rumeurs et ragots. La boutique constituait le site idéal pour les commères de la place auxquelles la tante Hélène semblait du genre à prêter une oreille attentive et complaisante. Il fut à peine question de Léontine qui tenait toujours une boulangerie à Bagotville, entre Chicoutimi et Grande-Baie. Les sœurs Laurin se gardèrent bien de demander des précisions à son sujet et sur sa famille.

— Écoutez, les filles, il n'est pas question de dépenser votre argent pour dormir à l'hôtel. Refaites vos valises, on s'en va chez nous. Ludger va venir nous chercher avec sa berline dans moins d'une demi-heure. Et demain, c'est lui qui va vous mener à Grande-Baie. Aujourd'hui, lui et moi allons vous faire visiter Chicoutimi. Si vous êtes d'accord, bien sûr !

Marguerite n'avait pas prévu cette tournure des événements. Depuis belle lurette, le mot « famille » n'évoquait plus pour elle que les êtres très proches, père, mère et sœurs. La notion de parenté n'avait pas d'extension et ne signifiait rien. Bien sûr, les sœurs Laurin avaient connu leur tante Léontine et les siens à Lowell, mais leur rapatriement au Québec les avait à ce point soulagées que, d'emblée, elles avaient mis une croix sur le mot « parenté ». Certes, Marguerite s'était longtemps languie de ses grands-parents, suite à leur passage à Baie-Saint-Paul, au moment de leur fuite vers les États-Unis. Cependant, quelques mois plus tard, quand Léontine avait parlé de la maladie grave de la vieille madame Laurin, la fillette avait volontairement tenté d'oublier ses grands-parents qu'elle ne reverrait probablement jamais. Au moment de partir en exil, on devait renoncer, semblait-il, à tout ce qui s'appelait famille, surtout la famille élargie. Le grand-père et la grand-mère avaient effectivement trépassé peu de temps après, Hélène venait de le confirmer.

En revenant dans sa région natale, Marguerite ne s'attendait pas à tomber sur des membres de la parenté. Ce matin, par contre, à l'instar d'Anne et de Camille qui paraissaient enchantées de cet imprévu, elle enfouit avec une excitation mal retenue sa robe de nuit et sa brosse à dents au fond de son sac, prête à déménager ses pénates sur la rue Racine, chez cette charmante tante qu'elle venait à peine de découvrir. Advienne que pourra !

◆━◆

Hélène ne prononça pas le nom de Joseph de la journée, et les trois sœurs en firent autant. S'agissait-il d'un hasard ou bien d'un évitement volontaire ? Personne ne s'en formalisa. On admira les principaux édifices de Chicoutimi, la cathédrale nouvellement rénovée, le séminaire, l'hôpital Hôtel-Dieu de Saint-Vallier. L'oncle leur fit admirer l'évêché, superbe bâtisse de briques rouges et aux arêtes de pierre, récemment terminée, puis il fit remarquer le couvent du Bon Pasteur pour jeunes filles, avec ses corniches et son toit français. La tante raconta que le secteur de l'est de la ville avait failli devenir la proie des flammes au mois de juin précédent, parce qu'on avait boucané de la viande trop près d'un hangar rempli de bois. L'équipée trouva même le temps de prendre la barge pour traverser de l'autre côté du Saguenay, question de jeter un coup d'œil à Sainte-Anne et ses manufactures de tinettes à beurre et de scies à douelle.

À l'heure du souper, toute la famille se réunit devant la traditionnelle omelette de lard salé. On discuta longuement d'éducation, de santé, de politique, mais on évita le sujet de la religion, sans doute par délicatesse pour Marguerite, mariée à un protestant. On traita plutôt de la difficulté des colons à se consacrer à l'agriculture à cause des sols très accidentés et peu fertiles de la région, et on reprocha au climat trop rigoureux de causer des gelées hâtives avant la fin des récoltes. On parla aussi de l'industrie forestière appartenant aux Anglais, gagne-pain d'une grande partie de la population francophone, des scieries qui ouvraient un peu partout, sans oublier de mentionner la montée des fromageries et de la cueillette industrielle des bleuets sauvages qu'on appelait la «manne bleue».

Ludger, grand bonhomme bedonnant, tempes grises et lunettes sur le bout du nez, arborait des allures de bon vivant. Il ne manquait jamais de tirer par deux fois sur sa pipe avant d'exprimer son opinion d'une voix calme et posée. En l'examinant, Marguerite eut une pensée pour Joseph. Si seulement son père avait ressemblé à cet homme-là : paisible, réfléchi, affable et joyeux. Et combien rassurant! Tout le contraire de son paternel!

La tante Hélène ne remit sur le tapis le sujet du père de ses nièces que tard dans la soirée, au moment de les installer pour la nuit. Avec l'aide d'Anne et de Marguerite, elle venait tout juste d'étendre des draps propres dans le grand lit de la «chambre de la visite». Camille, elle, devrait se tracer un chemin jusqu'au sofa à travers l'encombrement de la pièce attenante qu'on appelait le boudoir, mais qui servait ni plus ni moins à prolonger la remise trop exiguë du magasin.

— Dites donc, les filles, mon frère travaille-t-il toujours dans les chantiers pendant l'hiver, comme il le faisait autrefois?

— Non, ma tante. Papa ne travaille plus depuis plusieurs années. Il… il…

— Il n'est pas malade, toujours?

— Euh… physiquement, il se porte bien.

— Alors? Il se fait vivre par une riche héritière?

Anne, plus courageuse que ses sœurs, ou tenant moins à cœur à la réputation de Joseph, se décida à dévoiler la vérité.

— Papa est en prison, ma tante. Pour avoir mis le feu à un hôtel et proféré des menaces de mort envers un jeune détraqué qui l'avait lui-même menacé.

— Il a mis le feu à un hôtel ? Dieu du ciel !

— Vous savez, l'histoire ne dit pas s'il l'a fait exprès ou non. Il ventait très fort, ce soir-là, paraît-il.

La tante Hélène devint aussi blanche que les draps du lit et dut s'agripper à la commode pour ne pas perdre pied. Intriguées par sa réaction, les filles la firent asseoir, mais elle mit quelques minutes avant de retrouver ses esprits. Elle demanda alors, d'une voix chevrotante, si Joseph, durant toutes ces années, leur avait déjà parlé de l'incendie de leur maison.

Cette fois, c'est Marguerite qui se sentit pâlir, de peur que sa tante ne lui fournisse des précisions et ne lui confirme une vérité dont elle se doutait un peu et qu'elle n'avait pas du tout envie d'entendre révéler.

— Non. Papa détestait qu'on revienne sur le passé. Il n'était sûrement pas au courant que notre maison avait été incendiée avec le corps de notre mère à l'intérieur, la nuit de notre départ. Il a paru vraiment surpris et consterné quand Léontine lui en a parlé, à Lowell, quelques mois plus tard. J'ai moi-même remarqué une grande tristesse sur son visage, à ce moment-là. Et il a même essuyé une larme, lui qui devait croire maman bel et bien enterrée en terre chrétienne, derrière l'église. Sans doute voyait-il, dans la maison brûlée, le signe que nous ne retournerions plus jamais chez nous…

— Ah bon. Tu es certaine de ce que tu avances : il ne savait rien au sujet de cet incendie ?

— Oui, certaine.

— Ça me rassure, ma fille…

15

La charrette tanguait sur le chemin cahoteux entre Chicoutimi et Grande-Baie. La vieille picouille de l'oncle Ludger avançait à pas de tortue. En voyant défiler le paysage d'abord plat et ennuyeux, puis de plus en plus accidenté le long du rang de l'Anse-à-Benjamin, Marguerite se disait qu'ils n'en finiraient jamais de parcourir la douzaine de milles qui séparaient les deux villes.

Sans vraiment s'en rendre compte, et sans se concerter, les trois sœurs s'étaient automatiquement installées aux mêmes places qu'elles occupaient lors de leur interminable voyage avec leur père, en route vers la Nouvelle-Angleterre : les deux grandes derrière, Anne à droite, Marguerite à gauche, et Camille juchée sur le banc à côté du conducteur. Si Joseph portait autrefois un vieux galurin de feutre bien enfoncé, l'oncle, lui, arborait un large chapeau de paille décolorée qui menaçait de s'envoler à chaque soubresaut causé par la route mal entretenue.

Heureusement, Ludger Tremblay avait la parole facile et, ce matin-là, l'entrain ne lui manquait pas. Il se retournait constamment pour commenter ici un site ou un panorama, là une ferme, ou pour apporter des renseignements sur le gagne-pain des habitants du canton. La plupart passaient l'hiver à couper le bois dans les nombreux chantiers de l'arrière-pays, et l'été, à travailler à une exploitation agricole difficile, à la merci des intempéries et des caprices du marché. Entre les deux saisons, certains faisaient la drave pour mener les billots jusqu'aux scieries, d'autres travaillaient dans les rares *factories* qui existaient, scieries, crémeries, fromageries, tout cela pour des salaires de crève-faim. Mais de nouvelles usines poussaient maintenant çà et là et réalisaient de plus en plus de réels progrès. Notamment, une entreprise de bois de fuseau, installée justement à Grande-Baie et appartenant à un type de la place, paraissait des plus florissantes.

Camille semblait écouter religieusement son nouvel oncle, et Marguerite eut l'impression qu'un rapport d'affection était en train de s'installer entre Ludger et sa jeune nièce, comme si la présence paternelle d'un homme d'un certain âge manquait toujours à la «princesse». Ou plutôt comme si la pauvre tentait inconsciemment de remplacer son cher Joseph dont elle n'arrivait pas encore à assumer l'éloignement, tel un deuil.

De temps à autre, une volée d'outardes brodait sur le ciel clair des points de croix en forme de larges flèches désignant la direction du sud. «La direction des États-Unis, se disait Marguerite. La direction de l'enfer!» Les souvenirs de son séjour chez les Américains gardaient encore pour l'aînée les couleurs sombres du malheur. Aux États-Unis, on l'avait exploitée et abandonnée. Elle y avait connu la misère et la solitude. Bien sûr, elle avait rencontré là-bas son Antoine chéri, mais les débuts de cette liaison s'étaient avérés des plus difficiles. Jamais elle ne cesserait de se féliciter d'avoir installé ses pénates à Montréal pour y élever ses enfants. De plus en plus, ce voyage dans la région du Saguenay l'aidait à prendre conscience de son véritable « chez-nous », dans son pays à elle, parmi les siens, auprès de ceux de sa race. Elle caressa son ventre, submergée par une bouffée d'émotions.

Puis elle jeta un coup d'œil à Anne dont la tête dodelinait mollement au rythme de la charrette. Elle lui parut profondément absorbée dans ses pensées. Elle, jadis si bavarde et pleine de vie, était devenue silencieuse et introvertie. Depuis son arrivée à Montréal, Marguerite l'avait rarement entendue rire. Évidemment, il y avait cette fausse couche toute récente et la consigne du médecin de ne plus retomber enceinte. Mais ce voyage aurait dû lui faire oublier tout ça. Momentanément, du moins. Et puis, n'avait-elle pas déjà deux autres enfants pour entretenir son bonheur ? Et un mari qui l'adorait malgré ses trop nombreuses absences ?

Le fait d'évoluer dans une bulle, isolée du reste de sa famille et dans un pays étranger aux coutumes et aux mœurs différentes, ne devait sans doute pas s'avérer une sinécure pour cette pauvre Anne, songea Marguerite. Osciller continuellement entre devenir une véritable Américaine et s'entêter à conserver sa culture canadienne-française envers et contre tout, devoir choisir chaque jour entre sa langue maternelle et l'anglais dès qu'elle mettait les pieds hors de chez elle, vivre auprès d'un mordu de nationalisme comme Pierre Forêt alors qu'elle-même n'avait jamais vraiment développé de sentiment d'appartenance ni aux États-Unis ni au Canada, tout cela devait lui gruger le moral à la longue. Marguerite sentit son cœur se dilater. Un peu plus et elle aurait pris sa sœur dans ses bras en la suppliant de rester à Montréal pour vivre à nouveau auprès de ses sœurs.

Vers la fin de l'avant-midi, on fit une pause afin de casser la croûte car la tante Hélène avait gentiment préparé un panier rempli de victuailles. En dépit de leurs larges chapeaux pour se protéger du soleil, les filles suaient à grosses gouttes, et le teint de lait des deux aînées prenait des couleurs dangereusement rougeoyantes. Qui aurait cru vivre une telle canicule en septembre, dans ce coin de pays si nordique ?

— On arrive bientôt, les filles, découragez-vous pas ! Dès qu'on aura pris le tournant, là-haut, on aura une vue magnifique sur la baie. Vous allez voir comme c'est beau.

— On est né loin, mon oncle !

— Ah oui ? Et loin de quoi ?

L'oncle éclata de rire, d'un grand rire gras et bruyant. D'un rire contagieux et réconfortant. Du rire vrai d'un homme vrai, simple et serein. Toutes se mirent à l'imiter et à rigoler. Oui, elles étaient nées très loin, en effet ! Et dans quelques minutes, elles allaient retrouver ce lieu où elles avaient d'abord pris racine, là même où elles avaient lancé leur premier cri et où un père et une mère les avaient aimées, choyées, élevées normalement dans un univers normal, comme tous les enfants normaux du monde. À tout le moins, c'est la vision qu'elles gardaient de leur passé.

Marguerite s'essuya les yeux d'un geste furtif. Un peu plus et son rire allait se transformer en sanglots. À ses côtés, ses sœurs avaient elles aussi cessé de rire et même de bavarder. Était-ce l'émotion ? Ou le sentiment trouble de se retrouver bientôt dans leur ancien « chez-nous » ?

Un silence à couper au couteau envahit la charrette. Seul le vent, ce grand porteur de tourmente autant que de chants d'espoir, se permit de siffler malicieusement à leurs oreilles.

❧❧

— Bon, nous y voilà! Écoutez, les filles, j'ai affaire au village. Je vous dépose chez vous et je reviens vous chercher, disons… dans une heure. Qu'en pensez-vous?

«Chez vous!», il avait dit «chez vous»! Marguerite fut reconnaissante envers son oncle pour cette délicatesse de les laisser seules afin de prendre possession de cet endroit sacré. Réveiller leurs souvenirs nostalgiques et surtout se recueillir au-dessus des cendres de leur chère mère se devaient d'être vécus sans témoin et entre elles. Seulement elles.

Une fois l'église de Saint-Alexis dépassée, le convoi s'engagea enfin sur le chemin Saint-Bruno. Après avoir roulé une vingtaine de minutes, l'homme montra du doigt, sur le bord de la route, un terrain vague envahi par de hautes herbes. Quelques champs défrichés l'entouraient et une forêt dense et touffue le délimitait d'un côté et à l'arrière-plan. Seule une maison de ferme séparée par un petit boisé à quelques centaines de pieds sur la droite témoignait de la présence humaine dans cet endroit isolé.

— C'est ici. La maison se trouvait à cet endroit, exactement derrière cet érable.

Malgré elle, Marguerite jeta un regard scrutateur sur le grand arbre aux feuilles d'or agitées par le vent, celui-là même qui montait autrefois la garde devant leur maison. Elle trouva le géant plus colossal que dans ses souvenirs, mais la balançoire suspendue à l'une des branches ne s'y trouvait plus. Avant de partir, l'oncle ajouta un dernier renseignement.

— Si vous examinez attentivement le sol, vous dénicherez peut-être quelques pierres résiduelles de la fondation. La maison a brûlé de fond en comble, vous savez, et ce fut une perte totale. Quant à votre mère…

Ludger se mit à tousser légèrement et sembla hésiter à révéler de nouveaux détails au sujet de Rébecca. Puis il secoua allègrement la tête et se lança.

— Quant à votre mère, mes pauvres enfants, on n'a jamais pu récupérer ses restes puisque l'incendie a tout détruit. Monsieur le curé a dû venir célébrer ses funérailles ici même, quelques jours après votre départ, le temps de laisser refroidir les décombres. Le site de la maison et le jardin derrière ont été laissés à l'abandon depuis ce temps. Par contre, ces dernières années, les champs des alentours qui, soit dit en passant, appartiennent toujours à la famille Laurin, sont cultivés par l'unique voisin, moyennant un certain loyer payé au conseil de famille en attendant le retour de votre père. Comme il ne nous a jamais donné son adresse aux États, nous avons crû bon de procéder de la sorte. C'est votre tante Léontine qui se charge d'administrer les montants d'argent.

Quoi ? Jamais l'idée que la terre puisse toujours appartenir à Joseph n'avait effleuré l'une ou l'autre des filles. En aucun temps, leur père ne leur en avait parlé ou avait révélé quoi que ce soit concernant le fameux incendie. Comme Marguerite l'avait formellement assuré à sa tante la veille, Joseph semblait avoir appris la tragédie en même temps qu'elles, de la bouche de Léontine, à Lowell. Par la suite, il n'avait plus été question de Grande-Baie, et encore moins d'un retour éventuel au Canada. Joseph avait toujours catégoriquement refusé de discuter du sujet. L'espace d'une seconde, Marguerite songea au minuscule terrain accidenté qu'il s'était procuré à gros prix dans la banlieue de Colebrook, et sur lequel il avait projeté de bâtir la maison de ses rêves. Pauvre Joseph… S'il savait que ses trois filles se trouvaient à ce moment précis à l'emplacement même de sa ferme du Saguenay, emplacement qui semblait toujours lui appartenir, il n'en reviendrait pas !

Abasourdies, les sœurs descendirent de la charrette et se contentèrent de saluer leur oncle en hochant la tête. Puis elles restèrent là, immobiles sur le bord du chemin, n'osant s'avancer sur cet espace couvert de ronces où elles avaient connu leurs rares années de bonheur, ce lieu précis d'où on les avait arrachées sans leur demander leur avis, ce lieu qui avait englouti leur mère pour l'éternité.

Des rafales de vent secouaient les hautes herbes brûlées par le soleil, et les fleurs sauvages d'automne se balançaient joyeusement en dégageant un parfum capiteux. Un parfum que les jeunes femmes retrouvaient avec un plaisir soudainement renouvelé. À la vérité, aucune n'avait oublié l'odeur du jardin de leur mère en septembre. Comment oublier les effluves du bonheur et de la liberté des enfants qui courent joyeusement et sans soucis à travers les champs ?

Anne se mit à pleurer.

— Maman dort dans un bel endroit.

Il n'en fallait pas plus pour que les deux autres l'imitent et commencent à larmoyer elles aussi.

— Pauvre maman, elle n'a pas eu de tombe ni de croix blanche au cimetière.

Camille, qui n'avait que six ans au moment du drame, se souvenait très peu de Rébecca.

— Moi, je préfère savoir maman ici, en pleine nature. Les cimetières me semblent trop lugubres et déprimants !

Anne se jeta tout à coup à genoux et, à la grande stupéfaction de ses sœurs, elle se pencha au-dessus de la terre à laquelle elle s'adressa à voix haute.

— Bonjour, maman… Nous vois-tu ? Nous reconnais-tu ? Regarde comme on a grandi. Tu es grand-mère maintenant, le savais-tu ? Tu as trois petits-enfants, maman, et bientôt quatre. Peut-être es-tu en train de bercer, tout là-haut, celui que je viens de perdre… Oh ! réponds-moi, réponds-moi, ma petite maman, s'il te plaît. On a un peu perdu papa, tu sais. Et toi, tu nous as tellement manqué ! M'entendais-tu, autrefois, quand je pleurais sur la route de Lowell et que je t'appelais à notre secours ? Réponds-moi, je t'en prie. Je pense que je suis venue ici un peu pour ça, te retrouver et te dire ce que j'ai sur le cœur. Te dire que je t'aime encore…

Un grand oiseau blanc traversa tout à coup le ciel en lançant des cris étranges. Un oiseau inconnu que nulle ne réussit à identifier. Était-ce là un signe de Rébecca ? Déroutées, les trois sœurs tombèrent dans les bras les unes des autres, submergées par cette douleur brutalement ravivée au plus profond d'elles-mêmes et qu'elles avaient crue éteinte. Une douleur inconsolée et toujours vivante. Une douleur toujours cruellement insupportable : le silence de leur mère.

— Maman…

En creusant du bout des doigts à l'endroit exact où se trouvait la maison, on dénicha effectivement quelques roches vermoulues, vestiges de la cheminée éparpillés et à demi enfouis dans le sol. À partir de là, elles réussirent à déterminer précisément où se trouvait l'entrée de la maison, celles du salon et de la cuisine, les chambres étant situées à l'étage. Étonnamment, le rosier rustique planté devant la galerie et particulièrement affectionné par Rébecca avait survécu, quoique chétif et rabougri, à moitié étouffé par les foins. Chaque année, au moment de son anniversaire en juin, la mère surveillait son rosier pour savoir s'il allait lui offrir ses premières roses de l'année en guise de cadeau.

Étrangement, en cette journée de fin d'été, sans doute l'une des dernières, trois roses seulement émergeaient à travers les ronces, trois roses éclatantes de fraîcheur et de beauté au-dessus desquelles voltigeait un papillon blanc. Naturellement, les sœurs ne manquèrent pas d'y voir un autre signe.

— Maman nous attendait. Ces trois fleurs sont pour nous ! Peut-être même nous représentent-elles...

Anne affirma, en reniflant, qu'elle tenait absolument à revenir dans cet endroit afin de le fixer sur un tableau avant son retour aux États-Unis.

— Moi, renchérit Marguerite, j'aimerais bien retrouver le chemin de l'école du rang. Si je me rappelle bien, il fallait marcher longtemps dans cette direction-là, puis tourner une fois ou deux à gauche avant d'atteindre la petite maison blanche.

— Moi, ajouta Camille, je ne me rappelle pas grand-chose, mais j'aimerais bien habiter dans un endroit comme celui-ci.

— Es-tu sérieuse ? Toi, une fille de la ville ?

— Pourquoi pas ? Je me sens bien, ici...

La jeune citadine, d'abord de Colebrook, puis de Lowell et finalement de Montréal, et sur le point de mal tourner ces derniers temps à cause d'un mauvais garnement, voyait-elle dans ce rêve de vie à la campagne une échappatoire à la vie malsaine dans laquelle elle était en train de se perdre ? La simplicité des gens de la région et leur bonhomie l'avaient-elles séduite ? Ou bien était-ce le calme et la paix émanant de ces paysages qui la fascinaient ?

Marguerite lui lança un regard interrogateur. Sa sœur n'était peut-être pas faite pour la vie trépidante de la ville, après tout. De là pouvaient provenir son instabilité et ses égarements. Elle n'eût pas le temps de réfléchir plus longuement. À leur insu, un inconnu s'était approché sur le chemin et se mit à les interpeller de loin.

— Hé ! Qu'est-ce que vous faites là ? Vous êtes sur un terrain privé, ici ! Puis-je savoir ce que vous cherchez, mesdemoiselles ?

16

La foule se pressait sur le perron du couvent du Bon Pasteur. La présentation d'une pièce de théâtre constituait toujours un événement d'importance pour les habitants de Chicoutimi et de la région. De simples amateurs étaient les acteurs, mais certains possédaient un réel talent et tous y mettaient tant de zèle et d'ardeur qu'au bout du compte, le spectacle s'avérait la plupart du temps original et d'assez bonne qualité.

Ce soir-là, on jouait *Le Malade imaginaire* de Molière, et les sœurs Laurin s'étaient concertées pour offrir des billets au couple Tremblay en guise de remerciement pour leur hospitalité généreuse et spontanée. Hélène avait revêtu sa plus belle robe et l'oncle Ludger était méconnaissable dans son habit nouvelle mode, long gilet jaune, large col et boutons d'écaille.

Au moment de pénétrer dans la grande salle bondée, on croisa par hasard le fermier rencontré la veille à Grande-Baie, celui-là même qui s'était approché pour s'enquérir de ces étrangères qui osaient s'aventurer sur un terrain qui ne leur appartenait pas. Il s'était identifié par son nom, Étienne Beauchêne, propriétaire de l'unique ferme voisine de la terre des Laurin.

La veille, une fois leur frayeur surmontée, Anne et Marguerite avaient reconnu l'un de leurs compagnons de jeu d'autrefois. Elles n'en revenaient pas ! Jamais elles ne se seraient attendues à ce genre de rencontre. Le jeune homme, lui-même à la joie de retrouver ses anciennes amies, avait ouvert les bras pour les embrasser. Émues de tant d'effusion, elles avaient eu peine à retenir leurs larmes. Un représentant concret de leur passé venait d'apparaître, plus grand que nature. Et plus beau aussi…

Au cours de cette rencontre, Camille avait regardé la scène sans trop réagir, ne dénichant dans les carnets de sa mémoire qu'une image floue du fascinant personnage de quelques années plus âgé qu'elle et qui lui souriait gentiment. Elle se souvenait de s'être rendue à quelques reprises dans la maison des habitants d'à côté en compagnie de Rébecca, mais les jeunes Beauchêne, orphelins de mère, se trouvaient aux champs ou à l'école, la plupart du temps.

En face de ce garçon, Anne avait curieusement retrouvé, une fois de plus, son exubérance de jadis et raconté avec force détails les péripéties de leur émigration aux États-Unis. De son côté, Étienne, le plus jeune des Beauchêne et toujours célibataire, leur avait appris que, pour l'instant, il vivait seul avec l'aînée de la famille. Leur père, Roméo, veuf depuis de nombreuses années et décédé récemment, lui avait fait une donation notariée de la ferme familiale à la condition de loger et de nourrir sa sœur, tant et aussi longtemps qu'elle ne dénicherait pas un mari. Elle le méritait bien, cette chère Eugénie, puisqu'à la mort de leur mère, elle avait pris la relève pour élever ses sept frères et sœurs. Au début de la quarantaine, la grande sœur semblait de moins en moins en passe de trouver chaussure à son pied. En ce moment, Étienne et elle s'occupaient ensemble de l'exploitation agricole, des animaux et de la vieille maison de ferme du chemin Saint-Bruno.

À un moment donné, une ombre avait semblé passer sur le visage du jeune homme.

— Dites donc, êtes-vous revenues à Grande-Baie parce que votre père a l'intention de reprendre sa terre dans un avenir rapproché?

— Ah mon Dieu, non!

Si Marguerite se voulait rassurante, elle s'était tout de même gardée de dévoiler la vérité au sujet de Joseph encore en prison pour les quatre prochaines années.

— Vous pouvez continuer à exploiter les… euh… à louer nos terres, papa réside à Concord et il y restera sûrement encore longtemps. Il n'a d'ailleurs jamais parlé de revenir dans la région. Nous sommes simplement venues par curiosité, à la recherche de notre passé. Peut-être bien aussi pour prier sur les cendres de notre mère et faire notre deuil de cet endroit béni dans nos souvenirs. Nous sommes parties si vite, vous comprenez.

Un silence lourd s'était installé, vite rompu par Étienne qui s'était empressé de changer de sujet. Il leur avait rappelé leurs jeux de cache-cache dans les bottes de foin et leurs glissades sur les pentes enneigées de la colline, de l'autre côté du chemin. Les filles avaient apprécié son tact et sa délicatesse, et tous s'étaient finalement quittés sur une note joyeuse, non sans se serrer la main avec une certaine émotion, convaincus de ne plus jamais se revoir.

Mais voilà que le lendemain soir, dans le hall d'entrée du couvent, le même jeune homme réapparaissait, encore plus séduisant que la veille. Chevelure noire propre et luisante, grands yeux bruns ardents, barbe bien taillée, chemise blanche empesée, le rustre paysan s'était métamorphosé en homme du monde. Une femme passablement plus âgée que lui l'accompagnait. «Sans doute sa sœur, songea Marguerite, mais elle a plutôt l'air de sa mère!»

Étienne tendit aussitôt une main avenante.

— Tiens, tiens, mes anciennes voisines! Bonsoir Marguerite, bonsoir Anne, bonsoir jolie Camille! Bonsoir monsieur et madame Tremblay, comment allez-vous?

Cette fois, pas de bise non plus. On se contenta de se saluer poliment.

— Puis-je vous présenter ma sœur Eugénie? Eugénie, voici les sœurs Laurin dont je t'ai parlé hier soir.

La femme salua froidement sans prononcer une parole. «Assurément une vieille fille haïssable», se dit Anne, sans se douter que Marguerite pensait la même chose. L'une et l'autre ne se rappelaient que vaguement Eugénie et elles n'en revenaient pas que cette grande efflanquée, maigre comme une échalote et à la voix éraillée, ait élevé jadis sept enfants, les faisant obéir au doigt et à l'œil. Camille, de son côté, avait l'impression de la rencontrer pour la première fois.

Une religieuse agita une clochette afin d'interrompre les conversations. Le spectacle allait commencer dans quelques minutes, et on priait les spectateurs de bien vouloir se choisir une chaise dans la salle de récréation aménagée pour la circonstance.

Camille sentit son cœur palpiter quand elle vit Étienne s'installer de biais dans la rangée d'en avant. Elle ne le quitta pas des yeux tout le temps du premier acte, incapable de se concentrer sur l'intrigue qui déclenchait à tout moment des rires dans l'auditoire. Le garçon ne l'avait-il pas appelée «jolie Camille»? À côté de cet homme à l'air doux, mature et déjà bien installé dans la vie, son cavalier violent et malhonnête de Montréal ne supportait pas la comparaison. Quel dommage que cet Étienne vive à deux cent soixante-dix milles plus au nord !

Au moment de l'entracte, tous se retrouvèrent dans le vestibule, à l'entrée de la salle. À la grande déception de la benjamine, l'oncle Ludger accapara le fermier et ne cessa de s'entretenir d'affaires avec lui, tandis que les autres émettaient des commentaires sur la représentation. De toute évidence, les Tremblay et les Beauchêne se connaissaient bien, sans doute à cause du magasin général. La « jolie Camille », hélas, semblait ne plus exister.

À la fin du spectacle, quand Hélène, bonne dame, offrit à Étienne et Eugénie de venir terminer la soirée à la maison avant de retourner à Grande-Baie, « pour goûter à la meilleure tarte aux bleuets du canton », ils refusèrent poliment.

— Merci beaucoup, madame Tremblay, mais un de nos frères de Chicoutimi nous a offert d'aller dormir chez lui et il nous attend. Ce sera pour une autre fois.

Camille poussa un soupir de déception. Adieu veau, vache, cochon, couvée et… bel ancien voisin ! De toute manière, l'homme habitait à Grande-Baie, il ne servait à rien d'entretenir des illusions à son sujet et de s'imaginer le séduire. Cependant, au moment de partir, Étienne se tourna spontanément vers les trois sœurs pour s'informer de leurs prochaines activités avant leur départ définitif. C'est Anne qui prit la parole, une fois de plus.

— Nous repartirons pour Québec par le bateau à vapeur dans trois jours. De là, mes sœurs prendront le train vers Montréal tandis que moi, je filerai sur celui du Grand Tronc jusqu'à Lowell. J'ai bien hâte de revoir mon mari et mes petits, vous pensez bien ! Mais demain matin, si c'est possible, je vais essayer de trouver quelqu'un pour me ramener à Grande-Baie. J'ai tellement envie de peindre le site de notre ancienne maison, ce lieu qui sert aussi de sépulture à notre mère. Je voudrais tant fixer cet endroit impressionnant sur la toile afin de ne jamais l'oublier. Dieu sait quand je reviendrai ici, si jamais je reviens ! Heureusement, l'oncle Ludger dispose dans son entrepôt de tout le matériel nécessaire à un artiste peintre.

— Vous peignez ? Intéressant ! Écoutez, ça adonne bien, je dois rentrer chez nous très tôt, demain matin. Vous pourriez monter avec moi et là-bas, il se trouvera certainement quelque bonne âme pour vous ramener. Le postillon, par exemple, retourne toujours à Chicoutimi en fin de journée. Par contre, ma sœur Eugénie ne sera pas du voyage car elle doit demeurer ici quelques jours pour garder les enfants d'une belle-sœur sur le point d'accoucher.

— Dans ce cas, Marguerite et Camille pourraient-elles m'accompagner ?

— Certainement ! Il y a suffisamment de place dans ma charrette.

« Ah ! Ah ! pensa Camille, il reste encore de l'espoir ! Cette fois, la balle est dans mon camp. À nous deux, mon beau ténébreux… »

❧

Le lendemain matin, la même scène se reproduisit sur le chemin de Grande-Baie : la plus jeune des sœurs Laurin assise sur la banquette avant, riant et bavardant joyeusement avec celui qui tenait les rênes, tandis que les deux autres somnolaient au fond de la voiture, taciturnes et le regard perdu sur le paysage plutôt monotone balisant la route.

En voyant Camille user de son charme pour séduire le jeune fermier, Marguerite songea au destin par lequel l'âme navigue au gré des vents et marées. Vents de tempête ou vents favorables… Quelle était donc cette force inextricable qu'on appelait le destin, puissante et redoutable, et à laquelle l'existence soumettait tous les êtres hors de leur volonté ? Jusqu'à quel point les humains détenaient-ils le pouvoir de contrôler leur navire, même en gardant une main ferme sur le gouvernail ? Qui sait si sa sœur n'était pas sur le point d'être emportée inconsciemment vers un tournant imprévu ?

Quant à Anne, en ce matin chaud et ensoleillé, quelle forme donnerait-elle au vide qu'elle allait peindre sur sa toile ? Comment le concrétiser, ce vide, à l'aide d'un simple pinceau, comment matérialiser l'absence d'une mère et la dislocation dramatique d'une famille ? De quelle manière dessiner, sur un rectangle vierge, une enfance perdue, cet espace vacant créé par l'ambition d'un père, ce barbouilleur de maisons rasées et de rosiers moribonds ? Comment traduire l'effet d'une destinée troublée ? L'érable l'avait pourtant défiée, lui, cette tempête, et il avait continué de grandir envers et contre tout, comme le témoin insolent de la vie qui continuait. Une vie soumise à la fatalité que chacun tentait d'influencer à sa chancelante et maladroite manière…

Marguerite frissonna. Soudain, sans qu'elle s'y attende, elle perçut un faible mouvement au creux de ses entrailles. Un mouvement à peine perceptible, silencieux, dérobé. Le premier cadeau d'un enfant à sa mère. Un cadeau pour elle seule. Pour la première fois, elle sentait son bébé bouger, là, bien vivant. Petit être innocent, déjà à la merci de son destin. Vivrait-il longtemps, vivrait-il heureux ? Elle sentit jaillir une bouffée d'amour et se jura que jamais cet enfant n'aurait à souffrir à cause des désirs fous de sa mère ou des idées saugrenues de son père. Ni de leur égoïsme.

Tout à coup, un grand ennui d'Antoine la saisit. Ah ! lui confier sa joie intime et secrète, et prendre doucement sa main chaude pour la porter à son ventre… Encore quelques jours et elle se retrouverait dans ses bras, cet être pur dont la grandeur d'âme et la force morale, dont la foi inébranlable surtout, devaient assurément détenir un certain pouvoir sur cette fameuse destinée. Auprès de lui, elle ne craignait pas les aléas du lendemain. Maintenant, ni le passé ni le futur ne lui importaient. Appuyée contre l'épaule solide de son homme, elle préférait mordre dans le présent à belles dents.

Une fois rendus sur place, dans le petit rang serpentant derrière le village de Grande-Baie, Anne ne mit pas de temps à installer son chevalet et à sortir ses tubes de couleurs.

— Le tableau existe déjà vaguement dans ma tête.

Les deux sœurs n'eurent pas le temps de répondre que déjà Étienne leur tirait sa révérence.

— Bon, moi, les filles, je retourne chez moi. Mon remplaçant doit s'impatienter. Je vous attends donc à la maison pour vous restaurer sur l'heure du dîner, dès que le tableau sera terminé. Pas besoin de vous indiquer le raccourci à travers le boisé, vous le connaissez sûrement. Entre-temps, je vais me rendre au village à la recherche de quelqu'un pour vous ramener à Chicoutimi en fin d'après-midi. Est-ce que ça vous convient, mesdemoiselles?

Marguerite s'approcha en hésitant.

— Me permettez-vous de vous accompagner au village, Étienne? J'aimerais tellement revoir mon église et mon école.

Camille s'empressa de renchérir:

— Moi aussi, moi aussi, je veux y aller!

— Et moi, alors? protesta Anne, le pinceau en l'air. Vous n'allez tout de même pas me laisser toute seule ici?

Marguerite haussa les épaules et condescendit, non sans regret, à rester auprès de sa sœur Anne. Mais Étienne, bon prince, trouva un compromis à la satisfaction de tout le monde.

— Écoutez, je vais vous conduire au village une à la fois. Ce n'est qu'à vingt minutes d'ici, après tout. Donnez-moi seulement une heure ou deux pour voir si tout se passe bien à ma ferme, puis je m'occupe de vous. Ça vous va? Aucune de vous n'aura à rester toute seule.

Camille se sentit rougir et offrit son plus beau sourire. Décidément, ce garçon-là lui paraissait fort charmant. Il sauta d'un bond dans la charrette, saisit les guides et s'apprêta à partir.

— Alors, jolie Camille, vous venez? Je vais commencer avec vous, si vous le permettez. Mais il faudra d'abord m'accompagner à ma ferme…

17

Il fallait s'y attendre. À cause de la chaleur humide et insupportable qui écrasait la région du Saguenay depuis quelques jours, un orage d'une violence extrême menaçait d'éclater d'un instant à l'autre. Ce soir-là, en effet, devant la fenêtre du salon d'Hélène et Ludger Tremblay situé au-dessus du magasin général, les trois sœurs Laurin regardaient d'un air inquiet les paquets de pluie fouetter la chaussée et les devantures des maisons, à travers les éclairs et les grondements du tonnerre. On craignait que le départ du *Corinthian* pour Tadoussac et Québec, prévu pour le lendemain matin, ne soit reporté à plus tard à cause du mauvais temps. Si Anne et Marguerite préféraient rentrer au bercail le plus rapidement possible, Camille, pour sa part, aurait apprécié un délai.

À vrai dire, elle n'avait aucunement envie de revenir sur la rue Émery. Elle se plaisait trop dans ce nouvel environnement, comme si on l'avait soudainement parachutée dans un univers paisible et rassurant. À Montréal, il lui faudrait dénicher un autre emploi et réorganiser sa vie. Elle devrait surtout se débarrasser du pseudo-amoureux délinquant et possessif qui lui faisait la vie dure. Trop dure. Dieu sait comment il réagirait quand elle lui montrerait la porte…

— Le souper est prêt!

La tante Hélène s'était donné du mal. Elle avait sorti l'argenterie de son coffret capitonné de velours et dressé la table comme au jour de l'An. Ce dernier repas pris ensemble se devait d'être remarquable. Elle avait même décidé de surprendre ses nièces en invitant Léontine Gauthier et son mari. Sa belle-sœur n'avait cependant pas répondu à son télégramme envoyé quelques jours plus tôt. Mais Hélène avait bon espoir de les voir enfin surgir.

En s'approchant de la table, Marguerite remarqua les deux couverts en surplus et ne put résister à sa curiosité.

— Vous attendez des visiteurs, ma tante?

— Oui, Léontine et Léopold devraient arriver d'une minute à l'autre. Mais, avec cet orage, mieux vaudrait qu'ils n'aient pas quitté leur demeure. Bagotville se trouve tout de même à un bon bout de chemin. Je voulais vous faire une surprise.

Un coup de tonnerre salua l'évocation de Bagotville, mais Marguerite sursauta pour une tout autre raison. Ah non! Elle ne pouvait croire que sa tante avait invité Léontine, la dernière personne au monde qu'elle avait envie de rencontrer! Elle bénit l'orage et pria tous les saints du ciel de le faire durer toute la soirée.

— Mais puisque le repas est prêt, nous allons passer à table. Tant pis pour Léontine. Dans quelques instants Ludger devrait monter du magasin. Un client le retient probablement en bas.

Camille se leva promptement et s'engagea aussitôt dans l'escalier.

— Je descends le chercher, ma tante!

Elle aimait bien l'odeur du magasin, ce mélange d'épices, de tabac, de savon, de parquet ciré, de vernis et d'huile rancie. Durant ce court séjour à Chicoutimi, elle avait passé des heures à fouiner dans le commerce de son oncle, soulevant un couvercle ici, fourrant son nez au-dessus d'un sac là, tripotant une casserole, caressant un tissu, laissant courir ses doigts de petite fille curieuse sur les multiples denrées entassées les unes par-dessus les autres jusque dans les recoins les plus inaccessibles du magasin.

Elle n'avait franchi que la moitié de l'escalier quand elle le vit. C'était bien lui, elle l'aurait reconnu entre tous. Le bel Étienne se trouvait là, lui tournant le dos, en grande conversation avec l'oncle Ludger. Il mit quelques secondes avant de se retourner, et elle eut le temps de remarquer la robustesse de sa nuque et la carrure de ses épaules. Un homme fort. Un homme de la nature. Un vrai. C'était bien lui. Quelle chance ! Elle qui croyait ne jamais le revoir…

La veille, lorsqu'ils s'étaient retrouvés tous les deux seuls dans la charrette, il lui avait quelque peu conté fleurette. Bien sûr, la visite du village de Grande-Baie en sa compagnie s'était prolongée plus qu'il n'aurait fallu, et les deux autres sœurs en avaient été quittes pour une tournée expédiée à la hâte, suivie d'une piètre collation sur le coin de la table, dans la cuisine du cultivateur. Il lui avait même pris une main et l'avait baisée avec ferveur et recueillement. À tel point qu'elle s'était sentie fondre, croyant vivre un rêve.

— Jolie Camille, quel dommage de vous voir repartir dans si peu de temps. Si seulement il existait l'ombre d'une possibilité de vous fréquenter pour la bonne cause, je le ferais, croyez-moi. Mais…

— …

Peu habituée à autant de galanterie avec son voyou montréalais, Camille n'avait su que répondre et s'était contentée de hocher la tête, rouge de confusion.

D'ailleurs, quoi dire devant une si cruelle réalité? Elle allait retourner à Montréal dans moins de deux jours. Pendant un long moment, seul le sourire bienveillant d'Étienne avait réussi à remplir le silence martelé par le bruit des sabots du cheval sur le chemin pierreux. Toujours grimpés sur la charrette, ils s'étaient longuement arrêtés devant la belle église de pierre de Saint-Alexis. Si elle avait accepté de pénétrer à l'intérieur pendant quelques minutes, Camille avait par contre refusé de déambuler dans le cimetière situé derrière.

— Ce n'est pas la peine, je ne connais personne ici.

Elle ne s'était guère intéressée, non plus, à l'usine de fuseaux de bois en retrait du village.

— La *factory* est située sur le chemin de la baie Saint-Paul. Vu l'importance des rouets pour faciliter le travail des femmes, on taille les fuseaux dans du bois de bouleau, tendre et malléable. Cette manufacture-là appartient à l'un des nôtres, vous savez. Aimeriez-vous y aller pour une visite? Par contre, c'est passablement loin d'ici, on n'aura pas le temps, aujourd'hui…

— Euh… non merci. Ce sera pour une autre fois.

Une autre fois? Elle en avait de bonnes! Il n'y aurait pas d'autre fois. Comme il avait dû la trouver stupide! Pourtant, les rouets, ça l'intéressait. N'avait-elle pas passé des heures et des heures à filer de la laine sur celui d'Angelina, à Colebrook? Mais cela, c'était dans une autre vie…

À ce moment-là, une seule et unique chose avait obnubilé Camille: la présence d'Étienne Beauchêne à ses côtés. Plus le temps passait, plus elle avait senti ces minutes bénies lui échapper inexorablement, une à une, dans le puits du désespoir. Encore un peu et elle ne reverrait plus cet homme. Plus jamais. Ou peut-être dans dix ans, alors qu'il lui présenterait sa femme et leurs sept enfants. Cette vision avait donné envie de pleurer à la jeune fille, encore une fois en train de subir les affres du mauvais sort. Le surlendemain, le bateau l'emporterait vers Montréal, à des milles de ce sourire charmeur et de cette voix chaude, de ces lèvres douces qui lui avaient pudiquement effleuré la main.

Quand était venu le moment de rebrousser chemin pour retrouver ses sœurs, un sanglot l'avait silencieusement étranglée. Étienne avait-il aussi ressenti cette détresse? Juste avant que la voiture ne s'engage dans le tournant pour apparaître à la vue d'Anne et de Marguerite affairées à la réalisation du tableau, il avait passé son bras autour d'elle et l'avait pressée légèrement contre lui sans dire un mot.

Qu'aurait-il pu ajouter? Que la vie était bête? le chemin, sans issue? l'espoir, inexistant? la malchance, de leur côté? Camille était descendue de la charrette en serrant les dents et en se disant qu'elle n'était pas faite pour le bonheur. Il lui fallait se faire à l'idée. Les feux de paille s'éteignaient bien vite et d'eux-mêmes, elle le savait. Le silence et la noirceur ne manquaient jamais de revenir aussitôt…

Et voilà qu'en cette fin de journée d'orage, en ce dernier soir passé dans la région, l'objet de ses rêves les plus fous se tenait là, de nouveau devant ses yeux, au pied de l'escalier menant au magasin de son oncle! Elle le trouva plus séduisant que jamais avec ses grands yeux bruns rieurs sous les arcades broussailleuses, son teint de bronze, ses larges épaules éclatant sous la chemise à carreaux. Avec son sourire irrésistible, surtout… Elle vit son visage s'éclairer en la découvrant.

— Jolie Camille! Quelle belle surprise!

— Bonjour, monsieur Étienne.

Elle se demanda si sa présence au magasin général était le résultat du hasard ou s'il avait volontairement cherché à la revoir. Elle toussota nerveusement, ayant du mal à retrouver une contenance.

— Mon oncle Ludger, le souper est prêt. Tante Hélène vous attend en haut.

L'oncle se tourna alors spontanément vers Étienne.

— Dis donc, jeune homme, tu vas pas t'en retourner à Grande-Baie par un temps pareil? Tu y arriveras jamais, avec ce temps de cochon! Et puis tu connais les dangers de la foudre.

— Vous avez raison, monsieur Tremblay. Je vais aller dormir chez une de mes sœurs, en haut de la côte. Elle a toujours de la place pour moi.

— Reste au moins à souper avec nous autres, tu repartiras après. Attends-moi, je vais aller mettre ton cheval dans l'écurie.

L'oncle enjamba l'escalier, et Camille en profita pour descendre les trois ou quatre marches qu'il lui restait à franchir avant de se jeter dans les bras du jeune homme. Cette fois, elle n'hésita pas une seconde et ne lui laissa pas le temps d'ouvrir la bouche.

— Étienne, je pense que je pourrais vous aimer beaucoup, moi aussi...

Cet audacieux « moi aussi » voulait tout dire. Ils s'aimaient déjà, elle en avait la certitude. Et le hasard ne les réunissait pas de nouveau sans raison. Trop de coïncidences et de rencontres impromptues étaient survenues depuis quelques jours, ce n'était pas pour rien. Ça ne pouvait être pour rien. Et ce « moi aussi » contenait une promesse, à tout le moins un espoir. Ni elle ni Étienne ne devaient tourner le dos au sort enfin favorable, ni éteindre ce feu qui ne demandait qu'à grandir et enflammer leurs cœurs. Oui... ce « moi aussi » pouvait faire basculer toute la vie de Camille Laurin. Elle se devait de saisir cette chance unique, mais comment, grands dieux, comment ? Elle partait le lendemain.

Sur ces entrefaites, Ludger Tremblay entra en vitesse, complètement trempé…

— Vous pouvez monter, Étienne, on vous attend. Et vous pourrez manger de la ouananiche pour deux si vous voulez, car ni la belle-sœur ni son mari n'ont montré le bout du nez ! Le cheval est à l'abri et a de l'avoine en masse.

La tante Hélène, devant l'évidence que ses invités-surprises ne viendraient pas, ne remarqua pas le soulagement qui se lisait pourtant sur les visages d'Anne et de Marguerite. Depuis leur arrivée, ni l'une ni l'autre n'avait demandé de nouvelles de la famille Gauthier. Elles ne l'auraient fait pour tout l'or du monde. Pourquoi réveiller des souvenirs amers, les viols du cousin et l'indifférence crasse de sa mère ? Dans leur esprit, l'épisode chez les Gauthier, à Lowell, se trouvait enfoui à jamais au fond du cloaque des cauchemars à oublier. Ils pouvaient tous aller au diable, les trois nièces s'en fichaient !

L'atmosphère se détendit et tourna à la bonne humeur en dépit de la fureur des forces de la nature qui, derrière les fenêtres, se déchaînaient. Les mains des nouveaux amoureux en profitèrent pour s'étreindre sous la table. Chaque coup de tonnerre faisait l'effet d'une explosion dans le cœur de Camille. Elle ne tenait plus en place, cherchant désespérément une solution à leur situation, un dénouement heureux, un rayon de lumière, si faible fût-il, et dût-il jaillir par la plus infime des brèches du destin. Étienne, lui, s'entêtait à garder le silence, se contentant de triturer la main moite de Camille.

Sans s'en rendre compte, l'oncle Ludger entrouvrit cette porte sur l'espoir.

— La région se développe de plus en plus, vous savez.

Camille prit une longue inspiration et plongea.

— Dites-moi, monsieur Étienne, existe-t-il beaucoup d'opportunités à Grande-Baie pour une jeune fille de mon âge?

Elle vit Étienne sourire et elle se demanda s'il avait bien saisi le sous-entendu.

— Vous voulez dire des opportunités d'emploi? Euh… non, pas beaucoup. Comme ailleurs, la plupart des filles de famille se marient très jeunes et mettent au monde de nombreux enfants. D'autres se vouent à la vie religieuse, certaines demeurent célibataires et se consacrent au soin des malades ou à l'enseignement durant toute leur vie. Mais c'est assez rare. En général, le marché du travail reste peu ouvert aux femmes, et par ici, on embauche surtout des hommes dans les scieries et les chantiers. Ce n'est pas comme dans une grande ville. Ne me dites pas que vous seriez intéressée à demeurer dans la région du Saguenay? Oh la la! C'est là toute une décision à prendre, mais quelle bonne idée, mademoiselle!

— J'aimerais bien ça rester, mais je n'ai pas d'endroit où aller, pas d'emploi non plus. Rien!

L'oncle réagit aussitôt.

— Mais je pourrais t'en offrir un, moi, un emploi! Je me cherche justement quelqu'un pour m'aider au magasin cet automne! Hélène se sent fatiguée, elle pourrait relâcher un peu. Si quelqu'un la remplaçait, elle pourrait enfin rendre visite à sa sœur de Québec pour quelques semaines. Elle rêve de ce voyage depuis tellement longtemps, la pauvre!

Un peu plus et Camille aurait sauté au cou de son oncle, mais elle tenta de dissimuler son excitation.

— Vous croyez que je pourrais ?

— Ben pourquoi pas ? T'as déjà une bonne expérience de la vente, d'après ce que tu m'as raconté. Bien sûr, une boulangerie, c'est pas un magasin général, mais t'es intelligente et débrouillarde. T'apprendrais vite.

Marguerite n'avait pas bronché. Camille se rendait-elle compte qu'elle allait s'embarquer dans un autre bateau ? Peut-être même une galère ? Encore une fois transplanter ses racines, encore une fois s'adapter à un nouveau milieu et à de nouvelles gens... À la voir se trémousser devant Étienne, l'aînée ne douta pas de la raison de cette folle décision que sa sœur semblait sur le point de prendre. Elle ne connaissait cet homme-là que depuis quelques jours, après tout ! Allait-elle vivre encore une autre aventure amoureuse qui ne mènerait à rien ?

Elle jeta un œil scrutateur sur son ancien voisin. Étienne lui paraissait tout de même sérieux et bon travailleur. Mais que ferait Camille d'un fermier, elle, la petite fille de la ville autrefois dorlotée par Angelina et menant ces derniers temps une vie des plus tumultueuses à Montréal ? Vendeuse dans un magasin général d'une petite ville comme Chicoutimi, oui, elle le pourrait sans doute. Mais fermière à Grande-Baie ? Ouf...

Marguerite chercha l'approbation de sa sœur Anne qui se contenta d'un clignement de paupière, l'orientation de la benjamine ne la concernant pas vraiment. Puis elle croisa le regard de Camille dont les yeux trahissaient une telle supplication qu'elle ne put s'empêcher de consentir à son désir, non sans manifester une certaine réticence.

— Ne me dis pas, sœurette, que tu vas rester à Chicoutimi et ne rentreras pas à Montréal avec moi demain ! Allons donc, tu n'as même pas pris le temps d'y réfléchir sérieusement !

— Bien… Si ma tante et mon oncle veulent bien de moi, pour un certain temps du moins, je pense que… c'est tout réfléchi.

La tante Hélène se leva et passa un bras autour des épaules de sa nièce en signe d'acquiescement.

— Ça nous ferait une nouvelle fille… Tu pourrais occuper la chambre d'amis.

— Oh ! merci, ma tante ! Je vais rester.

Ludger et Anne imitèrent Hélène et se montrèrent contents en lui souhaitant bonne chance. Marguerite, de son côté, se leva moins rapidement pour aller embrasser sa sœur. Encore une fois, les trois Laurin allaient vivre une séparation et s'éloigner à des centaines de milles l'une de l'autre…

Un peu mal à l'aise au milieu de ces effusions familiales, Étienne jeta un regard tendre à Camille et s'approcha doucement de la fenêtre.

— Tiens ! Il a cessé de pleuvoir, mais à bien y songer, je ne vais rentrer à Grande-Baie que demain. Et demain soir seulement.

18

Si, pour Anne, le retour à Lowell fut agréable et l'accueil enthousiaste, il n'en fut pas de même pour Marguerite, qu'un Antoine à l'air préoccupé vint chercher à la gare Bonaventure. Il se contenta de se saisir de sa valise et de se tourner hâtivement vers la sortie après avoir déposé un baiser distrait sur sa joue et prononcé du bout des lèvres quelques mots à peine chaleureux. Il ne s'inquiéta même pas de l'absence de Camille, supposée rentrer à Montréal avec elle ce jour-là.

— Te voilà enfin, ma chérie.

— Que se passe-t-il ? Tu me parais tellement soucieux, je ne te reconnais plus !

En temps normal, le pasteur aurait accueilli sa femme à bras ouverts et se serait aussitôt informé sur son voyage. Mais là, il déambulait à ses côtés, la tête basse et muet comme une carpe. Marguerite s'arrêta pile au milieu de la salle des pas perdus et se tourna brusquement vers lui.

— Antoine, tu m'intrigues à la fin ! Est-il arrivé quelque chose de grave ? Comment va Emmanuel ? Pourquoi n'est-il pas avec toi ? Parle, pour l'amour du ciel !

L'homme entraîna sa femme et l'obligea à s'asseoir sur un banc. Puis il prit ses mains dans les siennes et articula, un à un et fort lentement, les mots terribles qui portaient en eux l'écho du malheur.

— La grosse picote vient d'atteindre le refuge.

— Quoi ? La variole ? Ah ! mon Dieu ! Pas Emmanuel, j'espère ?

— Pas encore, mais je l'ai trouvé fiévreux ce matin…

— La variole à ce temps-ci de l'année ? Ça me surprend…

— Tu as raison. En général, ce sont plutôt la typhoïde et le choléra qui font rage à l'été. Mais Rémi Beaulieu m'a raconté qu'une épidémie de variole a fait trois mille cent victimes à Montréal, à la fin de septembre 1885. Il faut croire que la chaleur humide qui nous étouffe depuis trois semaines a dû favoriser l'explosion de la maladie. Selon lui, on en est déjà rendu à l'état épidémique. Les médecins ont d'ailleurs entrepris une vaste campagne de vaccination. Malheureusement, bien des Canadiens français la refusent. Ils ont peur de ça, je suppose.

Antoine parlait d'une voix brisée et ses mains tremblaient dans celles de Marguerite qui n'osait poser les questions qui lui brûlaient la langue. Combien d'enfants atteints ? Et lesquels, parmi les cinq hébergés au refuge ? Ces petits sans défense, marqués au fer rouge et déjà soumis, au seuil de leur vie, à un organisme de charité… Des innocents condamnés à grandir au fond d'une remise sans la présence d'un père et auprès d'une mère souvent inadéquate ou dénaturée… De qui l'effroyable maladie s'était-elle emparée ?

Quand elle apprit qu'un bébé de sept mois était déjà mort deux jours plus tôt et qu'une fillette de trois ans se trouvait actuellement très mal en point, Marguerite pensa défaillir. La seule fillette de trois ans vivant au centre, parmi les nourrissons, était Clémence, la fille de

Béatrice. Vite! Il urgeait de se rendre auprès de son amie pour la consoler et la rassurer. Et surtout pour prendre les choses en main.

Marguerite entra dans le refuge avec une telle brusquerie que la pancarte suspendue au milieu de la porte tomba par terre. L'écriteau jaune portait une inscription pathétique écrite en grosses lettres noires : *Contagion. Prière de ne pas entrer.* Marguerite se dit qu'ils auraient pu tout aussi bien indiquer : *Antre du diable. Restez dehors, malheur garanti.* C'eût été pareil! En moins de deux, elle pénétra à l'intérieur où tout lui parut chambardé et dans un état pitoyable.

On avait désinfecté le bâtiment au complet à l'acide carbolique[7], enlevé les rideaux et les tapis, lavé les meubles et les planchers à grande eau… On avait même mis les draps, les oreillers et les couvertures au four pour les stériliser. On avait été jusqu'à pousser les lits des pensionnaires et les couchettes des bébés aux quatre coins de la remise afin de les isoler. Chacune des mères et son enfant devaient éviter le contact direct avec les autres. L'espace aménagé pour le culte et les cours de français n'existait plus. Une âcre odeur de désinfectant prit Marguerite au nez.

À ses côtés, Antoine restait muré dans le silence, les bras croisés sur la poitrine. Elle lui sut gré de s'être si bien débrouillé et d'avoir pris les mesures qui s'imposaient sur les conseils insistants de leur ami Rémi.

— Où est Emmanuel? Où se trouve mon petit garçon?

Une jeune résidente se chargea de lui répondre.

— Il est chez vous, dans votre logement, madame. Le révérend Lacroix n'a pas voulu le laisser venir à

---

7. Phénol.

l'intérieur du refuge depuis la mort du bébé Julien. Quand monsieur le pasteur ne peut pas s'en occuper, c'est moi qui vais le garder dans votre maison.

— Merci, ma chère, j'apprécie beaucoup !

Marguerite s'avança alors dans le recoin le plus éloigné du refuge, genre de réduit situé derrière la sacristie où Antoine rangeait sa bible et ses objets sacerdotaux. Elle se retrouva nez à nez avec le docteur Beaulieu qui s'apprêtait à sortir. Il la salua silencieusement avec un air découragé.

— Ça ne va pas, mon cher Rémi ?

— Non, pas du tout ! Je dirais même que je n'ai plus d'espoir pour cette petite-là, à moins d'un miracle. Et à voir sa mère la tripoter de cette manière en dépit de mes avertissements, je ne risque pas de me tromper en vous annonçant que d'ici deux ou trois semaines, c'est elle que je devrai soigner ! Et Dieu sait combien de personnes elle aura contaminées…

Derrière le médecin, Béatrice, calée au fond d'une vieille berceuse transportée là, pressait sur son cœur une Clémence complètement défigurée, le visage et le corps couverts de protubérances rouges et de vésicules dont s'écoulait un pus jaunâtre. L'enfant haletait comme un petit chiot, et son râle se mêlait dramatiquement aux sanglots de sa mère. Marguerite n'oublierait jamais cette scène où le regard éploré d'une mère portait toute la souffrance du monde. Elle faillit s'élancer pour prendre Béatrice dans ses bras, mais dut refréner son élan, rappelée à l'ordre avec vigilance par le docteur Beaulieu.

— Ne la touchez pas, malheureuse ! La maladie se propage par le pus, vous devriez le savoir. Il faut éviter tout contact. Me fais-je bien comprendre ? ÉVITEZ TOUT CONTACT !

— Oui, je le sais. Excusez-moi. Ne connaissez-vous pas de médicament ou quelque chose d'autre à faire? C'est épouvantable!

— Nous avons commencé à vacciner la population. Espérons que la foule ne se mettra pas à assiéger les bureaux de santé comme en 1885 et à lacérer les affiches pour protester contre la vaccination. Cette année-là, le maire Beaugrand avait dû faire appel à six cents militaires pour faire respecter l'ordre, et les vaccinateurs devaient se faire accompagner par des policiers. Même le journal *La Minerve* avait mené une campagne intensive contre l'inoculation obligatoire du vaccin et l'isolement des malades. Que voulez-vous, les gens craignent ce qu'ils ne connaissent pas et ne réalisent pas que le vaccin est moins risqué que la maladie elle-même. Finalement, cette année-là, le clergé et la communauté anglophone étaient intervenus en faveur de la vaccination. Hélas, le journal *Herald* avait attisé la colère en attribuant l'épidémie à la malpropreté des francophones. Dieu merci, nous n'en sommes pas encore là présentement, et il existe maintenant de plus en plus de services locaux d'hygiène dans les municipalités. Souhaitons que l'épidémie ne prenne pas la même ampleur.

— Et… Clémence?

— Clémence va s'en aller au royaume des anges très bientôt. Dans quelques heures, je le crains. À moins d'un retournement inespéré de la situation…

Ne sachant comment réagir et n'ayant pas le droit de la toucher, Marguerite se jeta aux pieds de Béatrice et, mains jointes, se mit à pleurer.

— Mon amie, mon amie, je suis là maintenant, auprès de toi. Je ne repartirai plus et je vais tellement prier que Dieu va accomplir un miracle juste pour toi, tu vas voir. Tu n'es plus seule, ma petite Béatrice chérie.

Elle sentit soudain quelqu'un la prendre par les épaules et l'obliger à se relever. Antoine. Il avait assisté à la scène sans ouvrir la bouche. Pour la première fois, elle voyait son mari dépassé par les événements. Son surhomme, redevenu tout à coup un simple être humain écrasé par la douleur, prenait conscience de son impuissance… Sans doute se sentait-il aussi choqué parce que Béatrice n'obéissait pas à la consigne du médecin et ne laissait pas sa petite fille mourir seule dans son lit, sans y toucher. Mais quelle mère agirait autrement ? Marguerite n'eut pas le temps de se poser la question. Antoine reprit aussitôt son autorité et l'obligea à sortir de la pièce en lui emboîtant le pas. Ce fut à peine si elle réussit à lancer un « Je reviens le plus vite possible, Béatrice » platement interrompu par le claquement de la porte.

— Viens, Marguerite. Tu dois protéger ta santé. Puis Emmanuel a bien hâte de revoir sa maman.

Comment avait-elle pu l'oublier, celui-là ? Le prendre dans ses bras et le serrer contre elle lui avaient pourtant manqué pendant toute la durée du voyage, et voilà que plus d'une heure après son retour, elle avait à peine songé à lui. Hélas, il ne lui tendit pas les bras comme elle l'espérait. Recroquevillé au fond de son lit, son petit corps brûlant de fièvre, le bambin restait sans réaction. La jeune fille à qui on l'avait confié affirma que la fièvre n'avait cessé de monter au cours de la journée. Marguerite n'hésita pas une seconde et empoigna son fils presque avec brutalité.

— Va chercher une lampe, Antoine, vite! Et éclaire-le, s'il te plaît. Vite!

Antoine s'approcha sans dire un mot avec la plus grosse lampe à huile qu'il put trouver. Elle dégrafa d'une main nerveuse le vêtement de nuit du garçon et commença à l'examiner minutieusement, à la recherche de la moindre rougeur ou de la plus minuscule éruption cutanée. Elle n'en trouva point. «Merci, mon Dieu, ce n'est pas la variole. Pas encore…» Elle s'effondra. C'en était trop pour elle qui croyait revenir avec, en poche, l'annonce du nouvel exil de Camille et celle, plus joyeuse, des premiers mouvements du bébé perçus dans son utérus.

À l'instar de Béatrice, elle prit son petit garçon dans ses bras et se mit à le bercer tendrement, en sanglotant, sur la chaise berçante du salon. Réveillé par toute cette agitation, Emmanuel aperçut sa mère et émit un pauvre sourire.

— Maman…

❧

Selon son mystérieux et incompréhensible plan, Dieu n'accomplit point le prodige attendu cette nuit-là, en dépit des supplications de Marguerite et des ablutions et des prières d'Antoine. Clémence rendit l'âme vers quatre heures du matin, la tête appuyée sur le cœur de sa mère. Une fois le petit corps recouvert d'un drap blanc, Marguerite offrit témérairement à Béatrice de venir finir la nuit avec elle et Antoine, dans leur logement. Mais elle essuya un refus.

— Je préfère ne pas bouger d'ici pour le reste de la nuit. Je m'attendais à la perdre, tu sais. Rémi m'avait bien préparée et je me sentais prête. Ne t'en fais pas pour moi, Marguerite. Va plutôt dormir, tu en auras rudement besoin demain matin. Moi, je… je suis juste contente que tu sois là, ma grande amie. Tu sais à quel point je t'aime…

— Essaye au moins de te reposer un peu, Béatrice.

Le pasteur et sa femme, profondément troublés, prirent donc la décision de réintégrer leur logement afin de prendre quelques heures de sommeil et de retrouver Emmanuel endormi paisiblement dans son lit.

Ce n'est que le lendemain matin qu'Antoine découvrit l'horreur. Le corps de Béatrice se balançait, pendu à une poutre du balcon de l'arrière-cour. Cette fois, elle n'avait pas raté son coup. À ses pieds, Marguerite reconnut les débris de l'ange de porcelaine qu'elle lui avait offert, quelques années auparavant. Il avait éclaté en mille miettes.

Elle se mit à gémir.

19

« Il est né, le divin enfant… » Même la cuisinière et la femme de chambre des Smallwood s'étaient jointes à la petite chorale improvisée. Rose-Marie avait généreusement invité à participer à la fête ces femmes esseulées et sans famille, perdues dans le grand pays des États-Unis, à des centaines de milles de leurs proches. En ce jour particulier, les deux domestiques s'accrochaient à leur famille d'adoption comme à une bouée de sauvetage.

Dehors, d'énormes flocons tombaient doucement, silencieusement, presque avec recueillement, en cette fête de la naissance de Celui qui était venu apporter l'espérance au monde. Petit à petit, la neige transformait le paysage en un décor de conte de fées. L'espace d'un moment, Anne regarda par la fenêtre et, séduite par tant de magnificence, elle se promit de peindre de telles scènes pour se rappeler, les jours de grisaille, que la beauté existait toujours à l'état pur.

Triste fête de Noël, en réalité, où l'absence de nombreux êtres chers ne cessait de torturer les cœurs trop sensibles. Ou trop aimants. Même l'excitation des enfants ne réussissait pas à détendre l'atmosphère. Malgré les protestations de Pierre Forêt, toujours soucieux de conserver les traditions canadiennes, Anne et Rose-Marie s'étaient mises de connivence pour distribuer les étrennes en ce jour de Noël, selon la coutume américaine, au lieu du matin du premier de l'An après la bénédiction paternelle, comme cela se pratiquait dans la province de Québec.

De toute manière, il semblait bien que les trois petits Smallwood ne recevraient pas de bénédiction, le premier janvier de cette année-là, leur père n'ayant donné aucun signe de vie depuis plus de deux mois. Bien sûr, Paul n'avait précisé aucune date de retour de son périple en Europe où il était parti avec l'intention d'établir des liens commerciaux avec certains pays. Pourtant, Rose-Marie avait secrètement espéré le voir ressourdre à la dernière minute, la veille de Noël, les bras chargés de cadeaux pour elle et les enfants. Hélas, il n'en fut rien.

Après la messe de Noël du matin où, même à l'église francophone de Lowell, on avait curieusement remplacé les chants grégoriens et les hymnes français traditionnels par le Kyrie et le Gloria d'une messe de Mozart, il avait été entendu qu'Anne et Pierre viendraient prendre une bouchée chez Rose-Marie avec leurs deux enfants. Anne appréciait cette tradition établie depuis quelques années, malgré les différends entre les deux maris anciennement amis.

Ce matin-là, le moral d'Anne se trouvait à la hausse, d'autant plus que l'éloignement de Paul Smallwood éviterait les escarmouches. D'autre part, elle avait reçu la veille une autorisation fort bienvenue de son médecin de famille, lors d'une visite de routine.

— Contre toute attente, votre utérus semble avoir retrouvé son état normal, ma petite dame. Vous avez très bien récupéré de votre fausse couche de l'été dernier.

— Est-ce à dire que je pourrais « repartir pour la famille », docteur ?

— Euh… Disons que je ne vous interdis plus aussi formellement qu'avant de redevenir enceinte. Évidemment, une autre grossesse comporterait certains risques dans votre cas. Vous avez perdu beaucoup de sang, vous savez. Mais de nombreuses femmes font une telle fausse couche et mettent ensuite normalement au monde une trâlée de marmots. C'est commun, et n'étant pas devin, je ne peux prédire l'avenir, ni vous assurer de rien. À vous de décider si vous relevez le défi ou non. Par contre, il faudrait alors vous montrer très prudente et garder le lit dès le début, comme vous l'avez fait pour votre grossesse précédente. Et j'insiste sur le « très prudente », vous m'entendez ?

Ce risque, Anne avait bien envie de le prendre. Pourquoi mettre sur le dos de l'hérédité la perte de son bébé, l'été précédent ? Ce qui était survenu à Rébecca jadis n'allait pas nécessairement lui arriver de nouveau ! Sa sœur Marguerite ne menait-elle pas normalement ses grossesses ? Elle qui, d'ici peu, allait probablement accoucher sans problème d'un bébé normal…

La grande sœur lui avait justement écrit, quelques semaines auparavant, une lettre pathétique où elle racontait la perte tragique de deux enfants du refuge, emportés par la variole pendant qu'elles se trouvaient toutes les trois en voyage à Chicoutimi. L'une de ces enfants était la fille de Béatrice qu'Anne avait rencontrée lors de son séjour à Montréal, quelques mois auparavant. À ce moment-là, la visiteuse avait cru deviner, sous l'air trop enjoué de cette jeune fille, une détresse secrète et mal dissimulée dont personne ne semblait prendre conscience. Quelle horreur ! Béatrice s'était suicidée sitôt après la mort de son enfant. Rien qu'à y penser, Anne en avait des frissons.

S'il fallait qu'elle perde un jour Élisabeth ou Philippe, elle ne pourrait jamais s'en remettre, elle non plus. Marguerite aussi avait failli voir mourir son petit Emmanuel au cours de cette épidémie, semblait-il, mais la faucheuse l'avait épargné « *in extremis* », d'après sa lettre.

> « *C'est un miracle, avait-elle écrit, car le médecin l'avait condamné lui aussi, deux jours après la mort de Clémence. Mon amie Béatrice a dû le protéger de là-haut, où Dieu l'a sûrement accueillie à bras ouverts en dépit de son effroyable geste, cette pauvre malheureuse... Peu importe que le visage de mon fils reste marqué par les cicatrices de la variole, Emmanuel est revenu à la vie et il éclate maintenant de santé. La beauté de ses yeux, magnifiques comme ceux de son père, masquera bien la laideur des rares et minuscules taches qui stigmatiseront à jamais ses joues d'homme.* »

Dans le salon abondamment décoré des Smallwood, quelqu'un proposa de reprendre les hymnes de Noël et se mit à chanter « Il est né, le divin enfant ». Mais avant qu'on ait eu le temps d'entamer le « Jouez hautbois, résonnez musettes », Rose-Marie avait commencé à sangloter silencieusement, mettant un terme aux vocalises plutôt maladroites du petit groupe. La pauvre avait plus envie de pousser des hurlements que de moduler des chants joyeux, mais le cri restait là, oppressant, prisonnier au fond de sa gorge.

Elle savait bien, au fond d'elle-même, que Paul ne reviendrait plus. Qu'il ne reviendrait jamais. Une autre femme s'était emparée du cœur de son mari, elle s'en doutait depuis longtemps. Sinon, il lui aurait au moins écrit pour lui demander des nouvelles d'elle et des enfants. Au moins ça! Et il lui aurait envoyé de l'argent. Rose-Marie, la femme du richissime Paul Smallwood, n'avait plus un sou. Elle n'avait même plus de quoi payer le salaire des deux employées qui chantaient à ses côtés. Elle s'était donné jusqu'à Noël avant de les congédier, faute d'argent. Le lendemain, elle se verrait dans l'obligation de remercier les malheureuses femmes. Bien entendu, elle continuerait de les héberger en attendant qu'elles dénichent un nouvel emploi, mais comment allait-elle les nourrir?

La semaine précédente, après avoir gratté les fonds de tiroir, elle avait dû se rendre auprès du remplaçant de Paul à la direction de sa chaîne de magasins, pour lui demander une avance. Une avance de quoi, elle se le demandait. L'homme lui avait répondu assez froidement n'avoir reçu aucune consigne à cet effet, mais elle avait fait valoir ses droits d'épouse et la légitimité de la petite famille de monsieur Smallwood. «S'il ne veut plus de moi, soit! Mais mes enfants sont aussi les siens!» L'assistant-directeur lui avait finalement remis un chèque de cent dollars sans prononcer un seul mot de réconfort.

Si elle avait poussé un soupir de soulagement, Rose-Marie ne se leurrait pas: son histoire d'amour avec Paul Smallwood venait de se terminer bêtement, par défaut. Nulle indifférence cruelle de son mari n'avait refroidi les ardeurs, nul ennui, nulle dispute, nulle mésentente n'avait fait monter l'agressivité, nulle exigence folle n'avait cultivé la haine dans son cœur. Rien! Paul s'en était allé comme ça, tout simplement, un bon matin, sans explications et sans laisser à sa femme et à ses enfants une seule raison d'espérer son retour. Presque dix ans d'une union somme toute vivable, en dépit de certains moments houleux, venaient de se terminer. Rose-Marie n'en doutait plus, même si elle avait cultivé le secret espoir de le voir rentrer au bercail pour la période des Fêtes.

En ce pathétique jour de Noël, on entoura la douce amie et on tenta en vain de la consoler. Anne se désola de l'absence de Marguerite. Elle aurait su trouver les mots, elle ! Rapidement, elle se racla la gorge et fit tout de même une tentative.

— Quand, jeunes filles, nous étions en difficulté tout au long de notre périple vers les États-Unis, Marguerite nous répétait souvent cette pensée, toujours la même, et cela nous revigorait : « Les orages finissent toujours par cesser et le beau temps, par revenir. » Depuis, je m'en suis servie très souvent. Elle tenait cette maxime de notre mère, je crois.

Rose-Marie secoua la tête.

— Pour moi, ma pauvre Anne, il ne s'agit pas d'un orage mais d'une tornade qui a tout balayé. Tout ! Qu'allons-nous devenir, mes trois petits et moi ? Oh ! excusez-moi. C'est Noël, un temps de réjouissances, et je suis en train de gâcher le plaisir de tout le monde.

Les enfants se rapprochèrent spontanément de leur mère.

— Pourquoi tu pleures, maman ?

La sonnerie du téléphone fit exploser le silence. Rose-Marie faillit trébucher en se rendant à l'appareil accroché au mur, au milieu du corridor.

— Deux grands coups, un petit coup, c'est ici ! Paul ! Ça ne peut être que lui ! Allo, Paul ? Ah… Oui, monsieur. Merci, monsieur.

Elle eut à peine le temps de se retourner que quelqu'un agita énergiquement le heurtoir en forme de cœur fixé à la porte d'entrée. Cette fois, elle ne se fit pas d'illusions en se dirigeant vers le vestibule. Paul n'aurait pas pris la peine de frapper avant d'entrer chez lui ! Elle aperçut alors un étranger en train de se secouer les pieds. C'est qu'ils ne perdaient pas leur temps, les gens de la poste, même le jour de Noël ! À peine venait-on de lui annoncer au téléphone l'arrivée d'un télégramme en provenance du Canada, que déjà le facteur se trouvait à la porte pour le lui remettre en main propre. Quel service, tout de même !

Mais ce n'était pas le facteur. L'inconnu n'apportait aucun message et demanda plutôt à parler à Yvette avec un accent que Rose-Marie reconnut immédiatement, cet accent acadien si savoureux et identifiable entre tous. Le même que celui de sa femme de chambre née au Nouveau-Brunswick et arrivée à Lowell depuis peu. La fameuse Yvette se jeta sur l'homme avec effusion.

— Georges ! Quel bonheur ! Je ne t'attendais que la semaine prochaine. Comment s'est passé ton voyage, avec toute cette neige ?

La femme de chambre se tourna vers Rose-Marie en tirant l'homme dans la trentaine par la main jusqu'au milieu du salon.

— Madame, puis-je vous présenter mon grand frère de Bouctouche, Georges, qui réalise enfin son grand rêve d'émigrer aux États-Unis ? Georges, voici ma patronne, Rose-Marie Smallwood. Voici ses amis Anne et Pierre Forêt.

Une certaine gêne s'installa dans le salon. Rose-Marie dévisageait l'homme sous cape en espérant qu'il ne s'agirait pas là d'une autre bouche à nourrir. Yvette devina-t-elle sa pensée ? Elle s'approcha pour s'enquérir discrètement si son frère pourrait occuper la chambre d'amis, le temps de se trouver du travail et un logement.

— Il vous dédommagera pour la chambre, madame, soyez-en assurée. Mon frère possède un diplôme d'ingénieur et il n'est certainement pas venu ici sans argent.

— Mais oui, je veux bien. Je suis cependant dans l'obligation de lui imposer des frais de pension…

La conversation n'échappa pas à Pierre qui vint trouver Rose-Marie dès que l'étranger, guidé par sa sœur, fut monté à l'étage avec sa valise.

— Dis donc, Rose-Marie… Puisque ton sans-cœur de mari semble t'avoir abandonnée dans cette magnifique maison, que dirais-tu de transformer provisoirement ce château en maison de pension ? Tu pourrais louer les trois chambres du personnel et celle de la visite à des pensionnaires. Cela te procurerait un bon revenu et t'éviterait un déménagement, le temps de prendre une décision.

— Quelle bonne idée, Pierre ! Comment n'y ai-je pas pensé plus tôt ? La perspective d'une solution me soulage tellement ! Que voilà mon plus beau cadeau de Noël !

De nouveaux coups à la porte interrompirent encore une fois la conversation. L'espace d'une seconde, le mirage de Paul remonta de nouveau à la surface des pensées de Rose-Marie, bien malgré elle. Cette fois, il s'agissait bel et bien de l'employé des postes qui lui remit enfin le fameux télégramme. Elle déplia nerveusement le feuillet et déchiffra à travers ses larmes le court message de Marguerite.

Joyeux Noël à tous. Stop. Fêtons chez les Beaulieu et pensons à vous. Stop. Camille semble se plaire à Chicoutimi. Stop.

Marguerite

Elle tendit le feuillet à Anne, poussa un grand soupir, puis demanda finalement aux enfants de s'approcher.

— Dites donc, les marmots, c'est si beau de voir tomber cette neige. Si on allait tous jouer dehors ?

Quelques minutes plus tard, le « divin enfant » de cire put dormir seul et paisiblement au pied du sapin décoré de friandises. Dehors, sous une fenêtre, un énorme et magnifique bonhomme de neige montait la garde en affichant un grand sourire formé de boutons multicolores, au milieu des cris joyeux.

20

Camille, la langue entre les dents, ajoutait minutieusement les poids un à un sur le plateau de la balance.

— Une livre de sucre et deux de farine, c'est bien ça, madame? Et aussi trois morues et quelques filets de hareng, m'avez-vous dit. Ne bougez pas, je cours chercher le poisson congelé dans le cabanon derrière le hangar. Quelques cubes de viande avec ça? Il nous reste plusieurs sacs d'excellent bœuf. Quelques poules aussi.

Elle adorait son travail. Depuis le mois de septembre, depuis le fameux soir où, sans réfléchir, elle avait pris la folle décision de demeurer au Saguenay, elle filait des jours heureux. Son oncle et sa tante se montraient de bonne compagnie, et ils la laissaient mener sa barque à sa guise. Une fois sa chambre propre, son linge bien repassé, la vaisselle rangée et les patates épluchées, elle descendait au magasin et s'occupait de recevoir les clients. Ludger lui payait un salaire de soixante cennes par jour en plus de lui fournir le logement et la nourriture.

Au milieu des denrées comestibles, des bibelots, pelleteries, casques, vêtements, lunettes, bijoux, images pieuses, peintures, moulins à coudre et même carrioles et cabrouets[8] disposés dans la cour, elle

---

8. Cabriolets, voitures rudimentaires hippomobiles sur deux roues et munies d'un seul siège.

évoluait paisiblement. Les jours où la clochette de la porte sonnait plus rarement, «quand il y avait un *slac*[9]», comme disait son oncle, elle s'affairait dans quelque recoin du magasin à broder des taies d'oreiller ou à manier l'aiguille pour confectionner de jolies courtepointes. Pas question de flagosser[10] chez Ludger Tremblay!

Depuis six mois qu'Étienne Beauchêne la fréquentait, Camille entretenait l'espoir secret de recevoir un jour ou l'autre une demande en mariage en bonne et due forme. Le jeune homme n'avait-il pas renoncé à monter dans les chantiers cet hiver-là, contrairement à ses habitudes? Sinon, pour quelle autre raison aurait-il accepté cet emploi à l'usine de Saint-Alexis? Camille avait vu venir les temps froids avec une certaine appréhension. Comme il le faisait chaque année, le beau prétendant allait sans doute prendre la route des chantiers de la Price pour ne revenir qu'en avril afin de reprendre en main les travaux de la ferme. Et elle, l'étrangère, se morfondrait, sans amoureux et sans amis, seule à l'autre bout du monde dans l'univers restreint du magasin général.

Mais contre toute attente, Étienne n'était pas parti. Un soir du début d'octobre, alors que la bourrasque s'amusait méchamment à défaire, dans un froissement infernal de feuilles mortes, le magnifique décor d'or et de feu, il lui avait annoncé tout bonnement, platement, comme on parle de choses et d'autres, qu'il allait par exception passer l'hiver à Grande-Baie. Pas question de chantiers pour cette année! À la lueur du feu brûlant dans l'âtre, le jeune homme avait-il

---

9. Une accalmie.

10. Perdre son temps.

remarqué l'explosion de joie que Camille tentait difficilement de retenir? Elle n'avait pas osé répéter le
geste spontané qui l'avait jetée dans ses bras et fait
avouer son amour, le mois précédent. Ouf! Étienne
n'allait pas partir! Et il reviendrait sans doute à
Chicoutimi tous les dimanches pour lui faire la cau-
sette et l'inviter à quelques promenades sur le bord du
bassin. Elle s'était mordu les lèvres, folle de joie.

Dieu merci, elle ne s'était pas trompée. En effet,
chaque semaine, le fermier lui avait fait une cour assidue,
bien que fort sage. Trop sage! Si, la veille du départ de
ses sœurs sur le bateau à vapeur, Camille, certainement plus expérimentée que lui en matière de fréquentations amoureuses, lui avait audacieusement
sauté au cou, Étienne avait, depuis ce temps, main-
tenu une distance plus que respectueuse, évitant tout
rapprochement qui aurait pu s'avérer contraire à la
morale et même aux bonnes manières. Le beau cavalier se contentait de lui prendre une main, qu'il gardait
longtemps dans les siennes, et d'un bref baiser sur la
joue au moment de s'en retourner à Grande-Baie.
Pourtant, certains regards langoureux en disaient long
sur ses sentiments, la belle n'en doutait pas. Mais le
jeune homme était un pur. Trop pur, trop parfait aux
yeux de Camille. Et quand il laissait lentement glisser,
avec un air songeur, le bout de ses doigts sur les mains
blanches de sa favorite, elle savait, elle sentait qu'un
avenir se dessinait tranquillement devant eux.

Elle avait alors commencé à broder des bouquets
de trois roses sur les contours d'une nappe blanche et
sur la bordure de taies d'oreiller. Elle les remplissait de
« flâse[11] » rose en songeant au rosier sauvage qui

---

11. De *floss*, bourre de soie, fil à broder.

n'avait jamais cessé de fleurir devant la tombe de sa mère, à Grande-Baie. Qui savait si un jour elle ne retournerait pas sur le lieu de sa naissance pour y vivre définitivement… Elle l'espérait tant !

Pas une seule fois, elle ne s'était demandé si la vie de fermière dans cette région éloignée lui conviendrait. Éloignée de quoi, d'ailleurs ? À bien y songer, elle ignorait où se trouvait le véritable port d'attache de Camille Laurin. Où, dans quel pays, dans quelle ville ? Certainement pas à la campagne d'où elle tirait pourtant son origine. À vrai dire, dans ses souvenirs d'enfance, elle ne se souvenait que de l'agitation et des rumeurs de la ville, celles des rues achalandées de Colebrook, puis celles des usines et des boutiques le long des trottoirs de Lowell et, plus tard, celles autour des maisons serrées les unes contre les autres des rues de Montréal. De la vie rurale, paisible mais rude, elle n'avait pas la moindre idée. Mais pour suivre son Étienne, elle se sentait prête à toutes les concessions. La faculté de s'adapter au changement, elle la possédait au plus haut degré ! Tout en cet homme l'attirait. La force silencieuse qu'il dégageait, son regard franc et transparent, son authenticité, et surtout sa façon toute logique et si simple d'envisager les choses.

Elle se serait attendue, pour Noël, à recevoir une bague de fiançailles discrètement glissée à son doigt au cours de la messe de minuit, mais rien ne s'était passé. Dans l'atmosphère glaciale et sombre de la cathédrale de Chicoutimi, malgré les centaines de lampes à huile et de cierges allumés, si Étienne s'était légèrement serré contre elle pendant que la chorale entamait le *Gloria in Excelsis Deo*, il n'avait plus bronché par la suite. Elle l'avait plutôt vu bâiller aux corneilles et presque s'endormir durant l'interminable sermon. Parfois, le chéri semblait penser à n'importe quoi sauf à elle.

Avait-il oublié que Camille était demeurée à Chicoutimi pour la seule et unique raison de son amour insensé pour lui? Après la messe, ils avaient dansé durant tout le temps qu'avait duré le réveillon chez Hélène et Ludger, mais il s'était bien gardé de se rapprocher d'elle plus qu'il ne fallait en tourbillonnant sur les gigues, les airs de valse et autres sets carrés à la mode. Par contre, au moment de la quitter, le coquin avait déposé sur son front un baiser plus brûlant qu'à l'accoutumée et elle en avait frissonné de plaisir. Elle ne se trompait pas, elle ne voulait pas se tromper : l'homme lui laissait entendre, à sa manière, que l'espoir continuait d'exister et qu'avant longtemps, leur amour éclaterait au grand jour.

— Heureusement que dimanche n'est que dans deux jours, jolie Camille. D'ici là, vous allez me manquer.

— À moi aussi, mon chéri.

Elle l'avait appelé «mon chéri»! Quelle audace! Et quel toupet de la part d'une jeune fille bien élevée! Elle aurait pourtant voulu lui crier : «Ne pars pas, ne me quitte pas, mon amour! Marie-moi, emmène-moi avec toi au bout du monde, prends-moi toute si tu veux! Je n'en peux plus de te voir repartir chaque semaine, je n'en peux plus de compter les jours et les heures, et de scruter le ciel chaque dimanche matin, de crainte qu'une tempête ne t'empêche de venir me prendre la main. J'ai envie de me donner à toi toute entière, moi! Les gars de la campagne n'ont-ils pas envie de ça? Je t'en supplie, mon amour, mon amour, ne m'abandonne plus…»

Mais elle s'était tue. Une seule fois, à l'automne, à la veille de retourner à Montréal avec ses sœurs, elle avait risqué le tout pour le tout et lui avait lancé son

« Moi aussi, je pourrais vous aimer ». Et un miracle s'était produit. Faudrait-il donc qu'elle prenne encore l'initiative des mots d'amour pour faire sauter l'embâcle qui semblait endiguer le cours de la rivière vers l'avenir ? Les Fêtes étaient maintenant passées et rien de prometteur ne se produisait. Après avoir rangé les étrennes non vendues dans la remise du magasin, elle avait repris en soupirant la préparation secrète de son coffre d'espérance. Espérance, en effet ! Camille ne vivait plus que de cela.

— Voilà, madame. Je pense que votre commande est complète. Farine, sucre, poisson et poulet. Et un sac de cubes de bœuf. Laissez-moi vous aider à transporter tout ça dans votre traîneau.

— Non, non, vous risqueriez de prendre froid. D'ailleurs, je vous trouve bien pâle, aujourd'hui, mademoiselle Camille. Vous allez bien, j'espère ? Parlez-moi un peu de vous…

Au magasin, les clients s'attardaient souvent pour une jasette. Sans s'en douter, ils faisaient du bien à Camille en lui changeant les idées. Il arrivait même qu'un attroupement se forme près des comptoirs pour commenter l'actualité et rapporter les nouvelles du coin. On regrettait l'annonce du départ de monseigneur Bégin, mais on se réjouissait de l'agrandissement de l'hôpital Hôtel-Dieu de Saint-Vallier. On discutait de la construction du pont du bassin, prévue pour le printemps suivant, et de celle du nouveau chemin de fer entre Chicoutimi et Chambord d'où partaient les trains pour Québec. Avec force détails, on commentait les aventures d'un voisin ou les malheurs d'une cousine. Ainsi, toute la paroisse s'inquiétait pour madame Gagnon présentement atteinte de la fièvre typhoïde. Le docteur Caron l'avait mise au lait bouilli et au vin blanc et, quand elle prendrait du mieux, elle aurait la permission de manger enfin des pommes cuites. Le docteur Beauchamp, lui, aurait certainement prescrit autre chose… On se désolait souvent de la mort qui rôdait, toujours cruelle, toujours présente, surtout chez les enfants qui tombaient comme des mouches à cause de la grippe en train de dégénérer en « consomption galopante », cette année-là. On achetait donc, au magasin général, de grandes quantités de baume d'épinette rouge afin de conjurer le sort.

Camille suivait les conversations avec une oreille attentive, absorbant peu à peu la simplicité et la bonhomie de ce petit peuple isolé et vivant en symbiose durant les longs mois d'hiver. Si on pratiquait d'emblée la sollicitude et l'entraide, d'importantes discordes ne manquaient pas de survenir quand il s'agissait de politique. De génération en génération, on se déclarait rouge ou on se déclarait bleu, mais jamais entre les deux. Et les discussions passionnées se poursuivaient parfois tard le soir, même après l'heure de fermeture du magasin. Ludger, après avoir renvoyé sa nièce en haut, ajoutait deux ou trois bûches dans la truie, tirait les chaises et les crachoirs, et les vieux de la place allumaient alors leur pipe ou prenaient une chique de tabac. Parfois, bon prince, il offrait une tournée d'absinthe, et on se mettait alors à régler les problèmes du monde entier.

L'hiver 1892 fut particulièrement rigoureux. En dépit du froid cinglant, la municipalité organisa, un dimanche du début de février, un après-midi costumé sur le « rond à patiner ». Il gelait à pierre fendre, mais cela n'empêcha pas les participants de venir nombreux. Même la fanfare réussit à jouer plusieurs airs, au grand plaisir des badauds. Comme le magasin général se chargeait de vendre des biscuits et du café chaud à cinq cennes la tasse, Camille s'offrit pour faire office de vendeuse. La tante Hélène, de retour de son voyage à Québec, refusa net.

— Il n'en est pas question ! Tu vas te déguiser et t'amuser comme les autres jeunes de ton âge. Tu travailles assez fort, Camille. Aujourd'hui, je te donne congé.

— Mais je n'ai pas de déguisement, ma tante !

— Je m'en occupe.

Quand Camille Laurin, vêtue en Diane la chasseresse, un drap blanc croisé sur son épaule, une couronne de lauriers sur son bonnet de laine ainsi qu'un arc et des flèches accrochés dans son dos, fit son apparition sur la patinoire, elle aurait voulu se trouver à cent lieues de là tant elle se sentait ridicule. Par miracle, Étienne ne s'était pas pointé ce dimanche-là, il ne pourrait donc pas se moquer d'elle, ne fût-ce que gentiment. Elle parada donc à contrecœur parmi les loups-garous, les fausses Indiennes, les pirates et les sorcières, sous les applaudissements de la foule. Mais elle garda un œil sur la sortie où elle ne manquerait pas de se faufiler dès que les musiciens cesseraient leur vacarme étourdissant.

Hélas, par distraction, la belle chasseresse buta soudain contre un petit monticule de glace et, après un vol plané spectaculaire, elle s'étala de tout son long au milieu de la patinoire. Un peu sonnée, Camille essaya de se relever mais retomba aussitôt. On s'empressa alors autour d'elle en attendant l'arrivée des renforts.

— Ça va. Je n'ai rien de cassé, je me sens juste un peu étourdie.

C'est alors qu'elle entendit une voix chaude, reconnaissable entre toutes.

— Allons, jolie Camille, laissez-moi vous aider. Donnez-moi le bras.

C'était lui! L'homme de sa vie, déguisé en chasseur. Comment aurait-elle pu le reconnaître derrière son masque? Elle s'agrippa à lui de toutes ses forces et réussit enfin à se relever, rouge de dépit.

— Moi qui voulais justement, aujourd'hui, vous proposer une aventure de chasse…

— Une aventure de chasse? Comment cela, Étienne?

— Une aventure de chasse… au bonheur.

— Je ne comprends pas.

— Jolie Camille, voulez-vous m'épouser?

21

Marguerite recevait peu de nouvelles de ses sœurs. À part une courte visite de Camille et Étienne à Montréal, lors de leur voyage de noces au milieu de l'hiver 1892, elle n'avait revu personne depuis son voyage au Saguenay, plus de trois ans et demi auparavant. Elle ne connaissait pas plus les petits Beauchêne de Grande-Baie que la troisième enfant d'Anne, une « chouchoune » qui faisait, paraît-il, la joie de ses parents.

Curieuse coïncidence, monsieur Greenberg, chez qui Marguerite avait déjà fait office de gouvernante après la naissance de son premier-né, était décédé le même jour que le père André-Marie Garin, curé de Lowell, soit le 17 février 1895. Cet hiver-là, la scarlatine avait emporté l'homme d'affaires en quelques jours, comme des centaines d'autres personnes à Montréal. Même si les Greenberg appartenaient à l'Église méthodiste, on avait fait appel à Antoine pour célébrer l'office funèbre dans une église protestante de l'ouest de la ville.

Le pasteur n'avait pas hésité à louanger l'ouverture d'esprit et la générosité du riche industriel, à la fois financier et entrepreneur. Depuis la fondation du Refuge Lacroix, les Greenberg ne cessaient d'envoyer des meubles, de la lingerie, des vêtements, du matériel scolaire et même des produits d'épicerie pour le confort et le bien-être des résidentes. Tous les deux ou trois mois, une charrette remplie de victuailles surgissait à l'improviste dans l'arrière-cour. Quelqu'un déchargeait discrètement les marchandises devant la porte d'entrée et s'en retournait sans même demander de signer un accusé de réception.

Mais Antoine et Marguerite savaient bien d'où provenaient ces largesses. Afin de remercier ces gens de tant de générosité, Marguerite demandait parfois aux pensionnaires de confectionner quelques tartes et gâteaux qu'elle allait gentiment porter sur la rue McGill en compagnie d'Antoine et des deux enfants, certains dimanches après-midi.

On rentrait par le tramway électrique de la rue Craig, inauguré quelques années auparavant et connu sous le nom de *Rocket*. Cette promenade en « petit char » avait le don d'exciter passablement les deux garçons. Emmanuel venait de célébrer ses sept ans, petit bonhomme sage et premier de classe. Il ne pouvait renier son père tant il lui ressemblait par la douceur des traits, ses yeux bleus romantiques et ses cheveux bouclés comme ceux d'un ange. À l'opposé, Bertrand, boute-en-train de trois ans, avait déjà l'énergie et la détermination farouche de sa mère.

Occupant ses jours entre la pratique du culte et celle, plus accaparante, de la charité, la famille Lacroix menait une vie plutôt trépidante. À toute heure du jour ou de la nuit, les résidentes réclamaient de l'attention. Quand ce n'était pas Marguerite qu'on appelait à cause d'un enfant malade ou Antoine, pour régler une dispute, on demandait de l'aide pour l'organisation logistique et le partage des lieux, pour les travaux de couture, et même pour obtenir des explications supplémentaires pour la rédaction d'un devoir de français, matière toujours enseignée gratuitement par l'épouse du pasteur.

De plus, les crises de désespoir n'étaient pas rares chez ces jeunes femmes dont, pour la plupart, on avait profité, abusé, et qu'on avait abandonnées par la suite. Toutes avaient un passé dramatique et des histoires d'horreur à raconter. Et la promiscuité n'aidait pas toujours dans l'espace restreint de ce cocon niché au fond d'une cour. Les esprits s'y heurtaient et s'échauffaient souvent. Non seulement on se chamaillait, mais parfois des pensionnaires en venaient même aux coups, prêtes à défendre bec et ongles ce minuscule et unique territoire que la charité avait placé dans leur lamentable existence.

À cause de l'épidémie de scarlatine qui faisait rage, Rémi Beaulieu avait bien averti les Lacroix d'user de prudence. Cent fois il avait répété les règles d'hygiène et réexpliqué de quelle manière minutieuse il fallait nettoyer le refuge.

Le docteur Beaulieu faisait partie du personnel de l'un des deux hôpitaux spécialement ouverts par l'administration municipale, l'année précédente, afin d'isoler et de traiter ces horribles cas de scarlatine. Le Montreal General Hospital assurait le fonctionnement de la nouvelle clinique anglophone, et l'hôpital Notre-Dame gérait l'autre, sur la rue Moreau. En plus d'avoir rendu la vaccination obligatoire et d'avoir ouvert des services municipaux d'hygiène et de soins de santé, le gouvernement avait multiplié les stations de quarantaine auxiliaires, en plus de celle de Grosse-Île, pour y retenir les bateaux amenant des passagers contaminés par les maladies contagieuses. On avait même réglementé la distribution et la vente de lait dans la province en exigeant que les bidons et autres ustensiles soient quotidiennement nettoyés. Il était, de plus, interdit de transporter des déchets dans les véhicules servant à la distribution du lait. On avait même installé une étuve pour désinfecter les vêtements des familles atteintes par la maladie.

Malgré ces mesures, la scarlatine faisait rage et les Montréalais tombaient comme des mouches. Morte de peur de devoir revivre un scénario semblable à celui de la variole, quelques années auparavant, Marguerite, le cœur oppressé, passait en revue toutes les pensionnaires du refuge chaque matin et posait une main nerveuse sur le front de chacun des enfants. Antoine avait beau tenter de la rassurer, rien n'y faisait.

— Aie donc confiance, Margot ! Si jamais cela se produit, Dieu nous donnera la force, tu le sais bien.

— Pourquoi a-t-Il laissé Béatrice se pendre, alors ? Je n'arrive pas à oublier ça, Antoine. Je ne l'oublierai jamais…

Après avoir longuement caressé ses deux petits endormis dans la chambre d'à côté, Marguerite finissait par s'endormir tard dans la nuit, blottie contre son Antoine chéri. Elle lui enviait sa foi aveugle et inconditionnelle. Parfois, elle se réveillait en sursaut, couverte de sueur et bouleversée par son rêve, toujours le même, dans lequel elle voyait Béatrice marcher dans sa direction en tenant à bout de bras son ange de porcelaine. Elle s'approchait, s'approchait si près que Marguerite tendait la main pour le prendre. Mais au moment précis où elle s'apprêtait à le saisir, Béatrice le laissait tomber par terre et il se brisait à ses pieds. Le bruit de cet éclatement hantait alors Marguerite toute la journée.

Inquiet de voir sa femme fatiguée et amaigrie, Antoine posa, un soir, une main chaude sur son épaule, en affichant un sourire enjôleur. Son sourire de manipulateur.

— Toi, ma belle Margot, tu as besoin de vacances, ça crève les yeux. Pourquoi ne pas aller passer quelques jours à Lowell ou à Grande-Baie ?

— Tu n'y songes pas ! S'il fallait que la maladie surgisse ici, un bon matin.

— La maladie, la maladie… Tu ne songes qu'à ça ! Il faudrait te distraire de temps en temps, mon amour. Je te rappellerai tout simplement, si jamais j'ai besoin de toi, voilà tout.

Parlant de se changer les idées, le pasteur du petit centre baptiste de la rue Émery ne croyait pas si bien dire. Le lendemain, il recevait par la poste un chèque faramineux au montant de dix mille dollars envoyé par la succession de monsieur G. Greenberg, décédé le mois précédent. Dix mille dollars, une fortune ! Antoine faillit en tomber par terre. Il alla aussitôt trouver Marguerite, en train de remplacer les draps d'un lit du refuge, et il brandit l'enveloppe avec une excitation qu'elle ne lui connaissait pas.

— Tu sais pas quoi, mon amour ? Je tiens là quelque chose pour t'occuper l'esprit pendant un bon bout de temps.

❦

La liste d'inscription des nouveaux convertis francophones à l'Église baptiste s'allongeant avec une lenteur propre à décourager le plus zélé des pasteurs, Antoine et Marguerite décidèrent d'investir la majeure partie de ce don inespéré pour l'agrandissement du refuge plutôt que de construire une église. Ils obtinrent facilement l'accord de la Baptist Convention for Ontario and Quebec. Le reste de l'argent servirait à améliorer les espaces consacrés au culte et à l'enseignement. Dans l'engagement du couple Lacroix, la charité importait davantage que la piété. Grâce à cette somme, ils allaient pouvoir doubler le nombre de places, et une dizaine de pensionnaires et leur enfant pourraient dorénavant profiter d'un foyer d'accueil mieux organisé. On allait acheter d'autres meubles, agrandir la cuisine et l'atelier de couture, bref, améliorer tout l'équipement du refuge.

Quant aux cours de Marguerite, elle les dispenserait dorénavant dans une vraie classe aménagée dans le logement voisin qu'ils allaient louer, et dont le salon double serait transformé à la fois en école et en chapelle. Ces derniers temps, le pasteur et sa femme étaient justement partis en campagne pour mousser la promotion de l'instruction. Si le nombre d'analphabètes avait passablement diminué à Montréal au cours des dernières années, il restait qu'un grand nombre de jeunes des quartiers ouvriers de Sainte-Anne et de Saint-Jacques travaillaient dans les manufactures sans savoir lire ni écrire. Des leçons gratuites, un ou deux soirs par semaine, n'empiéteraient pas sur leurs heures de travail tout en leur apportant une ouverture sur le monde et la capacité de mieux se débrouiller dans l'existence. Bien entendu, Antoine ne perdait pas de vue le fait que cela permettrait à ces jeunes de lire les Saintes Écritures, même si Marguerite ne ciblait pas vraiment cet objectif particulier.

On se retroussa donc les manches, on tira des plans et, après une campagne pour réclamer l'aide des gens du quartier, on embaucha quelques ouvriers. Bref, un mois plus tard, le Refuge Lacroix avait pris de l'expansion et pourquoi pas, du panache. Sur le devant, côté rue, à la porte de l'appartement attenant à celui des

Lacroix, une enseigne affichait : Centre évangélique baptiste et Maison d'enseignement. En dessous, une flèche indiquait de passer par l'arrière pour accéder au Refuge Lacroix, Foyer d'hébergement. Ce renouveau donna des ailes à Marguerite, d'autant plus que – était-ce l'effet des prières d'Antoine ? – la scarlatine épargna les pensionnaires de la rue Émery.

La jeune femme oublia l'idée d'un voyage à Lowell ou à Grande-Baie.

22

Après la naissance de la deuxième enfant de Camille, une petite fille, sa belle-sœur Eugénie ne cessait de lancer des remarques désobligeantes autour du berceau garni de dentelles.

— Pauvre mignonne, une autre qui va souffrir ! Un petit frère pour ton fils Daniel, ça aurait été préférable pour bien des raisons…

— Ben quoi ? Ma fille va vivre une vie heureuse, voyons donc !

— Ah, tu crois ça, toi ? T'as pas remarqué qu'à part de mettre des enfants au monde, les femmes sont considérées comme des moins que rien ? Dans quelques années, on va te dire avec un certain regret que c'est pas Sophie qui va fournir de l'aide sur la ferme et qu'en plus, il faudra payer une dot quand elle va se marier. On va même ajouter qu'Étienne est chanceux d'avoir un héritier mâle pour perpétuer son nom et s'occuper plus tard de la terre paternelle, tandis qu'on soupirera au sujet de ta fille !

De quoi se mêlait-elle, celle-là ? Camille se retenait pour ne pas sauter au cou de sa belle-sœur, toujours sarcastique, toujours négative. Non sans tiraillements, les deux femmes avaient tout de même établi, petit à petit, leurs territoires respectifs.

Le manque d'expérience de Camille en matière agricole et ses deux grossesses l'avaient naturellement dispensée de s'occuper de la vache et des poules, ainsi que de participer aux durs travaux de labourage, hersage et coupe à la faucille, et même des récoltes. La belle-sœur, avec ses gestes brusques et peu féminins, se trouvait davantage en mesure d'assister Étienne sur la terre. L'entretien du potager, les travaux ménagers et la préparation des repas, sans compter les soins aux enfants, suffisaient amplement à la jeune mère.

Pour le reste, pour la fabrication du savon et celle du beurre, pour la production du sirop d'érable, pour la boucherie, la lessive ou le récurage des planchers, on tentait de partager les tâches à l'amiable. Malheureusement, une guerre ouverte se déclarait trop souvent entre les belles-sœurs, prêtes à défendre avec un zèle outré leurs points de vue et leur façon de faire souvent aux antipodes.

Camille admettait qu'elle avait encore beaucoup à apprendre. Mais grâce à Angelina, elle savait filer la laine et tisser, et elle n'avait pas de conseils à recevoir quand elle entreprenait des travaux de couture et de tricot. La belle-sœur pouvait bien aller au diable avec ses recommandations farfelues. Camille Laurin savait aussi bien actionner une machine à coudre aussi bien que cette vieille folle de campagnarde engluée dans ses idées démodées savait traire une vache !

À vrai dire, les deux femmes en étaient venues à se détester royalement. Sans la présence d'Eugénie, Camille aurait facilement construit un nid heureux au sein de cette ancienne demeure ne manquant pas de charme et autrefois voisine de la sienne.

Cependant, aux yeux de la célibataire, la maison n'appartenait pas à celle qu'elle considérait comme une intruse, et elle ne lui appartiendrait jamais! C'était la sienne, à elle, Eugénie Beauchêne, et uniquement la sienne. Elle y était née et y avait écoulé quarante-trois ans de sa vie, pourquoi aurait-elle accepté qu'une étrangère, une jeunette de la ville par surcroît, décide de changer la couleur d'un mur ou d'orner le canapé du salon de nouveaux coussins? Cette casse-pieds avait déjà bien assez de la chambre matrimoniale et de celle des enfants à décorer, elle n'avait pas à se mêler du reste. Quelle calamité que cette «envahisseuse» qui coupait les tomates et les concombres en cubes plutôt qu'en jolies tranches, mettait trop de savon dans l'eau de vaisselle et repassait les manches et les cols de chemise sans y ajouter suffisamment d'empois!

Bien sûr, pour Camille, la vieille maison de ferme des Beauchêne ne ressemblait en rien aux logements nettement plus modernes d'Anne et de Marguerite, ni à la magnifique demeure de Rose-Marie ou à celle du couple Lewis de Colebrook dans laquelle elle avait vécu de nombreuses années. Des réparations s'imposaient, de toute évidence. Comment le frère et la sœur avaient-ils pu négliger à ce point le bois de la galerie en train de pourrir? Et la source d'eau potable? Ils auraient pu au moins aménager une *champlure* dans la cuisine au lieu d'utiliser encore cette pompe usée installée derrière la maison. Et pourquoi pas une toilette à l'intérieur?

Parfois, Camille se demandait à quoi aurait ressemblé la maison d'à côté, si elle n'avait pas brûlé. Pour dire le vrai, elle ne s'en rappelait guère. Une seule image remontait à sa mémoire avec une certaine précision. Il s'agissait de la balançoire suspendue au grand érable devant la maison. Elle se voyait encore, assise sur la planche, ses petites mains solidement agrippées aux câbles de jute qui lui piquaient les doigts. Elle se donnait alors de si gros élans qu'elle avait l'impression de voir ses pieds toucher le ciel. Invariablement, Rébecca se montrait dans la porte de la maison en s'essuyant les mains sur son tablier et, invariablement, elle lui criait :

— Attention, Mimille, tu vas trop fort ! Tiens-toi bien, sinon, tu vas tomber !

Et Mimille ralentissait sagement et se contentait de monter juste assez haut pour jeter un œil sur le toit de la maison des Beauchêne située à un jet de pierre. Qui aurait cru alors qu'une fois adulte, elle habiterait là et y élèverait une famille ?

Un jour, elle avait timidement demandé à Étienne d'installer une balançoire sous le grand érable qui étendait autrefois ses longs bras devant la maison des Laurin.

— Je pourrais prendre les enfants sur mes genoux et leur chanter des comptines.

— Pour quelle raison veux-tu utiliser cet érable-là ? Pourquoi pas juste ici, derrière ? Il y en a deux bien solides.

— Parce que… parce que… j'ai l'impression que maman se trouve encore là, chez nous, sur notre terrain. Sous notre terrain, devrais-je dire, comme dans une chapelle ardente, et j'aime y aller. Après tout, c'est juste à côté et en longeant le boisé, ça ne prend que deux minutes pour s'y rendre.

Étienne s'était plié de bonne grâce et avait suspendu la balançoire sans se douter que ce lieu deviendrait à la longue une sorte d'oasis pour sa femme. Plus qu'une oasis, un sanctuaire. Quand Eugénie lui tapait sur les nerfs, Camille prenait ses petits et allait se réfugier dans ce havre de paix, le temps de quelques larmes ou d'une prière à sa mère. Elle y puisait en général suffisamment de force et de courage pour retourner dans l'autre maison et affronter de nouveau les exigences de la belle-sœur, malgré sa conviction profonde que la princesse de Joseph Laurin n'arriverait jamais à détrôner cette détestable reine du foyer Beauchêne.

La présence quotidienne de la vieille fille au milieu de son ménage et dans « sa » maison rendait Camille folle, et elle ne cessait de se plaindre à son mari de son attitude désobligeante. Hélas, parti aux champs durant l'été et retourné aux chantiers dès l'hiver suivant leur mariage à cause des salaires supérieurs à ceux de l'usine, Étienne ne semblait pas saisir à sa juste mesure la morbidité de l'atmosphère qui régnait chez lui à cause de sa sœur. Pour sa part, il vouait à cette dernière une reconnaissance inconditionnelle pour les avoir élevés, lui et ses frères et sœurs, après la mort de leur mère. De là provenait assurément sa trop grande tolérance au sujet de certains comportements inacceptables.

À sa manière un peu gauche, Étienne avait pourtant aidé sa femme à s'adapter à la vie paysanne. Peu exigeant, toujours satisfait, il s'amusait gentiment des maladresses de l'ancienne citadine. Et il était plutôt du genre à donner un coup de main à sa jolie Camille au lieu de lui reprocher un plancher mal lavé, par exemple, ou l'oubli sous une ondée de draps mis à sécher sur l'herbe. En réalité, le mari et la femme se ressemblaient jusqu'à un certain point : même tempérament un peu renfermé, même pudeur à exprimer leurs états d'âme, et même façon simple et accommodante de voir les choses.

De loin, Camille regardait s'activer le frère et la sœur sur les terres des Beauchêne et celles, louées, des Laurin, et elle enviait Eugénie, cette voleuse de mari, de passer autant d'heures en parfaite harmonie avec Étienne, l'homme qui aurait dû lui appartenir tout entier.

Il lui arrivait parfois de regretter le temps écoulé avec son oncle et sa tante au magasin général de Chicoutimi. Là, au moins, elle voyait du monde, ça bougeait, ça tournait autour d'elle. À tout instant, elle entendait retentir le rire contagieux de Ludger et celui des clients. Tandis que dans cette maison de ferme perdue dans l'immensité de la nature, le temps n'en finissait plus de s'étirer en dépit des multiples et harassantes tâches à accomplir.

Providentiellement, un vieux piano se trouvait dans le salon. Il n'avait pas servi depuis des années et avait un urgent besoin d'être accordé, mais qu'importe, Camille y passait des heures, confiant à ce fidèle compagnon des émotions qu'elle aurait préféré vivre autrement.

Et le soir, quand les deux travailleurs sales et affamés rentraient des champs et qu'elle leur servait une large assiettée de ragoût, le frère et la sœur dévoraient en silence, rompus depuis toujours à ce mutisme et ce régime de vie. Alors Camille se sentait comme une importune. À croire qu'elle avait épousé la sœur en même temps que le frère !

Dans ces moments-là, elle aurait tout donné pour se retrouver seule avec son mari et leurs petits trésors. Mais Étienne, exténué, préférait monter se coucher très tôt. À peine s'il lui faisait l'amour de façon expéditive pour s'endormir aussitôt, emporté à des lieues de sa femme qui aurait eu envie, sinon de plus de caresses, à tout le moins de plus de complicité. Camille Laurin se disait parfois qu'elle avait simplement épousé « un bon diable » et qu'elle devait s'en contenter.

Il en était de même pour le soin et l'éducation des enfants. Étienne ne se formalisait de rien et s'en remettait entièrement à Camille, même durant les saisons où il n'était pas parti aux chantiers. « C'est une affaire de femmes, répétait-il souvent, et tu fais si bien ça, jolie Camille ! » La jolie Camille serrait les poings et s'en allait en silence changer la couche de l'aîné qui venait encore de se souiller. La belle-sœur, elle, ne se gênait pas pour se mêler de ce qui ne la regardait pas et pour lancer ses critiques sur un ton acerbe.

— Daniel devrait être propre, à son âge… T'as vraiment pas le tour, Camille ! Franchement, deux enfants aux couches, ça n'a pas de sens ! Et ce petit-là marche à peine tellement il manque d'énergie. Arrête donc de le dorloter et de le bercer comme un bébé ! Heureusement, sa sœur Sophie semble plus dégourdie, elle va le dépasser avant longtemps. Moi, ça m'inquiéterait, en tout cas. Il me fait penser à un de nos cousins de Saint-Alphonse, du côté de mon père, qu'on a connu il y a quelques années. Pareillement mou, toujours malade, toujours enfargé partout. De la misère à mettre un pied devant l'autre et deux mots en ligne. Il est mort d'une otite à l'âge de cinq ans, le ti-pit. Moi, à ta place, je l'emmènerais chez le docteur, cet enfant-là.

— Mêle-toi donc de tes affaires, Eugénie Beauchêne ! Daniel est juste un peu en retard. Il va se rattraper avec le temps, j'en suis certaine. Et puis, il est rarement malade, à peine un rhume de temps à autre. Laisse-le donc tranquille !

— Un rhume de temps à autre ? Mais il morve tout le temps, ce p'tit-là ! Quand il n'est pas en train de vomir… Réveille-toi, la belle-sœur !

Encore là, Eugénie avait le toupet de se mêler de ce qui ne la regardait pas. Forte de son expérience d'avoir jadis pris la relève de sa mère, la vieille fille se permettait, non seulement de lui donner des conseils, mais aussi de lui dire quoi faire au sujet des enfants. Et Camille recevait ces commentaires et ces ordres comme une manifestation flagrante de jalousie de la part de celle qui n'avait pas connu le bonheur d'enfanter, cette sainte-nitouche qu'aucun homme n'avait sans doute approchée…

Oui, elle devait bien l'admettre, Daniel marquait peu de progrès au fil des mois, et elle le trouvait parfois maladif. Eugénie n'avait pas tort : Sophie, plus jeune de dix-huit mois, se développait plus rapidement. Mais pour l'instant, il n'y avait pas lieu de s'alarmer. Bien sûr, le bambin tombait souvent et se frappait partout, n'arrivant pas à franchir une bonne distance sur ses petits pieds fragiles. De plus, il s'exprimait davantage par des gestes et des cris que par des mots. Et après ? Ça lui prenait juste un petit peu plus de temps que les autres, voilà tout ! Elle en discuterait avec Étienne dès son retour des chantiers, et ils décideraient ensemble des mesures à prendre.

L'hiver 1895 parut à Camille le plus long de son existence. En ce début d'avril, la jeune mère jetait un coup d'œil par la fenêtre du salon dix fois par jour, imaginant le moment où elle verrait enfin son cher Étienne, de retour du chantier, tourner à la croisée des chemins. Mais ce n'était pas pour tout de suite, elle devait prendre son mal en patience. Elle n'avait pas vu l'homme qu'elle adorait depuis des semaines et elle l'imaginait la prenant dans ses bras et la regardant dans les yeux avec son sourire irrésistible, ce sourire teinté d'une certaine timidité et d'une certaine retenue. Il lui dirait alors, de sa belle voix chaude :

— Bonjour, jolie Camille. Comment vas-tu ?

Elle frissonnait rien que d'y songer. Elle sentirait alors son souffle sur sa peau, la douceur un peu piquante de sa barbe, la chaleur de son étreinte, son odeur virile. Et elle ne se sentirait plus seule, enfin ! Si seulement la maudite belle-sœur pouvait avoir la délicatesse de disparaître l'espace d'un jour ou deux. Au moins celui du retour d'Étienne. N'avait-elle pas de la parenté, des amis, des connaissances à Chicoutimi ou dans un village voisin ? Mais Camille ne se leurrait pas. La chipie scruterait méchamment chacun de leurs gestes et soupirs, et quand ils se donneraient l'un à l'autre au cours de la nuit, la jeune mère savait qu'ils allaient devoir s'exécuter en silence, en évitant les craquements du lit et en retenant leur souffle et leurs gloussements de plaisir, sachant bien que des oreilles malicieuses et certainement envieuses resteraient aux aguets jusqu'au matin.

Ce jour-là, la neige s'était mise à tomber dru, et Camille cessa bientôt son guet inutile dans la fenêtre. Les hommes ne redescendraient certainement pas des chantiers avant quelques semaines, que lui servait de tant rêver ? Elle reprit son tricot en soupirant aux côtés d'une Eugénie de mauvaise humeur qui jeta rageusement deux bûches dans le poêle. La jeune mère la regarda d'un air perplexe. Sans doute la chère belle-sœur s'attendait-elle à ce que Camille se charge elle-même du chauffage de la maison. Elle réprima une grimace.

Depuis le matin, le petit Daniel semblait filer un mauvais coton. Pendu aux jupes de sa mère, il chignait pour tout et pour rien. Par trois fois, il avait manqué mettre le feu en poussant une chaise de paille contre le poêle brûlant. Outrée, Eugénie l'avait réprimandé violemment, puis s'était tournée vers Camille qui s'obstinait à garder le silence.

— Occupe-toi donc de ton petit morveux, Camille ! Tu vois bien que cet enfant-là est fatigué. Va donc le coucher, il va cesser de nous embêter, à la fin !

— Ça te regarde pas, la belle-sœur. Je le coucherai quand je le déciderai, pas avant.

— J'ai pas envie de voir brûler ma maison, moi !

— À ce que je sache, il s'agit de ma maison autant que de la tienne.

— Pas moyen d'avoir la paix avec vous autres, les Laurin ! V'là quinze ans, c'était ta mère, puis là, c'est toi !

— Comment ça, « v'là quinze ans, c'était ma mère » ? Que veux-tu insinuer, Eugénie Beauchêne ?

— Rien, rien… J'ai rien dit !

Le ton avait monté dangereusement et eut pour effet d'énerver davantage le bambin qui redoubla ses pleurs. Comble d'agacement, Sophie se joignit à lui pour une séance de pleurnichage en règle.

— Quand est-ce que tu vas commencer à les élever, ces petits-là, Camille ? C'est pas du monde, j'ai jamais vu ça, des affaires de même !

— Sors donc un peu, la belle-sœur, tu vas peut-être finir par en voir des affaires ! Ça va te déniaiser un peu. Puis tu vas arrêter de m'empoisonner la vie, tout le temps collée sur moi sans arrêt comme une sangsue. J'en peux plus, moi…

— Toi, la boiteuse, fais attention à ce que tu dis.

— C'est toi qui n'es pas capable de finir ce que tu commences, espèce de lâche ! Dis-le donc, ce qui se passait avec ma mère, il y a quinze ans, hein ? Dis-le donc !

— Ah, tu veux le savoir? Eh bien, je vais te le dire, vu que tu insistes! Tant pis pour toi, tu auras couru après! Ta chère mère, tu sauras, pendant que ton père Joseph travaillait aux champs ou coupait des arbres dans le fin fond des bois, eh bien… Eh bien, elle venait ici par la lisière du bois, en arrière, pour coucher avec mon père! Eh oui, ma chère, ta mère couchait avec ton futur beau-père, Roméo Beauchêne, le père de ton mari… Au moins, lui, il avait l'excuse d'être veuf. Mais elle, une femme mariée…

— Je te crois pas, maudite menteuse!

— Ah non? Ben moi, je les ai vus faire, puis pas rien qu'une fois, tu sauras! Des dizaines et des dizaines de fois, et pendant des années! Ils s'enfermaient dans la chambre du haut côté, celle d'où l'on peut voir arriver un visiteur de loin.

◆◆

Le lendemain, dès que la tempête de neige fut terminée, Camille prépara un grand sac de vêtements et supplia le postillon de l'amener à Chicoutimi avec ses enfants. Si Hélène la reçut à bras ouverts, Camille ne sut que répondre aux questions empressées de Ludger.

— Que se passe-t-il donc, la Camille?

— Je ne sais pas, mon oncle. Je file un mauvais coton. J'ai seulement besoin de quelques jours de congé avant le retour d'Étienne. Ma belle-sœur, vous savez…

— Ah, celle-là…

C'est tout ce que Ludger Tremblay se donna la peine de répondre à sa nièce qui venait d'éclater en sanglots.

23

Pierre lança le journal sur la table dans un geste colérique.

— Regarde-moi ça, Anne, c'est un non-sens! *Le Messager* s'américanise de plus en plus. As-tu vu les annonces, les caricatures, les illustrations et même les potins locaux? Et c'est sans compter le grand nombre d'articles sur les sports pratiqués par les Américains. Et ça se prétend défenseur des valeurs culturelles francophones! Le directeur Couture va savoir ma façon de penser. Je vais lui écrire dès maintenant, à ce cornichon!

Anne jeta un regard distrait sur l'édition de mars du journal français de Lewiston et poussa un soupir d'ennui. La campagne toujours vibrante de son mari pour la survivance du fait français ne l'intéressait guère. L'éducation de leurs trois enfants, l'entretien de la maison et ses activités artistiques de peintre lui suffisaient amplement. Élisabeth allait maintenant à l'école paroissiale de Lowell où l'on continuait de mettre l'accent sur la culture française et le catholicisme malgré l'obligation d'enseigner l'anglais plusieurs heures par semaine au cours de l'après-midi.

Une annonce publicitaire retint toutefois l'attention d'Anne à la troisième page du journal: on y faisait la promotion de moulins à laver mécaniques. Tiens, tiens… Ce serait une bonne idée d'en acquérir un et de mettre la planche à laver au rancart pour ménager ses doigts d'artiste et éviter les gerçures qui ne manquaient pas d'apparaître automatiquement sur la peau de ses mains tous les lundis, jour de la lessive. Après tout, la vente de ses tableaux allait bon train, et leur budget leur permettait maintenant ce que Pierre ne manquerait pas d'appeler une dépense folle. Elle allait justement lui en parler quand quelqu'un frappa trois coups à la porte. Ah? Elle n'attendait pourtant personne. Elle bondit sur ses pieds. Cette silhouette à travers la vitre…

— Camille!

C'était bien elle.

— Toi, ma sœur? Tu parles d'une surprise! Mais que fais-tu ici? Jamais je n'aurais imaginé te voir «retontir» aujourd'hui comme un cheveu sur la soupe! Tu n'apportes pas de mauvaises nouvelles, au moins?

— Non, non, j'en avais juste assez de ma belle-sœur. Étienne ne redescendra pas des chantiers avant au moins deux bonnes semaines. Alors, j'ai décidé de prendre un petit congé.

— Mais où sont tes enfants?

— Ma tante Hélène a offert de les garder pour quelques jours. Heureusement que je l'ai, celle-là! Une vraie mère pour moi!

Anne eut de la difficulté à comprendre que la simple intolérance envers une belle-sœur avait suffi à motiver Camille à quitter la région du Saguenay et à effectuer un si long périple jusqu'à Lowell, en plein hiver par-dessus le marché! Et pour quelle raison ne s'était-elle pas plutôt arrêtée à Montréal, à peu près à mi-chemin entre Grande-Baie et Lowell?

La benjamine devina-t-elle les questionnements de sa sœur ? Elle apporta aussitôt quelques vagues explications.

— La sœur d'Étienne n'est pas toujours facile à vivre, je te jure. Elle se mêle de tout, veut tout gérer, même l'éducation de mes enfants. Sans parler de son sale caractère… J'ai tellement hâte de voir revenir mon mari, tu n'as pas idée. Mais avec la neige tombée ces derniers jours, les hommes ne vont pas quitter le bois de sitôt. Comme j'avais un besoin urgent de changement, j'ai trouvé quelqu'un pour me reconduire à Chicoutimi, chez l'oncle Ludger et la tante Hélène. Au début, j'avais l'intention de passer seulement quelques jours chez eux, mais finalement, la petite idée de venir à Lowell a fait son chemin. Hélène a insisté pour s'occuper des enfants et Ludger a offert de me conduire jusqu'à Chambord en traîneau. À partir de là, tout s'est avéré facile. J'ai pris le train jusqu'à Québec et, de là, j'ai filé vers les États-Unis. J'aurais pu m'arrêter chez Marguerite, mais j'ai pensé à toi. Et aussi à papa…

— À papa ? Oui, je sais, papa sera libéré dans quelques mois et… je crains que l'on doive prendre des décisions à sa place. Je ne crois pas qu'il soit en mesure de…

— Non, non, c'est pas ça du tout ! Je ne suis pas venue décider de l'avenir de notre père, j'ai juste envie de le voir et de l'embrasser, rien de plus. Un ennui qui m'a prise tout à coup, et auquel je n'ai pu résister.

— Il faudra quand même s'informer s'il a des projets, ce cher père. A-t-il l'intention de se réinstaller aux États-Unis ou préférera-t-il retourner au Canada ? Je ne sais même pas s'il est en mesure de le décider, le malheureux…

— Grâce aux sommes qu'Étienne et Eugénie ont payées depuis des années au conseil de la famille Laurin, en l'occurrence à papa, pour la location et l'utilisation des champs déjà défrichés, notre père pourra réclamer une bonne petite somme à tante Léontine, si jamais il décide de reprendre possession de sa terre à Grande-Baie. Et même s'il reste chez les Américains. Bien sûr, depuis notre mariage, ma chère belle-sœur Eugénie refuse de continuer à payer ce loyer en alléguant qu'une fille de Joseph est revenue chez elle et occupe maintenant les lieux. La dispute est prise dans la famille, et je n'ai vraiment pas envie de m'en mêler. Crois-tu que je doive revendiquer les droits de papa?

— Aucune idée! Tu voudrais régler ça avec lui, je suppose? Je t'avertis, il n'est plus tout à lui, notre pauvre père. Je suis allée le voir, il y a quelques mois et…

— T'en fais pas, Anne. Ces histoires d'argent ne m'intéressent aucunement. Je lui en ai cependant parlé dans chacune de mes lettres, mais mes questions sont toujours restées sans réponse. Le reste aussi, d'ailleurs.

Camille faillit s'écrier que le seul motif de sa visite était d'apprendre la vérité au sujet du vagabondage sexuel de leur mère avec le voisin, Roméo Beauchêne, le père d'Étienne décédé quelques années auparavant. Cette vérité qu'elle voulait à la fois connaître et ne pas connaître… Mais elle préféra ne pas confier ses doutes à Anne. Elle ne possédait aucune preuve des horreurs avancées par Eugénie. Pourquoi tourmenter sa sœur à ce sujet et risquer de détruire la réputation de Rébecca? Il importait d'abord de tâter le terrain, mine de rien, auprès de Joseph.

Mais une fois assise devant son père, trouverait-elle le courage de l'interroger ? Et s'il n'était pas au courant ? S'il apprenait seulement maintenant, après toutes ces années, les tricheries de sa femme, comment réagirait-il ? Et encore fallait-il qu'elles aient réellement eu lieu. Et si tout cela n'était que mensonges de la part de la vieille chipie ? Peut-être valait-il mieux se taire et laisser mourir ces calomnies probablement déguisées en médisances… Pourquoi ne pas laisser les morts avec les morts et garder le secret des disparus à jamais enfoui sous le terreau du silence, mêlé aux cendres de sa mère et de la maison familiale ? Toute cette histoire empêchait Camille de dormir.

— J'aurais bien aimé rencontrer tes deux petits, Camille. C'est insensé de rester ainsi séparées toutes les trois pendant aussi longtemps. Nos enfants ne se connaissent même pas !

— En tout cas, les tiens ont beaucoup changé, et je les trouve adorables. Je n'en reviens pas qu'Élisabeth aille maintenant à l'école. Comme le temps passe…

— Pour Pierre et moi, la famille est vraiment complète, tu sais. J'ai même obtenu une dispense du prêtre grâce à un papier signé par le médecin. La naissance de ma troisième ne s'est pas avérée plus facile que la précédente, et une autre tentative risquerait de me mener encore à l'hémorragie. Nous devons maintenant employer des moyens plus radicaux que l'allaitement maternel pour empêcher la famille. Il faut croire que j'ai hérité de notre mère cette difficulté à mettre au monde. N'oublie pas que maman est morte en donnant naissance à un quatrième enfant. Je me demande parfois si ce bébé perdu était un frère ou une autre sœur…

Camille faillit une fois de plus saisir la perche et ouvrir son cœur. « Si tu savais ce que j'ai appris sur notre mère…» Mais elle serra les dents. Qui était-elle, au fond, cette mère dont elle avait oublié le visage ? Si au moins elle pouvait la voir sur une photo comme celle de ce Roméo Beauchêne faisant le beau derrière sa femme à laquelle Eugénie ressemblait tant, et qu'elle dévisageait chaque jour dans le grand cadre suspendu dans le salon. Hélas, l'unique photographie de Joseph et Rébecca avait brûlé avec la maison. Et la petite fille de six ans n'avait absorbé dans sa mémoire aucun des regards de Rébecca, ni la forme de son visage, ni le timbre de sa voix. À peine une ébauche de tendresse, la douceur d'une main chaude qui frôle un visage, revenait-elle parfois dans la pénombre d'une chambre pour troubler Camille. Ou encore, un vif éclat de rire résonnait-il dans le vent comme un chant lointain lorsqu'elle berçait l'un de ses deux petits sur la balançoire accrochée au grand érable. «Est-ce toi, maman ? Maman, maman, es-tu là ? Fais-moi signe, s'il te plaît…» Mais rien ne se produisait. Jamais rien.

— Dis donc, Rose-Marie doit venir dîner avec son mari et les enfants, ce midi. Elle n'en reviendra pas de te voir ici. Ça va lui faire toute une surprise.

— Comment va-t-elle ?

— Depuis la mort de Paul Smallwood, elle file le parfait bonheur avec Georges Boulanger, son Acadien. Tout le contraire d'autrefois ! Cet homme, vraiment charmant, a facilement adopté les trois enfants et il se comporte comme un époux fidèle et un père aimant, toujours présent. Enfin, notre grande amie a trouvé le bonheur, je crois.

Camille n'ignorait pas que le premier mari de Rose-Marie, de retour d'Europe après six mois d'absence sans donner signe de vie, avait rapporté sur le bateau, en plus d'une pétillante et plantureuse Française, une

Panhard-Levassor, l'une des premières automobiles équipées d'un moteur Benz. Au lieu d'écouler ses temps libres auprès de sa femme et de ses enfants, il avait préféré parcourir à toute vitesse, au volant de son bolide et en compagnie de sa donzelle, les routes sans revêtement ni signalisation de la Nouvelle-Angleterre.

Bien sûr, en propriétaire des lieux, il avait chassé dès son retour les quatre pensionnaires à qui Rose-Marie louait des chambres afin de joindre les deux bouts. Elle l'avait pourtant accueilli à bras ouverts, ce cher mari, le pardon à peine enrobé de quelque rancune. Mais il était trop tard. Paul lui préféra sa Française. De toute manière, un amour passionné était né entre le bel Acadien et Rose-Marie. Un amour que les deux hésitaient à laisser éclore à cause de l'existence pourtant ténébreuse et indifférente, mais bien réelle, du mari absent.

Après son arrivée du Nouveau-Brunswick, Georges Boulanger n'avait pas mis de temps à se trouver un emploi et à monter en grade au sein de la Suffolk Mills de Lowell, de même qu'à militer au sein de la société mutuelle l'Assomption, société acadienne de secours, ce qui avait eu l'heur de le rendre sympathique aux yeux de Pierre Forêt. Bien sûr, les Acadiens parlaient un langage coloré et fort différent, et ils ne possédaient pas les effectifs pour former de grandes communautés distinctes des Petits Canadas. Par contre, leurs unions matrimoniales avec les Canadiens français, leurs activités culturelles communes et surtout le courant d'assimilation à la société américaine favorisaient la fusion des deux groupes. Après quelques mois, Georges et Rose-Marie étaient devenus secrètement des amants.

Paul Smallwood n'eut pas le temps d'apprendre l'existence d'un autre homme dans le cœur de sa femme. Il perdit la vie dans un terrible accident de la route deux semaines après son retour d'Europe. Rose-Marie le pleura à peine et porta le deuil pour la forme lors des funérailles à l'église Saint-Jean-Baptiste. Quelques jours après son décès, elle eut la bonne surprise d'apprendre que son mari, s'il venait tout juste de déposer une demande de divorce, avait négligé de modifier son testament. Elle héritait donc d'une fortune qui assurerait son avenir et celui de ses trois enfants. Six mois plus tard, elle épousait son amoureux acadien après avoir réglé la vente de la chaîne de magasins Rosemary's Fair.

— Salut, la compagnie !

Rose-Marie entrouvrit la porte et, interdite, porta une main à la bouche.

— Est-ce que je rêve ? Est-ce que je vois bien la jeune Camille qui prenait soin de mes enfants, il y a quelques années ? Tu parles d'une visite inattendue !

Les deux femmes tombèrent dans les bras l'une de l'autre. Chacune avait légèrement changé, mais aucune ne le mentionna. Si la jeune Camille d'autrefois avait pris de la maturité, les années de tromperie et d'abandon de son mari avaient dessiné quelques rides sur le beau visage de Rose-Marie. Après avoir salué le nouvel époux, Georges, avec une curiosité à peine retenue, Camille se pencha sur les enfants Smallwood, mais elle les reconnut à peine.

— Comme ils ont grandi ! Et quels jolis garçons !

Les trois fils de Rose-Marie ne se rappelaient pas de Camille, l'une parmi les trop nombreuses gouvernantes qui avaient traversé leur enfance. Ils la saluèrent poliment et s'empressèrent de rejoindre les autres au salon.

Camille ne s'en formalisa pas, mais s'étonna d'entendre les enfants d'Anne et de Rose-Marie se parler entre eux, moitié en français, moitié en anglais.

24

Camille franchit à pas lents le chemin rocailleux qui menait de la route principale jusqu'à la prison de Concord. À chacune de ses visites, par les années passées, elle avait marché dans cette direction avec un cœur léger pour en revenir systématiquement la tête basse, dépitée de voir son père aussi perturbé mentalement. Depuis son mariage, elle n'y était pas retournée et, à l'instar de Marguerite, elle avait laissé à Anne la lourde tâche de visiter leur père de temps à autre. Visites inutiles, selon Anne, et de plus en plus rares car l'homme restait imperturbable même quand elle emmenait les enfants. Joseph Laurin avait littéralement perdu la raison.

Cette fois, Anne avait préféré ne pas accompagner sa sœur, prétextant un rendez-vous avec le gérant des ventes de la succursale de Rosemary's Fair de Lowell, qui continuait de vendre ses tableaux en grandes quantités en dépit du changement de propriétaire de la chaîne de magasins. Camille, sans l'avouer, lui sut gré de cette défection. Il lui fallait tirer les choses au clair car le doute semé dans son esprit par Eugénie l'étouffait et hantait ses nuits. Celle qui dormait pour l'éternité sous le grand érable méritait-elle les élans de cœur de sa benjamine quand elle allait méditer auprès du rosier en compagnie de ses enfants afin de chercher une consolation, une douceur, une force?

Camille risquait gros en allant interroger son père, et elle le savait. On ne détruit pas sans douleur, dans le cœur d'une femme, l'estime et le respect éprouvés envers sa mère, fût-elle morte depuis quinze ans. L'estime, mais aussi le besoin… Si Eugénie avait dit vrai, où Camille allait-elle trouver le courage du pardon? Et pourquoi lui reviendrait-il à elle seule de pardonner à Rébecca?

Quand Joseph se présenta finalement derrière le guichet du parloir, la jeune femme le reconnut à peine. Même si Anne l'avait avertie que l'état de leur père empirait d'année en année, elle s'attendait inconsciemment et malgré elle à retrouver le papa chéri de son enfance, à tout le moins celui qui se pointait joyeusement chez Angelina, à Colebrook, certains dimanches midis, en lui tendant une friandise. D'entrée de jeu, elle s'approcha tout près des barreaux et se mit à murmurer d'une voix émue:

— Papa? Me reconnaissez-vous? C'est moi, Camille, votre fille.

— …

L'œil restait vide et le visage, impassible.

— Colebrook, papa… Lowell… Ça ne vous dit rien?

Quand l'homme sortit enfin de son mutisme et fit signe que non, la tête basse, Camille sut qu'un contact venait de s'établir. Si Joseph Laurin n'arrivait plus à se reconnecter avec le passé, il semblait à tout le moins capable de faire un lien, si minime soit-il, avec le présent.

— C'est moi, votre princesse, papa. Votre princesse. M'entendez-vous?

Cette fois, le regard s'alluma et un éclair le traversa, l'espace de quelques secondes. Mais il s'éteignit aussitôt, et l'homme retourna dans son mystérieux univers intérieur. Du coup, Camille se sentit découragée, prête à renoncer. Ce visage maigre et buriné par la souffrance lui faisait pitié. Elle fit une dernière tentative pour ranimer, une fois de plus, le feu du souvenir.

— Grande-Baie, papa. Rébecca…

Sans crier gare, l'homme se mit à trembler et saisit les barreaux à pleines mains.

— Rébecca… Morte, Rébecca. Morte dans le sang…

— Oui, et elle dort sous les cendres de notre maison de Grande-Baie, papa. Je vis là-bas maintenant, vous en rappelez-vous ? Je vous l'ai écrit bien des fois dans mes lettres, mais vous n'avez jamais répondu. Et vous savez quoi ? Je vais très souvent prier sur la tombe de maman parce que… Rébecca, papa… Rébecca, vous vous en souvenez maintenant ?

— Morte, Rébecca… En enfer, la maudite !

Joseph avait prononcé ces derniers mots d'une voix gutturale et frémissante de colère, une colère mal contenue. La jeune femme sursauta. La bouche de son père était devenue écumante et ses poings serraient les barreaux avec rage. Elle voyait ses jointures blanchir à vue d'œil et ses ongles pénétrer cruellement dans la chair de ses paumes, et elle comprit à ce moment-là que Joseph était de nouveau revenu à la réalité. Soudain, elle eut peur et tenta de faire diversion.

— Savez-vous, papa, que je suis mariée à Étienne Beauchêne, le fils de Roméo, votre ancien voisin à Grande-Baie ? Nous avons deux adorables enfants et…

— Roméo Beauchêne? Le démon en personne, Roméo Beauchêne! Le fils de Lucifer! Mais elle a pas gagné, la garce! Je l'ai tuée, j'ai tué ma femme! Et j'ai tué le petit Beauchêne dans le ventre de ma femme. Je les ai tués tous les deux. Tués, tués… Partis, morts, brûlés, la Rébecca et son bâtard…

— Qu'est-ce que vous dites là, papa? Ça ne se peut pas…

— La poudre dans la soupe… Les champignons mortels… Puis le sang, le sang partout… Eh! eh! Je l'ai bien eue! Cette fois-là, c'est moi qui ai gagné. Elle a cessé de rire de moi, la vache! J'ai tué Rébecca. J'ai brûlé la mère de mes enfants et son bâtard. Et j'ai brûlé ma maison. Oh! Mon Dieu, mon Dieu! Je l'ai tuée! Et j'ai tout perdu, tout perdu…

Joseph hurlait à fendre l'âme. Il se mit à se frapper la tête contre les barreaux de fer et le bruit retentissait furieusement dans la pièce comme des coups de hache sur l'écorce d'un arbre. Puis il se jeta par terre et, le visage en sang, il commença à se rouler d'un côté et de l'autre en s'arrachant les cheveux et en s'égratignant la figure.

Camille restait là, sans broncher, les mains devant les yeux, non seulement atterrée par la crise de son père mais surtout par la terrible vérité qu'elle venait d'apprendre, infiniment pire que le pire de ce qu'elle aurait pu imaginer. Ainsi, Eugénie n'avait pas menti, Rébecca couchait bel et bien avec le voisin. Et à sa mort, elle portait l'enfant du père d'Étienne et non celui de Joseph. Quelle abomination! Camille ne savait plus qui elle devait haïr le plus: sa mère, pour ses trahisons ignobles, ou son père, pour son meurtre sordide. Pâle comme une morte, elle faillit tomber de son banc. Les fondements même de son bonheur familial passé venaient de s'écrouler à jamais.

De l'autre côté du mur, des gardiens s'étaient mis à quatre pour essayer de calmer Joseph qui lançait des coups de poing et des coups de pied à qui mieux mieux en criant comme un forcené. On finit par l'immobiliser en l'enveloppant de draps et en lui maintenant une serviette sur la bouche. Puis on l'attacha sur une civière. Jamais Camille n'aurait cru assister, à travers le guichet, à un spectacle aussi cauchemardesque. La pensée l'effleura tout de même que son père avait crié «je l'ai tuée» en français, ce qui empêchait les autorités américaines d'interpréter ses cris comme les aveux d'un véritable meurtre pour lequel on risquerait de lui faire un autre procès ou de l'envoyer aux autorités judiciaires canadiennes.

Un homme cravaté vint alors trouver Camille et la pria de le suivre dans son bureau, après avoir ouvert la porte fermée à clé qui menait dans les corridors intérieurs de la prison. Ils passèrent près de la civière où se trouvait Joseph et Camille s'arrêta un moment auprès de lui. Jamais elle n'oublierait le regard de détresse que lui lança alors son père. Elle y décela une telle douleur qu'elle se mit à pleurer. Instinctivement, elle se pencha au-dessus de lui et déposa sur son front un baiser brûlant. Baiser de Judas? Baiser du pardon? Baiser d'adieu? Elle ne le savait pas. Peut-être était-ce simplement le baiser de la petite fille qui ne pouvait plus supporter de regarder, et maintenant de comprendre, la blessure atroce qui avait brisé la vie de son père.

L'homme se présenta comme l'un des directeurs de l'établissement pénitentiaire.

— Asseyez-vous, je vous prie, madame ou mademoiselle? Vous êtes bien l'une des filles de Joseph Laurin, n'est-ce pas?

— Oui, monsieur.

— Vous n'êtes pas sans savoir que votre père est passablement dérangé mentalement. Ce n'est pas la première fois qu'il perd la carte et nous fait ce genre de crise d'une intensité extrême. Nous croyons qu'il est devenu dangereux pour les autres et pour lui-même car il devient violent, et cela le conduit à s'infliger de graves mutilations. Ce qui vient de se passer à l'instant confirme notre décision : comme il est citoyen américain et qu'il ne lui reste que six mois de détention à compléter, il a été décidé dernièrement en haut lieu de le transférer dans un établissement psychiatrique à la fin de sa sentence. Mais, après ce que vous venez de voir, vous admettrez que le garder ici plus longtemps s'avérerait totalement inutile. Et si son état ne s'améliore pas là-bas, je crains, ma pauvre dame, que votre père ne finisse ses jours dans cette institution pour malades mentaux. Il s'avérerait très risqué, de toute manière, de remettre cet homme en liberté. Compte tenu des circonstances, je prends donc moi-même et dès maintenant la décision de le faire transporter aujourd'hui même à l'Hôpital d'État du New Hampshire dès qu'il aura repris connaissance. Il s'agit d'un excellent hôpital, rassurez-vous. Aimeriez-vous l'accompagner lors du transfert ?

— Euh... non, je ne crois pas. Mais je vais prendre toutes les informations pour aller très bientôt le visiter à cet hôpital, en compagnie de mes sœurs. Je vous remercie, monsieur.

C'en était plus que Camille pouvait supporter. Elle fit le trajet de retour vers Lowell les yeux fermés et la tête appuyée sur la banquette, hors du temps et en quelque sorte hors du train, se demandant comment elle arriverait à se sortir seule de la fange immonde dans laquelle on venait de la plonger.

***

La mine basse de Camille n'échappa pas à Anne dès son arrivée.

— Dis donc, toi, tu n'en mènes pas large, on dirait… Ça ne s'est pas bien passé à Concord avec papa?

— Euh… oui… Non… Sa santé mentale a empiré, je crois.

— Ah bon. Rien de grave, au moins?

— C'est juste que… que… on l'a transporté à l'hôpital psychiatrique dès hier. Il a fait une crise et… Il risque d'y rester pour le reste de sa vie, paraît-il.

— T'es pas sérieuse, pas encore une crise! Bof… tu sais, au fond, je m'y attendais un peu. Sonné comme il est, de te revoir sans être prévenu a dû l'impressionner. Sa princesse… Je me demande bien pourquoi notre père est comme ça. Tu imagines si l'une d'entre nous s'était trouvée dans l'obligation de l'héberger après sa libération? À l'hôpital, on prendra soin de lui, et j'irai le voir une fois ou deux par année. Au fond, voilà un problème de résolu.

— Anne, je vais rentrer à Grande-Baie par le train de demain, je pense.

***

Camille n'était pas arrivée depuis deux heures à Grande-Baie quand elle s'empara du portrait de mariage de Roméo Beauchêne et de sa femme suspendu au-dessus du guéridon pour le lancer par terre de toutes ses forces en fulminant. Le cadre se brisa dans un vacarme retentissant. Elle s'appliqua ensuite à verser un grand verre de jus de tomate directement sur la photo.

Elle avait attendu qu'Eugénie sorte pour se rendre à la bécosse avant d'agir de la sorte, dans l'espoir de se défouler de sa rage et de son désarroi. Ce maudit Roméo, ce voleur de femmes mariées, ce briseur de famille, ce tricheur, ce cochon qui avait entraîné sa mère n'avait plus le droit d'afficher son sourire perfide sur le mur de la maison qui ne lui appartenait plus. Ah non ! Camille n'allait pas passer devant sa face d'hypocrite à cœur de jour en songeant que c'était sans doute avec cette expression-là, mielleuse mais empoisonnée, qu'il avait enjôlé jadis Rébecca Laurin. Il lui fallait de toute urgence détruire ce portrait qui risquait de la rendre folle, et le faire disparaître à jamais. Dieu merci, avec ses yeux brillants, son regard droit, son sourire désarmant, cette fossette juste là, sur la joue gauche, le visage d'Étienne ressemblait en tous points à celui de sa mère, et non à celui de son père...

Ah... aimer tellement le fils et haïr tout autant le père, saurait-elle y arriver ? Peut-on détester les morts ? Les avoir en horreur jusqu'à s'en rendre malade ? Et sa mère ? Saurait-elle l'absoudre de ses folles transgressions ? Depuis qu'elle avait appris la vérité, à peine deux jours auparavant, Camille baignait dans un état de confusion totale.

Eugénie rentra à la hâte, alertée par le fracas d'une vitre brisée.

— Ah Seigneur ! Tu as cassé le portrait de mes parents, malheureuse ! Et tout ce jus renversé... ce rouge, comme du sang... La photo est gâchée, j'en ai bien peur. Et je n'en ai pas d'autres.

— Oui, Eugénie, la photo est gâchée. Une énorme araignée noire traversait le portrait et j'ai voulu la tuer, mais j'ai perdu l'équilibre. En essayant de retenir le cadre, je n'ai réussi qu'à le faire basculer et à répandre mon jus. Désolée…

— Hum ! Une araignée en hiver, hein ? Ça me paraît plutôt étrange. Quelle maladroite, tu fais ! Bon. Puisque c'est arrivé… Arrange-toi avec les dégâts !

— T'inquiète pas, je vais y voir.

Avant même de balayer les éclats de verre, Camille déchira furieusement la photo et s'empressa de jeter les morceaux au feu avec rage. « Puissiez-vous brûler dans le feu éternel, maudit beau-père ! Je ne veux plus voir votre visage à deux faces, votre visage de vieux salaud. Seul le bon Dieu peut pardonner vos cochonneries. Pas moi ! »

Pardonner… Quel grand mot ! Détester les morts ou leur pardonner ? Et Rébecca, alors ? Arriverait-elle à lui pardonner ? Après tout, la vie passée de sa mère ne la regardait pas. Celle de Joseph non plus. Et pourtant, il y avait eu ce poison mortel… Comment oublier cet abominable drame que personne n'avait jamais soupçonné ? Elle seule, Camille Laurin, ou plutôt Camille Beauchêne, le connaissait maintenant. Elle et son père… L'oublier, ne plus le savoir, dissoudre la vérité comme la neige qu'à travers la fenêtre de la cuisine elle voyait fondre et disparaître au soleil. Oublier les terribles révélations de Joseph pour ne plus souffrir. Les oublier aussi pour arriver à ne pas les divulguer tôt ou tard à ses sœurs et semer en elles la même souffrance. Et les taire à son mari aussi, quand il rentrerait du chantier quelques jours plus tard, pour ne pas ternir le tendre souvenir qu'il avait de son père…

Elle se jura de ne plus retourner sur le terrain des Laurin où avait brûlé la maison. Plus jamais. Et que le diable emporte le rosier et la balançoire. Que le diable emporte aussi la tombe de sa mère où elle aimait tant se recueillir. Elle n'avait plus rien à lui dire, à sa mère! Elle n'y reviendrait plus. Et personne ne saurait pourquoi. Pas même Étienne. Parce qu'elle ne raconterait rien, ni à lui ni à personne. Jamais, jamais. Et pour aucune raison. Elle, Camille Beauchêne, transformerait l'horrible vérité en un secret éternel. Un secret enfoui au fond de son cœur et qu'elle habillerait de silence. Et ce silence deviendrait sa force et son unique refuge.

Elle demanda à Dieu de lui venir en aide, mais douta d'être exaucée car une haine sournoise remplissait déjà son cœur. Celle qu'elle vouait à Eugénie pour lui avoir ouvert une porte sur l'enfer. Pour lui avoir révélé une vérité qu'elle n'aurait jamais voulu connaître.

25

Mine de rien, Camille déposa ses ustensiles sur le bord de son assiette, qu'elle repoussa légèrement. Elle n'avait plus faim. La conversation que lui tenait Hélène depuis quelques minutes la déconcertait et lui coupait l'appétit.

À son retour de Concord, la semaine précédente, la tante et la nièce avaient à peine eu le temps de se saluer que déjà l'oncle Ludger pressait Camille et les enfants de s'entasser dans le traîneau s'ils voulaient rentrer à Grande-Baie avant la brunante. Lui-même irait dormir chez son beau-frère, sur le chemin Saint-Charles, pour ne rentrer à Chicoutimi que le lendemain matin. On se donna donc rendez-vous pour le dimanche suivant afin de placoter plus longuement.

La tante avait insisté.

— Ludger pourrait venir te chercher avec les enfants très tôt le matin. On irait ensuite à la messe à la cathédrale, puis on mangerait tous ensemble. Il te ramènerait à Grande-Baie au cours de l'après-midi. Ne te gêne pas pour amener ta belle-sœur Eugénie, si jamais le cœur t'en dit.

Le cœur de Camille ne lui en dit rien de bon, et elle se garda bien de transmettre l'invitation à la mégère. L'insistance de la tante pour la revoir dès la semaine suivante surprit néanmoins la voyageuse, mais elle accepta de bon gré.

Ce dimanche-là, le sermon de l'archevêque fut interminable et Camille dut sortir sur le perron de l'église avec ses deux enfants turbulents. On décida donc de faire manger les petits dès le retour à la maison et de les mettre au lit pour une sieste afin de laisser les grands déguster en paix l'excellent repas préparé par la tante. À peine cette dernière avait-elle servi de géné-reuses portions de ragoût de boulettes à Camille et à Ludger que déjà, elle posait à sa nièce la dernière ques-tion que celle-ci aurait souhaité entendre.

— Parle-moi de mon frère, Camille. Comment as-tu trouvé Joseph lors de ta visite à Concord ?

La jeune mère prit le parti de dire la vérité. À tout le moins une partie de la vérité. Elle avait eu sa dose de mensonges et de non-dits ces derniers temps, et elle n'avait plus envie de taire ce qui était conforme à une certaine partie de la réalité de son père. Hélène s'était toujours montrée affable et compréhensive, et elle avait le droit de savoir exactement ce qui se passait dans la vie actuelle de son frère. Bien sûr, il n'était pas question de lui révéler les malheurs de Joseph survenus à Grande-Baie, quinze ans auparavant, encore moins de lui divulguer ses bêtises. Le temps présent suffirait amplement pour alimenter la conversation.

— Papa ne va pas très bien, ma tante. Les autorités ont décidé de l'interner dans un hôpital psychiatrique du New Hampshire le jour même de ma visite. Mon père vit complètement en dehors du monde réel et, croyez-moi, je trouve cela épouvantable.

— Ça ne me surprend pas que Joseph en soit arrivé là. Toute sa vie, il a eu des comportements étranges. Au cours de sa jeunesse, il disparaissait souvent durant plusieurs jours, et cela perturbait la famille entière. Notre mère, qui le couvait exagérément, devenait alors folle d'inquiétude, et nous tous avec elle, tu penses bien ! Elle craignait qu'il ne mette le feu quelque part, ce qu'il a fait à plusieurs reprises, d'ailleurs. Je ne l'ai jamais dit à mes parents mais j'ai la certitude qu'il a déclenché un grand feu de forêt dans la région, à un moment donné. Il avait dix-huit ans.

— Vous n'êtes pas sérieuse ?

— Malheureusement, oui. Je possède des preuves que je n'ai jamais révélées à personne. Et puis les années ont passé, et cette histoire-là est tombée dans l'oubli.

— Dois-je en conclure que mon père était déjà dérangé mentalement ?

— Pas officiellement. Mais parfois, il racontait des choses bizarres, comme s'il avait des hallucinations, et il vivait davantage dans son monde imaginaire que dans la réalité. Maman, elle, refusait de l'admettre et prétendait plutôt qu'il avait seulement l'imagination trop fertile. Quand Joseph est tombé amoureux de ta mère, une fille de Sherbrooke belle et intelligente, on a tous poussé un soupir de soulagement, convaincus qu'enfin notre frère retomberait les deux pieds sur terre et y gagnerait en stabilité et en sagesse. Ça s'est pas produit, je le crains. Pauvre Rébecca, je ne sais pas comment elle a fait pour endurer mon frère aussi longtemps.

— Que voulez-vous dire ?

— Malgré ses responsabilités de mari et de père, Joseph a continué de vivre dans sa bulle. Il disparaissait souvent durant des jours pour un oui ou pour un non, surtout durant l'été, alors que la ferme et les champs avaient besoin de main d'œuvre. Tout cela retombait sur les épaules de ta mère. Heureusement, quand il le pouvait, le voisin, c'est-à-dire ton beau-père, Roméo Beauchêne, veuf et père de huit enfants, venait lui prêter main-forte. Puis un bon jour, Joseph réapparaissait comme si de rien n'était, insouciant et absolument inconscient des problèmes que ses étranges disparitions pouvaient provoquer. On ne sait trop où il allait. Sans doute errait-il dans les bois des alentours, perdu dans son monde intérieur clos et mystérieux, connu de lui seul.

— Ainsi donc, mon père éprouvait déjà des problèmes d'ordre mental, à l'époque. Je n'en reviens pas, ma tante ! Ça explique tellement de choses…

— Un jour, Joseph s'est mis en tête de rénover sa maison et de là transformer en château. Il a alors entrepris des travaux insensés, hors de tout bon sens. Pour ce faire, il lui fallait gagner beaucoup d'argent et il décida donc d'abandonner les travaux agricoles pour devenir peddleur, puis guenillou, puis laitier, puis postillon. Mais l'alcool s'est chargé de lui faire perdre chacun de ces métiers l'un après l'autre. Ah ! le vilain en a fait voir de toutes les couleurs à cette malheureuse Rébecca ! Une sainte femme, que votre mère, surtout qu'elle n'avait ni parenté ni amis dans la région pour la soutenir.

Une sainte femme, Rébecca ? Camille ravala sa salive. Une sainte femme, enceinte du voisin ? Hum… Mais pourquoi porter un jugement ? Rien ne l'obligeait à prendre parti pour son père ou pour sa mère. En un sens, les affirmations d'Hélène la réconfortaient. Au moins, elle comprenait mieux maintenant le pourquoi des agissements de ses parents. Les lubies de Joseph, son instabilité et sa dépendance à l'alcool depuis sa prime jeunesse relevaient de la maladie mentale. Cela pouvait expliquer, sans les justifier bien sûr, ses négligences commises envers ses filles durant leurs premières années aux États-Unis, ses coups de tête insensés, son obsession pour le feu, l'abandon de Marguerite et Anne à Lowell, son ambition extravagante de se construire une maison à Colebrook, sans oublier l'incendie de l'hôtel et les menaces de mort envers le fils de Jesse. Évidemment, cela n'excusait nullement le fait que, même trompé par sa femme, il l'ait assassinée et ait fait brûler son corps en même temps que la fameuse maison à moitié rénovée.

D'un autre côté, comment jeter la pierre à sa mère, aux prises avec trois enfants et une ferme à gérer, pour avoir succombé aux avances d'un homme bon et généreux envers elle, et veuf par surcroît? Il reste que tout cela sentait mauvais et que Camille aurait préféré ne rien connaître de cette histoire de meurtre. Une fois de plus, elle se jura que jamais ni ses sœurs ni Étienne, et pas même sa tante Hélène, n'apprendraient de sa bouche la moindre parcelle de cette tragique vérité.

— T'as pas faim, Camille?

— Euh… pas tellement, ma tante.

— Est-ce moi qui te coupe l'appétit en te parlant du passé de tes parents? Ne sois pas bouleversée par ce que je te raconte au sujet de Joseph, mon enfant. Remercie plutôt le ciel que ton père n'ait pas commis de bêtises plus graves au cours de sa vie. Qu'il se retrouve maintenant dans une clinique pour malades mentaux ne surprendra personne parmi ceux qui l'ont connu jadis. Réjouis-toi plutôt de le savoir entre bonnes mains et de vous en être tirées à si bon compte, toi et tes sœurs.

— Comme vous avez raison, ma tante…

— Tu comprends notre émoi à tous quand, le matin des funérailles de Rébecca, après avoir attendu l'arrivée du corps pendant un temps interminable sur le perron de l'église, quelqu'un est venu nous aviser de votre disparition et de la destruction complète de votre maison par le feu. Il ne restait plus rien, absolument rien. Évidemment, nous avons d'abord imaginé le pire : que toute la famille avait brûlé, à tout le moins les enfants, car la vieille picouille de Joseph et la charrette avaient curieusement disparu. À notre grand soulagement, maman nous a écrit de baie Saint-Paul, quelques jours plus tard, pour nous signaler votre passage, tous les quatre, en route vers les États-Unis. As-tu une idée du soupir de soulagement qu'on a tous poussé, Camille ? Mais on n'a vraiment été rassurés que lorsque Léontine nous a raconté vous avoir vus arriver sains et saufs à Lowell.

Un silence lourd s'installa dans la cuisine. Camille se mordait les lèvres pour ne pas se mettre à crier. Incapable d'en supporter davantage, Ludger, qui n'avait pas émis un son depuis le début de la conversation, prétexta quelques rangements urgents pour descendre dans son magasin durant quelques minutes.

— Si on repart pour Grande-Baie dans environ une heure, Camille, cela te convient-il ?

— Bien sûr, mon oncle. Et même tout de suite si vous le désirez. J'entends Sophie qui se réveille. Votre heure sera la mienne.

— Dans ce cas-là, je remonte dans une vingtaine de minutes.

Si elle avait pu déguerpir sur-le-champ et en courant, Camille l'aurait fait. Pour s'éloigner de ces gens qui savaient des choses qu'elle ne voulait pas savoir et fuir un passé dont elle n'avait rien à foutre. Se soustraire à ces relents fétides et étouffants et revenir au plus vite dans sa réalité quotidienne à elle, à l'intérieur de sa maison, et reprendre malgré la présence d'Eugénie son existence simple de paysanne qui attendait impatiemment, d'une journée à l'autre, le retour de l'homme de sa vie.

Elle s'empressa d'aller chercher Sophie dont les cris venaient de réveiller son frère. Hélène accueillit la fillette à bras ouverts.

— Je vous dis que cette petite-là, elle va faire son chemin ! Elle n'a pas encore deux ans et je la trouve déjà plus délurée que son frère !

La tante, soudain interdite en voyant Camille sourciller, sembla regretter ses dernières paroles et tenta maladroitement de se rattraper.

— Ce n'est pas que Daniel ne soit pas intelligent, Camille, non, non ! Mais quand je l'ai gardé, la semaine dernière, il n'a pas cessé de dormir. Une vraie marmotte ! Tu trouves ça normal, toi ? Au lieu de déborder de vitalité comme les enfants de son âge, ce garçon m'a paru bizarrement épuisé. Il avait peine à marcher et même à jouer, en plus d'éprouver des problèmes de digestion. Il a vomi deux ou trois fois durant son séjour ici.

— Il a été malade ? Je l'ignorais. A-t-il fait de la fièvre ?

— Non, pas de fièvre. Mais, de toute évidence, cet enfant manque d'énergie. Es-tu bien certaine, Camille, qu'il ne souffre pas d'un mal chronique ? Moi, je m'inquiéterais à ta place et je le ferais examiner par le docteur.

— Comment ça, un mal chronique ? Daniel a deux ans et demi, ma tante. Il faut lui donner le temps. Il se développe tout simplement plus lentement que sa sœur, voilà tout.

— C'est justement ce qui me tracasse. Je ne voudrais pas te causer de chagrin ni t'énerver avec ça, mais Daniel ne me semble pas en parfaite santé. Physiquement, je veux dire !

Affolée, Camille se rappela les observations similaires d'Eugénie, quelques jours auparavant. Instinctivement, elle les avait mises sur le compte de la méchanceté. Mais tôt ou tard, il lui faudrait bien admettre qu'une ombre au tableau existait, qu'en mère naïve, elle avait toujours refusé de voir. Le temps était venu de cesser de jouer à l'autruche. Puisque même sa tante l'avait évoqué, elle n'avait plus le choix d'envisager le problème, si problème il y avait, évidemment.

Le petit n'était-il pas tombé endormi, l'autre jour, au beau milieu d'une partie de ballon avec elle ? Qui sait si elle n'avait pas interprété un évanouissement réel comme la simple manifestation d'une grande fatigue… Incapable de réveiller l'enfant, elle l'avait transporté dans ses bras jusque sur le divan du salon, et il avait mis un temps infini à se réveiller. Mais elle avait vite chassé le doute qui l'avait effleuré pendant un court moment. Et ces vomissements inexplicables qu'elle mettait sur le compte des petites mains malpropres ou de saletés quelconques, ce n'était pas normal et cela durait depuis déjà quelque temps. Eugénie et la tante Hélène avaient peut-être raison : Daniel souffrait possiblement d'un mal inconnu. Dieu du ciel ! Elle n'avait pas besoin de ça dans sa vie !

Peu loquace, elle s'empressa d'habiller les deux enfants pour partir au plus vite. Elle remercia néanmoins sa tante pour sa gentille invitation. Hélène le fit-elle exprès ? Elle pria instamment sa nièce de la tenir au courant des résultats de sa visite chez le médecin avec Daniel.

— N'oublie pas de m'écrire. Je suis attachée à ces enfants-là, moi, et je veux savoir ce qui se passe.

Tapie au fond du traîneau, Camille trouva la distance entre Chicoutimi et Grande-Baie interminable. Une neige fondante tombait silencieusement et enjolivait pourtant le paysage, parant chaque branche d'arbre d'une délicate dentelle. Mais elle n'en vit rien. Une boule lui serrait la gorge et la plongeait dans un état d'hébétude proche de l'écœurement. Le mauvais sort semblait s'acharner sur elle : tout d'abord les révélations au sujet de Joseph et de Rébecca, puis les doutes sur l'état de santé de son fils.

Elle pressa ses petits contre elle et souhaita que la vieille jument de Ludger la ramène le plus rapidement possible au bercail. Puis elle se ravisa. Pourquoi se dépêcher ? Rien ni personne ne l'attendait sur le chemin Saint-Bruno, à part sa détestable belle-sœur toujours aussi aigrie et peu avenante. Elle eut soudain envie de lancer un grand cri de détresse à travers le son joyeux des grelots, mais trouva le courage de se retenir à cause de la présence de son oncle qui demeura silencieux tout le long du trajet.

C'est cependant un grand cri de joie qu'elle laissa échapper en entrouvrant la porte de sa maison quand elle aperçut, bien à la vue sur le tapis devant la porte, une paire de bottes qu'elle aurait reconnues entre toutes. Celles d'Étienne.

26

Camille n'hésita pas avant de confier à son mari, dès son retour, les doutes semés par Hélène et Eugénie au sujet de la santé de Daniel. Le jeune père n'avait pourtant pas manqué de s'émerveiller devant la beauté de ses enfants, ni de s'exclamer au sujet de leurs progrès accomplis au cours de l'hiver.

— Comme ils ont grandi tous les deux ! Sophie se fait de mieux en mieux comprendre, la coquine, et Daniel a même appris de nouveaux mots. J'avais quasiment oublié à quel point mes enfants sont adorables.

Camille le regardait avec des perles d'eau au bord des paupières. Comme son homme lui avait manqué ! Elle le trouvait plus fort, plus beau que jamais avec son teint bronzé, sa barbe brune, ses larges épaules contre lesquelles elle pourrait enfin s'appuyer. Elle aimait son air effacé, sa réserve, sa pudeur, comme si son silence camouflait des sentiments si purs et d'une telle intensité qu'il ne pouvait les exprimer avec des mots. Et pourtant, au moment de son arrivée, Étienne semblait plus volubile qu'à l'accoutumée, prêt à ouvrir son cœur, comme si l'écoute de sa femme lui avait fait défaut pendant trop de mois.

— Tu sais, Camille, la vie dans les chantiers n'est pas toujours facile. Un paquet d'hommes sans femmes obligés de vivre ensemble vingt-quatre heures par jour… Peux-tu imaginer le bruit des voix et des rires qui retentissent dans la cantine aux heures des repas, l'odeur des bas qui sèchent autour du poêle, le soir venu, puis les ronflements et les soupirs, la nuit, de ceux qui s'ennuient ? On travaille de l'aube jusqu'au soir, on ne sait plus qui on est et on écrase nos pensées, nos rêves, nos désirs à grands coups de hache sur le dos des géants de la forêt auxquels on se mesure continuellement. Oh ! on finit toujours par gagner la partie et on peut regarder avec une certaine fierté les colosses plier l'échine et s'effondrer de tout leur long sur la neige dans un vacarme infernal. Malheureusement, cette victoire-là coûte bien plus que de la sueur et des muscles endoloris, je te le jure. À la longue, tu n'es plus toi-même, tu deviens une machine à tuer des arbres, un robot qui n'a plus le temps de penser. Il en ressort une terrible solitude, tu sais. Crois-moi, à la longue, on en vient à oublier qu'ailleurs, la terre continue de tourner, que les enfants grandissent et que les femmes sont belles…

Jamais Étienne n'avait parlé avec autant de fougue. Emporté par ses émotions, il ne remarquait pas la détresse qui allongeait le visage de sa femme. Il finit par s'approcher d'elle et la prendre dans ses bras.

— Je me suis tellement ennuyé de toi, jolie Camille, tu n'as pas idée. Tout l'hiver, je n'ai cessé de penser à toi et aux enfants. Les chantiers, ce n'est pas fait pour les pères de famille. L'an prochain, je vais y penser à deux fois avant de m'éloigner pour aussi longtemps. Parle-moi de toi, mon amour.

Camille ne put se retenir de plonger, dès le début, dans le gouffre de ses inquiétudes. D'une voix brisée, elle demanda à son mari de bien observer leur fils. Daniel avait-il l'air malade ? Décelait-il quelque anomalie dans son comportement? Voyait-il une raison de s'alarmer comme l'avaient suggéré Eugénie et Hélène? Était-elle une mauvaise mère qui n'avait pas su détecter la maladie?

L'homme choisit de s'accroupir devant le petit qui s'amusait tranquillement avec un bout de papier.

— Ferme tes yeux, fiston, papa va disparaître.

Ce ne fut pas long pour que la partie de cache-cache entre le père et le fils ne se termine dans l'anxiété. Daniel, tout excité au début, avait brusquement cessé de chercher son paternel dissimulé à quatre pattes derrière un fauteuil, et il s'était soudainement étendu par terre, immobile et à bout de forces, pour s'endormir en quelques secondes.

— Je ne connais pas grand-chose aux enfants, Camille, mais ta tante a peut-être raison. Mieux vaudrait retourner à Chicoutimi pour le faire examiner par le docteur Beauchamp.

Deux jours plus tard, la petite famille se présentait au cabinet du médecin. L'homme possédait le physique de l'emploi, la carrure rassurante et la tempe grise garante d'une longue expérience. Les lunettes sur le bout du nez, il écouta attentivement le cœur du garçon, colla son oreille sur son dos en lui demandant de bien respirer, palpa son ventre, abaissa de son pouce une paupière inférieure afin d'examiner l'œil et frappa quelques petits coups sur ses genoux pliés. Il l'invita ensuite à prononcer quelques mots et lui posa une ou deux questions auxquelles l'enfant répondit correctement. Puis sans prononcer une parole, il passa à Sophie dont il expédia rapidement l'examen en quelques minutes à peine.

Étienne et Camille, suspendus aux gestes du médecin, n'osaient ouvrir la bouche. Ce dernier termina enfin son investigation et pria froidement Camille de rhabiller les petits. Puis il retourna derrière son bureau et nota ses observations dans un dossier, les sourcils froncés et l'air préoccupé. Un silence à couper au couteau envahit aussitôt la pièce, finalement rompu à voix basse par le médecin après un léger toussotement.

— Écoutez, je ne peux jurer de rien, mais je crois que votre fils souffre d'anémie. Par contre, son développement intellectuel me semble normal. Je le trouve pâle et passablement faible. Mange-t-il suffisamment ? Il faudrait lui donner de la viande rouge et l'obliger à prendre plusieurs collations consistantes entre les repas pour lui redonner des forces et améliorer son tonus. Le mettre au lit plus souvent et plus longtemps aussi.

— Est-ce grave, docteur ?

— Je ne sais pas encore. Il est de la première importance de prévenir les infections contre lesquelles, dans l'état de faiblesse où il se trouve actuellement, il risquerait d'éprouver des difficultés à se défendre. À la moindre alerte, petit bobo, blessure, simple rhume, douleur quelconque, promettez-moi de me l'amener aussitôt. Là, je suis sérieux, très sérieux.

Camille porta les mains à sa bouche, puis s'adressa au médecin d'une voix rauque.

— Vous m'inquiétez, docteur ! Peut-on guérir de cette maladie-là ?

— Tout dépend de ce qu'il a… Évidemment, il existe d'autres maladies plus rares et plus graves occasionnant ce genre de symptômes. Mais nous allons procéder par élimination et songer d'abord à une anémie sévère. Je vais vous prescrire un tonique. Euh… avez-vous d'autres enfants à part cette petite Sophie qui me paraît en parfaite santé ?

— Non, pas encore…

Le médecin sembla hésiter et se racla la gorge.

— Bon. Écoutez-moi bien. Je vous conseille de ne pas avoir d'autres enfants, pour un certain temps du moins. Pas avant que mon diagnostic ne soit confirmé. Je vais suivre Daniel de près, l'observer, voir d'abord l'évolution de son mal, et on reparlera de grossesses plus tard. Pour l'instant, abstenez-vous de tomber enceinte, madame, si vous le voulez bien. Vous savez comment empêcher la famille, n'est-ce pas? Et si votre directeur de conscience vous refuse l'absolution, je vais aller moi-même lui parler. Tenez, je vais vous signer un billet en bonne et due forme à ce sujet.

Camille repassa en esprit les multiples relations sexuelles qu'elle et Étienne avaient eues depuis son retour du chantier, «histoire de rattraper le temps perdu», prétendaient-ils en riant. Peut-être se trouvait-elle déjà enceinte?

Cette fois, c'est Étienne qui s'énerva sur sa chaise.

— Pourquoi s'empêcher d'avoir un autre enfant, docteur? Quel rapport avec cette mystérieuse maladie? Ça s'attrape?

— On ne sait jamais, monsieur Beauchêne. Attendez quelques mois, c'est plus prudent.

❧

Un mois plus tard, c'est un enfant toujours aussi chétif que Camille et Étienne présentèrent au docteur Beauchamp, qui le reçut avec un pli songeur au milieu du front.

— Manque-t-il encore d'énergie?

— Hélas oui, même si on l'oblige à manger toute la nourriture riche déposée dans son assiette. Il l'accepte mais la vomit quelques minutes plus tard.

Camille tenta de déglutir mais il n'y avait rien à déglutir tant elle se sentait énervée. À ses côtés, Étienne ne bronchait pas, muet d'inquiétude. Elle se ressaisit finalement pour lancer, d'une voix brisée, la question qui la hantait jour et nuit.

— Qu'est-ce qu'il a, mon fils, qu'est-ce qu'il a, docteur ?

L'homme se leva et poussa un long soupir avant de répondre.

— J'en suis maintenant presque certain : il ne s'agit pas d'anémie chronique. Votre fils souffre malheureusement d'une maladie rare. Une maladie congénitale.

— Congénitale ? Qu'est-ce que ça veut dire ?

— Une maladie congénitale signifie une maladie familiale héréditaire, transmise par les parents. Vous ne seriez pas des cousins par hasard ?

— Mais non, pas du tout, voyons !

— Je vous demande cela parce que l'Église accorde parfois une dispense, moyennant une certaine somme d'argent, pour accepter de donner le sacrement de mariage à des cousins.

— Eh bien, ce n'est absolument pas notre cas.

— Ce genre de maladie existe-t-il dans l'une ou l'autre de vos familles, même chez des parents éloignés ?

Étienne répondit le premier d'une voix assurée.

— Non, pas que je sache. Pas parmi nos plus familiers, en tout cas. Par contre, nous ne fréquentons pas tout le monde car plusieurs n'habitent pas la région. Mes parents étant décédés, je ne peux vous en dire plus long. Mais je vous promets, docteur, de faire une petite enquête à ce sujet auprès de mes frères et sœurs, proches ou éloignés.

Camille songea aux deux sœurs de Joseph et s'empressa de formuler sa part de la réponse.

— Cette maladie n'existe pas non plus du côté des Laurin. À tout le moins, je ne crois pas. Ma tante Hélène m'en aurait sûrement parlé. Du côté de ma mère, par contre, je n'en sais rien. Ils vivent tous à Sherbrooke et je ne les connais pas du tout.

Soudain, elle tressaillit. Les paroles d'Eugénie lui revenaient à la mémoire tout à coup. N'avait-elle pas prétendu qu'un lointain petit cousin, emporté par une otite, avait souffert des mêmes troubles physiques que Daniel, de nombreuses années auparavant ? Tout le mal provenait donc du côté des Beauchêne. Elle se retourna vers son mari. Comment tenir son bel Étienne, pétant de santé, responsable d'avoir transmis un tel mal à leur enfant à cause d'un héritage génétique familial ? Après quelques hésitations, elle décida néanmoins d'en parler au médecin qui se contenta d'acquiescer de la tête devant la confirmation éventuelle de son diagnostic.

— Habituellement, le mal existe dans la famille de chacun des deux parents. C'est la raison pour laquelle elle se transmet.

— Mais cette maladie, docteur, ça peut se guérir, n'est-ce pas ?

— Si je ne me trompe pas, je mentirais en affirmant que ce n'est pas grave. J'ai rencontré ce genre de maladie seulement à deux ou trois reprises au cours de ma carrière, et chaque fois, ça a mal tourné. Au bout d'un certain temps, une infection secondaire a emporté l'enfant quand ce n'est pas le cœur qui a flanché lors d'une activité physique un peu excessive.

Camille s'effondra dans les bras d'Étienne qui n'en menait pas plus large qu'elle. Le médecin, impuissant devant l'horreur du pronostic, semblait aussi ébranlé que les parents. Comment réconforter un père et une mère quand on sait qu'à court terme, leur fils n'échappera probablement pas à l'issue fatale ?

— Par malheur, il n'existe pas grand-chose à faire pour contrer ce genre de maladie. Toutefois, restons optimistes et prenons la vie au jour le jour, si vous le voulez bien. Les miracles, ça existe peut-être… À partir de maintenant, il faudra user d'encore plus de vigilance pour garder votre fils au calme et éviter les infections. Et surtout, surtout, il ne faudra plus avoir d'autres enfants, car cette maladie risquerait d'apparaître de nouveau parmi votre progéniture.

— Oh, mon Dieu ! Docteur, c'est que je suis déjà enceinte.

27

Grande-Baie, 15 mai 1895

Chère Marguerite,
J'arriverai par le train de trois heures, mardi prochain, pour passer quelques jours avec toi et Antoine. J'aimerais que votre ami le docteur examine mon fils Daniel.

Camille

Marguerite trouva curieux l'absence d'explications. À peine quelques semaines auparavant, sa sœur avait surgi à Lowell sans crier gare, et Anne avait mentionné dans sa dernière lettre qu'elle avait trouvé Camille plutôt triste et renfermée, et tenant mordicus à aller visiter leur père. Ennui ? Nostalgie du temps passé ? Sentiment d'isolement dans la région lointaine du Saguenay ? Mésentente avec Étienne ? Anne n'était pas arrivée à trouver la cause de la mélancolie de sa sœur.

Dans cette missive plutôt laconique, Camille n'indiquait pas si elle arriverait en compagnie de tous les siens ou seulement avec son petit garçon, que ni Marguerite ni Antoine n'avaient encore eu l'occasion de rencontrer. De quel mal pouvait-il souffrir pour que sa mère se donne la peine d'entreprendre un si long voyage afin de le soumettre à l'examen approfondi de Rémi ? N'existait-il pas de bons médecins dans la région de Chicoutimi ?

Elle se rendit, non sans une certaine appréhension, à la gare Bonaventure pour accueillir sa sœur. Une brise légère enveloppait Montréal d'un parfum de printemps, et les passants s'attardaient en levant le nez en l'air pour jouir des premières caresses du soleil. En ce jour lumineux, Marguerite n'avait pas très envie d'être confrontée à quelque chose de navrant, ni de recevoir une mauvaise nouvelle. Mais elle prit son courage à deux mains et se composa un visage des plus bienveillants.

Quand elle l'aperçut au loin, sur le quai de la gare, elle remarqua aussitôt la pâleur de Camille. Ce ne fut pas long pour que, derrière le sourire forcé de sa sœur, Marguerite ne détecte une détresse certaine. Vêtue d'une large mante de laine grise, la jeune femme portait une valise cartonnée d'une main et donnait l'autre à un bambin maigre et de petite taille qui semblait venir tout juste de se réveiller. Les deux sœurs s'étreignirent avec émotion, puis l'aînée se pencha aussitôt sur le garçonnet figé qui la dévisageait avec de grands yeux interrogateurs.

— Oh ! Comme il ressemble à Étienne ! Bonjour, Daniel, je suis ta tante Marguerite. Tu vas bientôt pouvoir jouer avec tes deux cousins. As-tu hâte de les rencontrer ?

Le petit fit un oui timide de la tête et se colla contre la hanche de sa mère. Camille lorgna soudain le ventre légèrement protubérant de Marguerite.

— Mais dis donc, toi, tu nous avais caché ça ! C'est pour quand, le troisième petit Lacroix ?

— Pour le début de septembre seulement. J'ai préféré attendre un bout de temps avant de rendre ça officiel, tu comprends?

— Moi aussi, je suis enceinte. Ça vient tout juste de se confirmer.

— Quelle bonne nouvelle!

— Je n'en suis pas certaine...

— Comment ça?

— On s'en reparlera plus tard, si tu veux bien.

Dans le tramway qui les menait vers la rue Émery, Camille desserra à peine les dents, au grand étonnement de sa sœur. Une fois au refuge, malgré l'accueil à bras ouverts d'Antoine, elle visita les lieux récemment agrandis et rénovés sans s'exclamer, ni émettre les commentaires élogieux auxquels le couple aurait pu s'attendre. Daniel s'amusa à peine avec les jouets que lui présentaient Bertrand et Emmanuel et demanda le lit à peine sorti de table.

— Le pauvre enfant, un si long voyage a dû l'épuiser, commenta Marguerite.

Camille haussa les épaules et lança en l'air la petite remarque qui ouvrit enfin la porte aux confidences.

— Si c'était rien que ça...

Marguerite ne manqua pas de saisir la perche et entraîna sa sœur au salon après un clin d'œil complice d'Antoine.

— Viens, Camille, viens t'asseoir à côté de moi. On va se parler de ce «rien que ça» entre sœurs.

La jeune mère ne mit pas de temps à vider son sac. Submergée par un trop-plein de chagrin, elle parlait en hoquetant, et Marguerite arrivait difficilement à tout saisir. Elle crut entendre «maladie familiale» et «plus jamais d'enfants» lancés d'une voix pathétique. Elle posa une main sur le bras de sa sœur après lui avoir tendu un mouchoir, mais ne réussit pas à interrompre ses pleurs.

— Arrête, Camille, arrête ! Calme-toi d'abord, tu m'expliqueras ensuite. Que t'arrive-t-il donc, ma petite sœur adorée ? Qu'entends-tu par « maladie familiale » ?

La jeune mère expliqua tout : son voyage à Lowell, la visite à Joseph malade mentalement et son transport immédiat en institution, les mises en garde d'Eugénie et de la tante Hélène au sujet de la santé de Daniel, les symptômes apparus depuis deux ou trois mois qu'elle-même avait refusé d'admettre et avait lâchement qualifiés de léger retard physique sans importance, puis ses deux visites chez le docteur Beauchamp réputé être l'un des meilleurs médecins de la région.

Par contre, fidèle à la promesse qu'elle s'était faite à elle-même, Camille se garda bien de divulguer l'entière vérité et d'expliquer les véritables motifs de son voyage à Lowell, et surtout à Concord, afin de tirer au clair le drame de Joseph et de Rébecca. Il s'agissait là d'une tout autre histoire, et elle resterait enfouie à jamais sous le silence.

— Étienne aussi est atterré par la nouvelle de la maladie de Daniel. C'est lui qui a insisté pour m'envoyer à Montréal afin de vérifier l'exactitude du diagnostic du médecin de Chicoutimi. Après tout, ici, dans cette grande ville populeuse, les médecins voient davantage de patients, des cas plus rares et plus nombreux. Je veux d'autres enfants, tu comprends, Marguerite ? Et mon petit Daniel a peu de chances de se rendre à l'âge adulte, selon les dires du docteur. C'est épouvantable, épouvantable… Je refuse de l'admettre, je ne veux pas, je ne veux pas le perdre, tu comprends ? Je ne veux pas… Oh ! excuse-moi !

Marguerite prit sa sœur dans ses bras et commença à la bercer silencieusement, trop bouleversée par ce qu'elle venait d'apprendre pour trouver les mots réconfortants qui rassurent. Mais Camille n'avait pas terminé ses révélations.

— Peut-être maman m'a-t-elle jeté un mauvais sort?

Marguerite sursauta.

— Comment ça? Pour quelles raisons notre mère t'aurait jeté un mauvais sort? Je ne saisis pas. Que veux-tu dire, Camille?

— Parce que… parce que…je ne lui ai pas pardonné.

— Tu ne lui as pas pardonné quoi, grands dieux? Qu'est-ce que maman a à voir dans cette histoire?

— Euh… il s'agit d'une maladie familiale, ne l'oublie pas.

— Mais ça viendrait du côté d'Étienne, tu me l'as dit tantôt. Un vague petit cousin, il y a plusieurs années… Ta belle-sœur ne t'en a-t-elle pas parlé?

Camille tenta de se ressaisir, prenant soudain conscience de s'aventurer sur un terrain dangereux.

— Je ne pardonne pas à maman de m'avoir abandonnée quand je n'avais que six ans. J'avais besoin d'elle, moi, et elle est partie sans avertir. Quand, à Colebrook et à Lowell, et plus tard à Montréal, je la priais de venir m'aider, elle ne s'est jamais occupée de moi. Depuis ce temps, je ne peux m'empêcher de lui tenir rancune pour… pour ça!

— Pour ça? Allons donc, Camille, tu dérailles, ma foi! Où vas-tu chercher ces idées farfelues? Penses-tu que notre mère nous a quittées de son propre gré? On ne choisit ni le jour ni l'heure du grand départ, voyons! Quant à ton enfance, maman l'a peut-être rendue moins difficile, du haut de son nuage. Pense à toutes ces belles années passées chez Angelina... Tes propos me surprennent, sœurette. Est-ce la fatigue qui te fait divaguer de la sorte ? Viens, allons nous coucher, nous en reparlerons demain, et je demanderai à Rémi d'examiner minutieusement mon neveu. On verra bien ce qu'il va dire.

« Non, je ne divague pas. Papa a tué maman parce qu'elle était enceinte du voisin. Jamais je ne pourrai pardonner cela à notre mère, dût-elle se venger sur toute ma descendance pour la haine que j'éprouve maintenant envers elle. Nous sommes des filles de pute, Marguerite, des filles de pute... Pauvre papa, il n'a pas commis le geste fou de la tuer et de la brûler dans notre maison pour rien... »

Ces mots montaient à la gorge de Camille et semblaient sur le point de l'étouffer. Elle implora le ciel de lui donner la force de ne pas les prononcer. Jamais, au grand jamais, elle ne devait dévoiler ces faits qui détruiraient dans le cœur de ses sœurs la douce mémoire de leur mère et le souvenir déjà bien assez amer de leur père.

Elle se leva brusquement et s'en fut vomir dans la salle de bains.

Marguerite se dit que la troisième grossesse de sa sœur ne serait pas facile, ni physiquement ni psychologiquement.

❖

Rémi Beaulieu retira son stéthoscope et secoua la tête en signe d'impuissance.

— Une chose est certaine : cet enfant-là ne souffre pas d'anémie. Cependant, comme je n'ai jamais rencontré ce genre de symptômes, j'opterais pour l'amener à l'Hôtel-Dieu afin de lui faire passer des examens plus poussés. Vous ne seriez pas cousins, ton mari et toi, par hasard ? Habituellement, ce genre de maladie se présente quand il y a des cas dans les deux familles…

Camille se contenta de hocher la tête en signe de négation.

Deux jours plus tard, la confirmation du diagnostic du docteur Beauchamp tomba comme un couperet : il s'agissait bel et bien d'un mal très rare pour lequel on ne connaissait aucun traitement. Il affectait parfois plusieurs membres d'une même famille et son pronostic s'avérait très sombre la plupart du temps. On répéta formellement, et en insistant, à la mère éplorée de ne plus avoir d'enfants car il s'agissait probablement d'une maladie héréditaire, même si aucun des parents n'en souffrait.

Camille s'effondra et Rémi dut la retenir pour l'empêcher de tomber.

— Mais je suis présentement enceinte, docteur !

— Écoutez, votre fille Sophie semble pour l'instant en parfaite santé, selon vos dires. Rien ne prouve que la maladie se développera chez elle, ni que votre futur enfant en sera atteint.

— Et si ça se révèle plus tard, comme pour Daniel ?

— Cela apparaît habituellement en bas âge. Il faut vous montrer optimiste, madame Beauchêne, et croire en votre bonne étoile. Mais de grâce, il ne faudra plus tenter le diable dorénavant. Cessez de faire des bébés ! Mieux vaut vous priver d'enfants que de risquer de mettre au monde des petits qui ne connaîtront qu'une courte vie de souffrances. Vous pourrez toujours en adopter si vous rêvez d'une famille nombreuse. Nul n'échappe au destin, vous savez, tout est dans la façon de l'assumer… Concernant Daniel, il faudra prévenir les infections avec vigilance.

Antoine, qui avait accompagné Camille, passa son bras autour des épaules de sa belle-sœur en fort piteux état.

— Aie confiance dans la Providence, ma chère Camille. Et puis nous sommes là avec toi, Marguerite et moi, et nous allons te soutenir et t'aider. Si toi et Étienne rêvez vraiment d'une famille nombreuse, eh bien! sans le savoir, les pensionnaires du refuge vont s'en charger, elles qui envoient des bébés à tour de bras à l'orphelinat. Vous pourrez adopter le nombre d'enfants que vous désirerez. Quant à ce petit Daniel, remettons-le entre les mains de Dieu. Tu dois vivre ta grossesse sereinement et t'employer à rendre cet enfant heureux. Nul ne connaît le moment où le Seigneur décidera de ramener ce petit ange dans son paradis.

Le pasteur ne croyait pas si bien dire…

28

Le Seigneur ne mit pas de temps à ramener le petit
ange dans son paradis. À peine deux mois plus tard,
en pleine canicule de juillet 1895, la fièvre typhoïde
décima de nombreuses familles de la région. Elle
emporta également Eugénie et le jeune Daniel à quelques
jours d'intervalle, et Camille et Étienne furent anéantis
de chagrin.

Tout avait commencé un matin de chaleur insupportable où l'humidité traçait de longues coulisses sur
les murs. Eugénie, pâle comme une morte, s'était
plainte d'un insupportable mal de tête et de crampes
à l'abdomen. Retenue au lit par une forte fièvre, ce ne
fut pas long avant qu'elle ne réclame que l'on vienne
vider son pot de chambre à toutes les deux heures. La
diarrhée avait commencé ses ravages, et Eugénie
Beauchêne n'allait plus se relever.

Quelques jours plus tard, elle rendait l'âme dans les
bras de sa belle-sœur et de son frère en larmes. La
mourante, malgré la léthargie dans laquelle elle se
trouvait plongée depuis vingt-quatre heures, sembla
retrouver un moment de lucidité à la toute fin et porta
un regard insistant sur Camille. Celle-ci s'approcha
du lit mais ne réussit pas à comprendre les mots mar-
monnés d'une bouche pâteuse et d'une voix à peine
audible. Qui sait si sa belle-sœur ne lui demandait pas

pardon pour son irritabilité et son mauvais caractère ? Le cœur rempli de clémence et de compassion, Camille lui saisit la main et se pencha pour recueillir son dernier souffle.

À cause de la contagion, on déposa le matin même le corps à peine refroidi dans un rudimentaire cercueil de planches qu'on alla porter au plus vite au cimetière, après s'être arrêté quelques minutes devant l'église de Saint-Alexis où le curé n'en finissait plus de bénir les dépouilles mortelles qu'on conduisait directement au lieu du repos éternel. Étienne planta, en reniflant, une simple croix de bois au-dessus de la tombe de celle qu'il avait considérée comme sa mère durant la majeure partie de son existence.

Les autorités médicales, après avoir constaté que la fièvre typhoïde avait causé un décès de plus dans le canton, exigèrent que les Beauchêne quittent la maison avec leurs deux enfants pour une mise en quarantaine au cours de laquelle on entreprendrait une désinfection en règle des lieux au grand complet. Hélas, on n'eut pas le temps de plier bagages que déjà le terrible fléau faisait une autre victime. Le petit Daniel, avec ses moyens de défense amoindris, ne résista pas à l'assaut de la maladie et, à peine quelques jours plus tard, il alla rejoindre sa tante au cimetière pour son dernier sommeil.

Agenouillée devant la minuscule croix blanche dressée dans un coin du cimetière, Camille pleura toutes les larmes de son corps. Étrangement, elle en voulut à sa belle-sœur de passer l'éternité juste à côté de Daniel, son trésor, son amour, son fils adoré, perdu à jamais. Elle ne trouva qu'une vague consolation teintée d'inquiétude en caressant son ventre. « Allons, ma vieille, la vie continue… »

Après l'enterrement, elle pensa tout de même devenir folle, autant de chagrin que de crainte que le mal ne poursuive son tragique carnage auprès des siens. On finit par épandre du bran de scie imbibé d'un antiseptique malodorant sur les planchers et dans tous les recoins de la maison. Hélène et Ludger offrirent magnanimement à la petite famille d'occuper une chambre dans leur logement de Chicoutimi, et un parent charitable de Ludger habitant dans le chemin Saint-Charles accepta de s'occuper de la vache et du poulailler pour un certain temps. Mais Camille sentait bien que son oncle et sa tante, tout généreux se montraient-ils, craignaient eux aussi la contagion. Au bout d'une semaine, le couple prit la décision de retourner chez eux. Advienne que pourra !

Si elle pleura très peu la perte de sa belle-sœur, Camille resta inconsolable au sujet de son fils. Seul le sentiment de partager sa peine avec Étienne l'aidait à maintenir le cap. Lui savait trouver les gestes et les mots, répétés cent fois, pour la consoler. Le soir, après avoir mis Sophie au lit, elle allait se blottir contre celui qu'elle considérait toujours comme une force et un pilier dans sa vie. Il posait alors sa main chaude sur le bras de sa femme, et il se mettait à lui parler d'une voix douce.

— Tu sais, ma jolie, même si Daniel n'avait pas souffert de ce mal héréditaire, la maladie l'aurait peut-être emporté quand même. Il paraît que la semaine dernière, seulement à Grande-Baie, une famille a perdu trois enfants à cause de la typhoïde, et une autre, deux. Des enfants en parfaite santé… Remercions le ciel de nous avoir laissé notre Sophie et cet autre petit trésor qui grandit en toi. Il va naître en janvier, au commencement d'une année nouvelle. Tout va changer et tourner pour le mieux, il faut avoir confiance, mon amour.

— Et si le bébé n'est pas normal? S'il souffre de la même maladie que Daniel? Y as-tu songé, Étienne?

— Arrête de t'en faire pour rien, voyons! On traversera le pont quand on sera rendu à la rivière, pas avant! Et de là-haut, Daniel sera notre ange gardien, j'en suis certain.

— Ce sera sûrement mieux que ma mère!

— Comment ça, «mieux que ta mère»? Je me demande ce qu'elle a à voir là-dedans, ta mère!

Camille n'avait jamais confié à son mari le secret révélé par Eugénie au sujet des relations amoureuses entre son beau-père et Rébecca. Elle n'avait pas raconté, non plus, le déchaînement de Joseph, lors de sa visite à la prison, ni son aveu d'avoir empoisonné sa femme. À la longue, Camille réussissait à se convaincre que son père, dans ses délires hallucinatoires, avait tout imaginé afin de calmer ses frustrations de se savoir trompé par sa femme. Si Camille restait persuadée de la culpabilité de sa mère, elle croyait de moins en moins à celle de son père. Joseph n'avait pu poser un tel geste, cela ne se pouvait pas. Mais toute cette histoire morbide, jamais dévoilée, demeurait en elle comme un espace noir, un coin d'amertume sombre et sale où sa pensée s'abstenait de vagabonder. Elle n'allait plus méditer sur le terrain d'à côté. Ah ça… elle n'y retournerait plus jamais! Il en allait de sa sérénité. Parce que malgré elle, malgré ses prières, malgré ses supplications pressantes et quotidiennes auprès de Dieu pour l'aider à pardonner, elle gardait toujours une pointe de rancœur envers Rébecca.

— Tu as raison, Étienne, je dis n'importe quoi. Ma mère n'a absolument aucun lien avec toute cette histoire.

Avec la disparition de sa belle-sœur, Camille se sentit libérée d'un énorme poids. Elle pouvait enfin respirer! Elle adopta avec zèle et empressement son plein rôle de maîtresse de maison, femme de cultivateur, mère d'une adorable petite fille et enceinte d'un autre enfant. Enfin, il n'y avait plus personne pour critiquer sans cesse la gelée de pommes trop sucrée et la sauce pas assez épicée!

Camille tentait tout de même de ne plus en vouloir à la vieille fille, se réjouissant simplement de s'en savoir débarrassée. «Pourvu que la chipie n'aille pas tourmenter les âmes des autres trépassés!» se surprenait-elle à souhaiter en retenant un sourire amer. La vie avait cruellement privé Eugénie d'une famille, elle qui avait pourtant donné le meilleur d'elle-même pour élever ses frères et ses sœurs. Aucun d'eux ne viendrait pleurer sur sa tombe car tous étaient partis vers des régions lointaines sans lui ménager l'amour et la reconnaissance normalement voués à une mère. Pour eux, elle demeurait la sœur aînée qui n'avait pas réussi à se caser, celle qui, après leur départ, s'était occupée de leur père jusqu'à la fin et s'était entêtée à veiller sur leur jeune frère Étienne, même s'il avait grandi et trouvé une jolie Camille sur son chemin. Maintenant, tout était fini. Pourquoi Camille Laurin continuerait-elle de la détester? Mieux valait la laisser tomber dans l'oubli!

Étienne avait finalement pris la décision de ne pas retourner aux chantiers l'hiver suivant, comme il l'avait fait depuis toujours, sauf l'année de son mariage. En reprenant son travail de menuisier à l'usine de Grande-Baie, il retrouverait son rôle de chef de famille à la fin de chaque journée, et d'amant chaque nuit, au grand bonheur de sa femme.

Quelques jours après le retour du couple sur le chemin Saint-Bruno, Camille se mit en frais de trier les effets personnels de la disparue, histoire de s'en débarrasser et d'éliminer définitivement la moindre odeur, la moindre parcelle de souvenir de celle qui avait empoisonné son bonheur.

Eugénie ne possédait pas grand-chose et, en un tournemain, Camille réussit à vider le placard et les tiroirs, et à déposer les vêtements encore propres dans des sacs destinés aux pauvres. Dans le premier tiroir de la table de chevet, par contre, elle découvrit une tonne de paperasses dont une série de calepins servant de journal intime à Eugénie, classés par années. Camille allait les jeter à la poubelle quand l'idée lui vint de lire les pages écrites lors de l'année de sa propre naissance. Elle faillit s'écrouler en lisant l'un des paragraphes.

Aujourd'hui, 5 octobre 1874, la femme d'à côté, madame Laurin, a mis au monde une fille de six livres supposément prématurée. Je me pose vraiment des questions sur les origines de cette enfant-là, moi... Et puis non ! Papa n'aurait jamais osé faire un bébé à la voisine, voyons ! Mieux vaut chasser ces idées peu charitables de mon esprit.

Demain, les sœurs organisent un encan au couvent de Chicoutimi, et papa a justement offert de m'y conduire. Je suis toute excitée. J'espère qu'il fera beau. Si cette satanée pluie peut cesser...

Dans le même tiroir se trouvait une enveloppe contenant deux photographies, l'une d'Eugénie à l'âge de quinze ans, et l'autre de monsieur et madame Beauchêne entourés de leur huit enfants. Camille s'approcha de la fenêtre et se pencha au-dessus des portraits qu'elle tenait d'une main tremblante. Et si les doutes d'Eugénie au sujet de son origine étaient fondés ? Elle examina attentivement, en retenant son souffle, le visage de Roméo Beauchêne. L'évidence lui sauta aux yeux, et elle n'eut pas le choix d'y reconnaître la forme de ses propres yeux bruns, son nez retroussé et sa chevelure foncée et bouclée. Tout le contraire de ses sœurs !

Comment n'y avait-elle pas songé avant, quand l'autre photo se trouvait accrochée dans le salon ? Si le voisin avait fait un bébé à sa mère une fois, il pouvait bien l'avoir fait deux fois ! Et pourquoi elle-même, Camille Laurin, possédait-elle toutes les caractéristiques d'une brunette alors que ses sœurs affichaient le teint clair, les yeux pâles et les cheveux couleur de paille de leurs deux parents ? Et tous ces médecins qui l'interrogeaient sur un lien de parenté quelconque entre elle et Étienne, comment ne lui avaient-ils pas mis la puce à l'oreille ? Ah !… ils ne croyaient pas si bien dire !

L'appréhension d'une catastrophe la saisit de plein fouet : Camille Laurin aurait-elle épousé, sans le savoir, son demi-frère Étienne Beauchêne ? Abasourdie, elle tomba par terre et demeura immobile pendant un temps indéterminé. Non, non, cela ne se pouvait pas, elle avait l'imagination trop fertile ! Eugénie aurait empêché son mariage avec Étienne, voyons donc ! Mais non… n'avait-elle pas écrit dans son journal personnel qu'elle ne croyait pas à une telle audace de la part de son père ?

Quand elle retrouva ses esprits, il dépassait quatre heures, et Sophie, sa sieste terminée depuis longtemps, réclamait à grands cris, du fond de sa bassinette, l'attention de sa mère. Camille se dépêcha de remettre les papiers dans le tiroir, non sans avoir jeté un rapide coup d'œil sur la page du journal portant la date de l'incendie de la maison des Laurin, ce qui acheva de la bouleverser.

3 septembre 1880. Gros événement dans le canton: la maison des voisins a pris feu au cours de la nuit dernière. Ce matin, il ne reste plus rien: plus de père, plus d'enfants, plus de dépouille de la mère couchée dans le salon. Il ne reste que des cendres. Ce n'est pas moi qui vais brailler sur leur disparition! Papa, lui, semble inconsolable et se demande qui a mis le feu. Tout le monde pense qu'un cierge allumé oublié aurait pu déclencher l'incendie. Moi, je dis que c'est la mère qui a voulu entraîner ses enfants avec elle jusqu'au plus profond des ténèbres...

Camille descendit à la cuisine en pressant sa fille sur son cœur. Dans tout ce bourbier, il lui restait au moins cette enfant-là, en santé et débordante de vie. Mais en santé pour combien de temps? Et si elle se mettait à souffrir de cette maudite maladie congénitale? Quant à Étienne, il allait rentrer dans une heure ou deux. Trouverait-elle le courage de lui confier ses présomptions au sujet de sa condition de demi-frère?

C'est alors qu'elle aperçut un bout de papier par terre au pied de l'escalier, dépassant sous le piano. Il s'agissait sans doute d'un vieux billet autrefois collé sur une paroi intérieure de l'instrument et tombé par terre lors des travaux de désinfection, la semaine précédente. N'avait-on pas donné l'ordre de déplacer tous les meubles? Le petit mot rédigé sur une feuille sale et jaunie avait dû échapper aux regards des travailleurs. L'écriture en était fine et régulière, penchée vers la droite.

C... vient de naître,

> *Elle est à nous,*
> *Elle est de toi*
> *Elle est de moi,*
> *Et mon cœur le sait*
> *Qui l'aimera pour deux.*
> *Dieu aussi le sait.*
> *Il nous pardonnera*
> *Nos doux faux pas.*
> *Elle sera notre secret,*
> *Ne t'en fais pas pour ça.*

R.

Les yeux de Camille s'embrouillèrent de nouveau à la lecture du poème. De toute évidence, elle tenait là, sur ce papier écrit par Rébecca et enfermé depuis vingt et un ans dans le piano comme dans un coffre-fort, la confirmation d'une vérité qu'elle n'aurait jamais voulu connaître. La vraie, la seule, la vérité absolue. L'insoutenable vérité.

Quand Étienne rentra, il trouva sa femme effondrée dans un fauteuil du salon, pleurant à fendre l'âme comme si la fin du monde venait d'arriver. C'est à peine s'il put saisir ses premières paroles.

— Viens, mon amour, j'ai à te parler.

29

Marguerite et Antoine ne savaient où donner de la tête tant leurs tâches au refuge se multipliaient. Montréal, en voie de devenir une capitale industrielle, avait vu sa population sur le point de tripler en moins de cinquante ans à cause de l'affluence des gens de la campagne en quête de travail. Hélas, comme pour toute grande ville, le chômage causé par cette invasion de paysans, l'insalubrité, le manque de logements et l'analphabétisme semblaient installés à demeure. Monseigneur Bourget avait eu beau, par les années passées, transformer Montréal en « ville de charité » en faisant venir d'Europe de nombreuses communautés religieuses afin de fonder des hospices, des orphelinats, des asiles pour handicapés et des refuges pour personnes âgées, le besoin de nouveaux centres d'accueil se faisait encore cruellement sentir en ce printemps de l'année 1897. Même en ayant doublé les cinq places d'origine grâce à l'héritage de monsieur Greenberg, le Refuge Lacroix ne pouvait suffire à la demande.

Car en même temps que le progrès, s'installaient les fraudes, le marché noir et la prostitution, sans parler de l'inceste et des nombreux viols impunis qui existaient depuis toujours. Les bonnes âmes prenaient plaisir à montrer du doigt les filles célibataires engrossées comme si elles avaient commis le pire crime du siècle. Sans porter de jugements, Antoine et Marguerite continuaient de les recueillir à leur sortie de l'hôpital, brisées, ostracisées, marquées pour la vie. Si quelques-unes se présentaient avec leur bébé dans les bras, la plupart le laissaient à l'adoption, engorgeant ainsi les orphelinats. Le refuge abritait également des jeunes femmes abandonnées ou rejetées, certaines fuyant un foyer où on les battait ou abusait d'elles, et d'autres aussi qu'on avait sommées de quitter l'orphelinat où elles avaient grandi pour laisser la place à des plus jeunes.

Au grand dam d'Antoine Lacroix, le Québec, sous l'influence de l'Église catholique, demeurait une société cléricale et rurale. Le pasteur tenait l'Église responsable de la lenteur des progrès sociaux et économiques. En effet, le clergé tentait par tous les moyens de dissuader les francophones de se tourner vers l'industrie pour gagner leur vie.

— Ce penchant pour l'agriculture, c'est ridicule! Ce culte insensé du passé, quelle aberration! Ils sont complètement déconnectés, ces curés! Heureusement que je me suis sorti de leurs pattes, sinon, ça me rendrait malade!

Marguerite, plus tempérée dans ses opinions, tentait plutôt de trouver d'autres explications plus modérées.

— Les Canadiens français ont si peu d'argent. Pourquoi blâmer l'Église de tenir à ce qui leur a permis de survivre aux épreuves pendant trois cents ans? Il n'y a pas de mal à créer des industries chez nous, je te le concède, Antoine. Mais les gros entrepreneurs sont pour la plupart britanniques ou américains… et protestants! Les gens d'Église veulent sans doute protéger le Québec de l'influence néfaste de ces étrangers sur la culture et la religion du peuple, ça me semble évident!

— Moi, je pense que l'Église n'a qu'une unique vision et un seul but : se substituer à l'État pour christianiser l'Amérique. Comme si nous, les protestants, n'étions pas des chrétiens! Imagine quand les protestants sont anglophones, en plus!

Marguerite finissait par hausser les épaules, sachant bien, au fond, qu'Antoine avait raison. Pourquoi argumenter? Elle aimait quand il s'emportait de la sorte, prêt à monter aux barricades pour défendre ses idées. Il se dressait alors comme un coq fier et fort, et ses yeux lançaient des étincelles. Il aurait pu la convaincre de la théorie la plus farfelue qui soit, tant elle se sentait prête à le suivre les yeux fermés jusqu'au bout du monde, dans la jungle ou dans le désert, peu importe.

Ils avaient récemment pris la décision d'agrandir leur famille. Après avoir mis le point final aux travaux d'agrandissement du refuge, et suite à la visite de Camille en compagnie de son fils malade, Marguerite avait mis au monde, à l'automne 1895, une ravissante fille, Évangéline, qui atteignait maintenant ses deux ans et avec laquelle Antoine était littéralement tombé en amour. Cette fois, la prochaine grossesse serait la dernière. Quatre enfants leur suffiraient amplement.

Comme pour les fois précédentes, Marguerite n'avait pas tardé à annoncer à son mari « qu'elle était partie pour la famille ». Deux mois de faits déjà, et tout se passait bien. Pour le moment du moins. À maintes reprises, Rémi Beaulieu avait chaudement recommandé à son amie de suspendre ses activités trop harassantes et de se reposer plus souvent, à tout le moins durant les premiers mois, afin de prévenir une fausse couche.

Mais comment ralentir? On avait tellement besoin d'elle au refuge où un problème n'attendait pas l'autre.

Il n'était pas rare que douze ou quinze jeunes femmes occupent les dix lits disponibles du dortoir. On se tassait, on se serrait les unes contre les autres. Pas question de laisser quelqu'un à la rue, surtout les soirs d'hiver. Il fallait nourrir, soigner, organiser tout ce monde-là, répartir les travaux de couture que monsieur Muir ne manquait pas d'apporter, gérer le budget de ce qui était devenu une véritable petite entreprise à but non lucratif, sans parler des bébés à nourrir, à soigner, à laver, à vêtir. Quand Marguerite et Antoine n'avaient plus suffi à la tâche, ils avaient embauché deux domestiques grâce au peu d'argent qui restait de l'héritage de monsieur Greenberg. Mais cela suffisait à peine. Comment trouver, dans cette galère, le temps et le moyen de s'allonger en rêvant à un nouveau rejeton tout mignon?

Antoine disposait lui aussi de moins de temps pour s'occuper du culte. Dans ses sermons du dimanche, il s'était pourtant mis en frais de faire la promotion du syndicat international Les Chevaliers du Travail[12], une organisation que le pape avait condamnée durant quelques années, par le passé, et qui prônait l'association de tous les travailleurs sans égard à leur pays, leur race, leur sexe, leur métier et leurs qualifications.

En raison de son engagement pour cette cause, le pasteur de la rue Émery avait reçu de sérieuses menaces, rédigées sur des feuillets, concernant sa femme et ses enfants. « *Si vous ne modérez pas vos transports dans vos homélies du dimanche, monsieur le*

---

12. Filiale francophone des *Knights of Labour*, un syndicat international formé à Philadelphie en 1869.

révérend, vous allez le regretter. » Ces avertissements provenaient-ils de membres conservateurs de l'Église ? Ou de factions ultramontaines[13] de la ville ? Par mesure de prudence, Antoine avait dû changer son fusil d'épaule et cesser de répandre ses idées réformistes à gauche et à droite. Marguerite avait poussé un soupir de soulagement.

— Contente-toi donc de questions purement religieuses, mon chéri. Je n'ai pas envie de nous voir massacrés par des fous pour l'amour des droits des travailleurs, moi ! Tu te souviens des délinquants qui avaient fait du grabuge, un certain dimanche matin, il y a quelques années ? Quand je pense que Camille s'était alors amourachée de l'un d'eux…

— La charité ne consiste pas à prier les bras en croix durant des heures, Margot ! Les choses doivent bouger. Comment ne pas réagir devant la misère générale, l'exploitation éhontée des ouvriers ?

À partir de ce moment, Antoine changea d'attitude et commença à se faire des amis au sein des membres de la direction de quelques manufactures de vêtements de la rue Saint-Laurent, pour la plupart anglophones et protestants. Grâce à cette initiative, certains patrons n'hésitèrent plus à fournir des emplois stables et intéressants à de nombreuses pensionnaires du refuge. On s'entraidait alors en partageant la garde des enfants jusqu'à ce que les filles-mères, assurées d'un salaire régulier, puissent acquérir suffisamment d'autonomie pour voler de leurs propres ailes. À son humble manière, et en se rapprochant davantage de la communauté protestante montréalaise, Antoine avait, tout

---

13. Qui défendent le pouvoir absolu du pape.

bien considéré, le sentiment de faire un peu avancer les choses.

Mais la situation ne s'avérait pas toujours aussi simple. Des parents, outrés de voir leur fille prise en charge par des protestants, la faisaient sortir de force du centre d'accueil. Ou bien des amoureux éconduits par leur blonde terrée au refuge venaient revendiquer à coups de poing leur droit à la paternité. Ou encore, des jeunes filles violentées par leur amant frappaient à la porte la nuit, le visage tuméfié, suppliant Antoine de les protéger. On avait même vu des policiers s'introduire de force dans le dortoir pour passer les menottes à une prostituée accusée de vol qui se croyait à l'abri à cet endroit.

Un soir de mai, en allant dans la rue Fullum chercher une détenue condamnée pour vol et vagabondage à l'asile Sainte-Darie, prison des femmes, Antoine fut assailli par un homme ivre mort qui voulait s'emparer de la jeune femme remise en liberté depuis à peine quelques minutes.

— Ôte-toé de là, l'grand! Jeannine est à moé! Ça fait des mois que je guette sa sortie de prison, tu vas pas me l'enlever, stie!

Antoine ne se gêna pas pour le repousser avec une certaine brutalité.

— Passe ton chemin, mon homme! Jeannine, elle s'en vient avec moi.

La Jeannine en question, morte de frayeur, se mit à trembler et à se presser contre Antoine en suppliant l'assaillant de s'en aller.

— Va-t'en, Roland, c'est fini entre nous deux, je te l'ai dit cent fois, je te l'ai même écrit! Je ne veux plus te voir, plus jamais! Va-t'en!

Mais l'homme insistait et Antoine dut le menacer de retourner chercher du renfort à la prison s'il ne déguerpissait pas.

— Viens, Jeannine, dépêchons-nous de rentrer au refuge. Ne t'en fais pas, ma belle, le bonhomme est saoul et tient à peine sur ses pieds. Il ne te fera aucun mal.

— Peuh ! Vous ne le connaissez pas, monsieur Lacroix. Roland est le plus bel écœurant de la ville !

C'est le lendemain soir que le «plus bel écœurant de la ville» revint à la charge à la porte du refuge. Cette fois, il n'avait pas bu et semblait en possession de tous ses moyens. Il ouvrit la porte d'un coup d'épaule et pénétra dans la cour.

— Hé ! Jeannine, sors d'icitte ! Tu'suite, tu m'entends !

Ses vociférations attirèrent l'attention du pasteur qui n'hésita pas à sortir de son logement pour aller sommer l'individu de s'en retourner chez lui. Mais l'autre résistait.

— Allez chez l'diable ! J'veux ma Jeannine, moé, pis j'partirai pas d'icitte sans elle.

— Tu ne toucheras pas à Jeannine, compris ? Sacre-moi ton camp au plus vite !

Antoine n'avait pas remarqué la haute stature du fameux Roland, pas plus que le bâton qu'il tenait dans sa main droite, collé contre son flanc.

— Si tu ne t'en retournes pas chez toi, j'envoie tout de suite quelqu'un chercher la police. Le poste n'est pas loin d'ici, je t'avertis !

— Ôte-toé de là, l'pasteur ! Va-t'en donc dire ta messe ! Jeannine, c'est ma blonde, pis j'la veux, pis je vas l'avoir !

Sans crier gare, l'homme assena un coup de son bâton à la tête d'Antoine avant de s'enfuir à toutes jambes en tirant par les cheveux une Jeannine épouvantée. Le malheureux Antoine s'écroula sur le sol comme un sac de sable. Sans connaissance.

Quelques secondes plus tard, les hurlements de Marguerite se mêlèrent à ceux des filles du refuge.

30

— Je vous en prie, Rémi, sauvez Antoine, sauvez mon mari !

— Ma pauvre Marguerite, votre époux est entre les mains des meilleurs spécialistes de Montréal. Mais ils ne font pas de miracles, il faut accepter la volonté de Dieu.

— Je ne veux pas qu'il meure, je ne veux pas…

Marguerite ne se rendait pas compte qu'elle avait empoigné à deux mains le bras de son ami et qu'elle y enfonçait les ongles avec le désespoir d'une condamnée. Non, ça ne se pouvait pas, ça ne pouvait pas arriver… Le docteur Beaulieu posa sur elle une main chaude qui se voulait rassurante.

— Calmez-vous, calmez-vous, ma bonne amie. Il faut garder espoir. Venez, je vais aller prier avec vous à la chapelle, comme nous le faisions à l'hôpital de la Miséricorde, il y a quelques années. Vous vous souvenez ?

Elle refusa, préférant demeurer au chevet du malade. Cette vaine tentative de l'ami pour ramener à la surface un souvenir qui aurait pu s'avérer doux au cœur de la jeune femme n'eut pas l'effet escompté. Au contraire, il raviva dans son esprit l'énormité de ce qu'elle risquait de perdre en ce moment même. Autrefois, quand elle rencontrait Rémi devant la châsse de

Sainte-Marguerite, rien ne menaçait de lui échapper tant elle se trouvait seule et démunie.

Maintenant, tout son univers courait un grand péril en dépit de la présence de ses trois enfants et de cet autre qui grandissait en elle. Bien sûr, elle avait deux sœurs au loin. Trop loin… Et le docteur Beaulieu et sa femme, ses valeureux amis, ne la lâchaient pas. Mais sans Antoine, à côté d'elle depuis neuf ans, sans leur amour né dans la souffrance, sans leur bonheur si durement conquis, sans l'idéal que leur couple s'était fixé et sans cette vie de famille intense et inestimable, que deviendrait-elle ? Arriverait-elle à tenir le coup et à se refaire une vie ? L'amour d'Antoine Lacroix représentait ce qu'elle avait de plus précieux au monde.

— Je vais plutôt prier ici. J'ai trop peur qu'il parte pour l'au-delà en mon absence. Mais s'il vous plaît, Rémi, restez avec moi. Ne me laissez pas toute seule.

Elle se jeta désespérément à genoux, la tête appuyée sur le lit où le corps cireux et livide du pasteur restait allongé depuis dix jours, la tête enveloppée d'un pansement et les membres inertes. Dix jours qu'on veillait le mourant, dix jours aussi que le personnel infirmier lui injectait des médicaments et pratiquait en vain toutes sortes d'exercices de stimulation pour le sortir de son état végétatif.

Hélas, même si le cœur et les poumons continuaient d'exercer leurs fonctions, le malade demeurait dans un état d'inconscience totale. Le coup à la tempe avait porté durement. Non seulement il avait causé un important bleuissement et de l'enflure sur le beau visage du pasteur, mais on avait diagnostiqué, dès son arrivée à l'hôpital, une fracture du crâne et une hémorragie cérébrale dont il ne se remettrait peut-être jamais.

Antoine Lacroix se trouvait radicalement plongé dans un profond coma.

Petit à petit, la vie s'écoulait insidieusement de ce grand corps brisé couché sur un lit blanc, entouré de murs et de rideaux blancs, et soigné par des religieuses et des infirmières vêtues de blanc. Tout paraissait trop blanc à Marguerite dans cette salle commune où le fondateur du Refuge Lacroix avait perdu son identité et était devenu un malade comme les autres, un malade à sauver, blanc comme un mort. Blanc comme le néant, blanc et vide comme l'absence. Blanc comme son âme.

L'aumônier de l'hôpital venait le visiter chaque jour et posait silencieusement une main sur l'épaule de Marguerite. Un bon matin, défiant sans doute l'allégeance religieuse de «monsieur Lacroix», il avait offert de lui donner le sacrement des mourants. Et Marguerite avait accepté sans hésitation. Antoine n'avait-il pas répété un million de fois que Dieu était le même pour tout le monde, sans distinction de race et de religion?

La veille, c'était le neurologue de l'hôpital qui avait fait venir «la famille de monsieur Lacroix» à son bureau. Incapable d'absorber seule le message terrible que le médecin allait probablement lui transmettre, Marguerite s'y était rendue, la mine défaite et appuyée sur sa sœur Anne, récemment arrivée, qui la soutenait comme s'il se fût agi d'une petite vieille.

— Vous savez, madame, le coma donne du fil à retordre au monde médical. Cet état nous échappe souvent, mais il arrive aussi qu'il nous ménage des surprises. Votre mari peut très bien se réveiller demain matin, comme il peut se réveiller dans cinq ans. Il pourrait aussi s'éteindre d'ici quelques jours. Notre unique possibilité est d'essayer de le stimuler pour l'amener à réagir. Qui sait s'il ne nous entend pas lorsque nous nous trouvons auprès de lui... Il pourrait simplement ne pas être en mesure de communiquer avec nous, comme si une partie de son cerveau dormait et n'arrivait plus à commander le reste de son corps. J'ai vu cela plusieurs fois au cours de ma carrière.

— Voulez-vous dire que je peux encore espérer ?

— J'ose à peine vous dire oui. Les malades ne se réveillent pas tous dans le même état lorsqu'on réussit à les réanimer. Certains ne récupèrent pas complètement leurs esprits, d'autres rendent l'âme malgré tout, au bout d'un certain temps. Mais j'en ai vu qui ont fini par s'en remettre parfaitement. En ce qui concerne votre mari, je ne saurais me prononcer. Il a reçu un méchant coup, vous savez.

Un méchant coup, en effet ! Ce soir-là, on n'avait pourtant pas lésiné à porter secours au blessé. Des voisins du refuge, alertés par les cris de Marguerite et des pensionnaires, avaient eu la bonne idée d'accourir au presbytère de l'église Saint-Jacques, situé tout près du coin de la rue, pour demander de l'aide. Ironie du sort, le curé avait lui-même prêté sa voiture et sa jument pour transporter jusqu'à l'Hôtel-Dieu, coin Saint-Urbain et des Pins, celui qu'il critiquait si haut en chaire, le fameux pasteur Lacroix, inconscient et couvert de sang. D'autres alertèrent les autorités policières qui ne furent pas longues à mettre le grappin sur le malfaiteur réfugié derrière un magasin de la rue Saint-Denis avec la jeune fille devenue complètement hystérique.

Dès le lendemain matin, Éva Beaulieu avait elle-même pris l'initiative de télégraphier chez Anne, à Lowell, afin de l'informer de la tragédie qui venait de se dérouler dans la vie de son aînée. Puisque Rose-Marie et Georges s'étaient gentiment offerts pour garder les enfants au cas où Pierre aurait à s'absenter lui aussi, Anne n'avait pas hésité une seconde et avait sauté dans le premier train pour venir prêter main-forte à sa sœur. D'emblée, elle avait pris la direction du refuge dès son arrivée à Montréal.

— Toi, Marguerite, tu restes à l'hôpital auprès d'Antoine. Dis-moi seulement quoi faire au sujet des enfants et du refuge. Ne crains rien, je vais me débrouiller.

Marguerite lui avait rapidement expliqué les quelques priorités à respecter pour que le refuge continue de bien fonctionner : vérifier quotidiennement les quantités de nourriture, garder un contact quotidien avec monsieur Muir, le fournisseur de travaux de couture et de tricot pour les résidentes, faire observer les règlements de bonne entente et le couvre-feu des pensionnaires, ne pas laisser pénétrer des inconnus dans la cour et encore moins dans le refuge et, surtout, ne pas hésiter à emmener un enfant malade chez le médecin.

Marguerite ne trouvait pas les mots pour exprimer sa reconnaissance à Anne. Malgré la distance et les années qui avaient passé, le lien fraternel qui unissait les deux sœurs lui semblait plus solide et plus fort que jamais. Si elle perdait Antoine, sa vie serait brisée éternellement, mais une oasis dans le désert demeurerait : l'amitié entre les trois sœurs Laurin. Car Camille aussi, de son côté, n'avait pas manqué de s'offrir en apprenant la nouvelle par télégramme, et elle se tenait prête à s'embarquer pour Montréal au premier signe. Mais Marguerite lui avait aussitôt rétorqué d'attendre et de s'occuper plutôt de ses deux petites filles.

« *Merci. Stop. Anne déjà ici. Stop. Quand retournera à Lowell, t'aviserai. Stop. Va prier sur tombe de maman pour nous. Stop. Marguerite*

Chaque matin, Marguerite prenait donc bravement le chemin de l'hôpital, après avoir pleuré une partie de la nuit, puis s'être écroulée au fond d'un sommeil rempli de cauchemars. Anne avait beau essayer de la rassurer tout en préparant Emmanuel et Bertrand pour l'école et en aidant Évangéline à s'habiller, la femme du pasteur s'acheminait vers l'Hôtel-Dieu la tête basse et les mains fermement appuyées sur son ventre comme si elle craignait de perdre aussi ce petit-là. À ses yeux, il représentait un phare dans la nuit. Cette vie, une vie grandissante, forte et saine, normale, elle se devait de la protéger en dépit de tout, bien consciente de compter sur la naissance de ce bébé pour se consoler, advenant le cas où… Mais elle refusait l'éventualité terrible de mettre au monde un enfant sans père.

À son arrivée à l'hôpital, des religieuses de la communauté des Hospitalières de Saint-Joseph saluaient la femme du pasteur protestant d'un air condescendant.

— Rien de nouveau, madame Lacroix. Votre mari a encore passé une nuit un peu agitée, mais il n'a toujours pas repris connaissance.

Marguerite posait alors un furtif baiser sur le visage tuméfié et de plus en plus émacié de son Antoine chéri, et elle caressait d'une main douce la peau froide de son cou, de son épaule et de son bras en lui murmurant des mots d'amour à l'oreille. Puis elle rapprochait la chaise de bois systématiquement placée au pied du lit et s'y installait pour de longues heures de veille. Parfois, Rémi ou Éva, ou même Anne, venaient la remplacer pour quelques heures. Hélas, tel un pantin inerte, Antoine ne bronchait pas malgré ces présences chaleureuses.

Marguerite n'en pouvait plus. Quand elle se trouvait seule avec le malade, elle se mettait à lui parler d'une voix implorante.

— Réveille-toi, mon amour, je t'en supplie, je t'en supplie…

Une fois, une seule fois, elle avait eu l'impression qu'il lui serrait légèrement la main. Elle s'était empressée d'en aviser le médecin de garde qui avait immédiatement prescrit de nouveaux exercices de stimulation sans obtenir les résultats escomptés. On avait mis cette minime réaction sur le compte de l'imagination de la malheureuse épouse, complètement épuisée.

Les jours passaient, tous semblables et de moins en moins pourvus d'espoir. Marguerite était rendue à bout et Anne tout autant, se faisant du mauvais sang pour Rose-Marie qui, là-bas à Lowell, avait généreusement pris en charge les trois petits Forêt en plus des trois siens. Pris par leur travail respectif, ni le mari d'Anne ni celui de Rose-Marie ne devaient participer pour la peine à la garde des enfants. L'amie avait beau clamer avoir déniché une gouvernante en or, Anne se sentait mal à l'aise de tant l'encombrer. Elle se languissait aussi de son homme et de ses enfants. Mais il n'était pas question, bien sûr, d'abandonner sa sœur.

De plus en plus, un vent de tempête effroyable semblait s'infiltrer entre la rue Émery et l'avenue des Pins.

31

Marguerite, constamment au chevet d'Antoine, finit par tomber dans une sorte de torpeur profonde malgré tout le va-et-vient de la salle d'hôpital. À la quinzième journée après l'agression, elle ne vit pas arriver Camille tenant à la main une rose rouge quelque peu fanée. La jeune femme toucha légèrement sa sœur du bout des doigts.

— Marguerite? C'est moi! Je ne pouvais plus rester au loin sans savoir réellement ce qui se passe ici et sans venir te prêter main-forte. Je suis donc partie en laissant les deux petites à ma tante Hélène, Étienne étant trop pris par son travail pour s'en occuper. Elle saura bien se débrouiller pour quelques jours.

— Camille! Ah! Mon Dieu, c'est toi, ma petite sœur! Quelle bonne surprise… Ça me fait tellement du bien de te voir, tu n'as pas idée! Anne et moi, on n'en peut plus, tu sais.

— Comment va mon cher beau-frère?

— Bof… Son état reste stationnaire. Aucune dégradation, mais aucun progrès non plus. C'est décourageant, je t'avoue.

— Tiens, je t'ai apporté une rose. Elle vient du chemin Saint-Bruno. Tu devines de quel rosier précisément…

— Le rosier de maman à Grande-Baie ? Tu m'as apporté une rose de chez nous ? Je n'en reviens pas ! Ah… C'est maman, c'est maman qui vient me trouver pour m'aider, j'en suis certaine.

— Oui, je l'ai cueillie en parlant de toi à notre mère. C'est une des premières roses de la saison. Le voyage en train l'a un peu maganée, mais je n'ai pu résister à l'envie de te l'apporter.

Camille retint un sanglot. Depuis son voyage à la prison de Concord, surtout depuis la découverte du poème de leur mère dissimulé dans le piano et confirmant que Roméo Beauchêne était bel et bien son père, elle avait tenu sa promesse de ne révéler son secret à personne sauf à son mari. Si Rébecca avait trompé son époux autrefois, puis menti au sujet de sa naissance, elle n'en demeurait pas moins sa mère et celle d'Anne et de Marguerite. Pour elles, mieux valait préserver l'intégrité de son image, de même que celle de Joseph. Les bêtises passées de leurs parents ne concernaient qu'eux seuls et devaient rester dans l'ignorance comme si elles avaient brûlé en 1880, en même temps que la maison et les restes de leur mère. Comme si elles avaient sombré, avec Joseph, dans le monde obscur de la folie et de l'hallucination.

Seul Étienne connaissait la vérité. Il n'avait pas eu le choix de l'accepter, aussi scandalisé par le comportement de son propre père que Camille pouvait l'être par celui de sa mère. En dépit de leur incroyable lien de parenté, et forts de leur amour, le demi-frère et la demi-sœur avaient décidé de poursuivre leur vie ensemble. Toutefois, ils s'étaient juré de ne plus concevoir d'autres petits Beauchêne. Tout en dissimulant leur terrible réalité à leur entourage, ils allaient mener une vie normale avec une famille normale et remplie d'enfants adoptés normaux, et ils mettraient sur le compte d'un problème d'utérus leur incapacité de procréer de nouveau. Chaque jour, Camille priait pour trouver la force de garder pour elle, jusqu'à la fin de ses jours, le secret effroyable qui l'étouffait et lui donnait l'impression de vivre en hypocrite et en menteuse.

Déjà, ils avaient deux merveilleuses fillettes en bonne santé. Comme pour Sophie, le destin avait épargné la petite Charlotte, née quelques mois après le décès de son frère, et la nature semblait l'avoir dotée d'une excellente santé. Pour le moment du moins. La poupée rondelette et débordante de vie faisait la joie et la consolation de ses parents depuis près d'un an et demi. Cependant, tant et aussi longtemps qu'elle n'atteindrait pas l'âge où le mal s'était déclaré chez Daniel, Camille ne dormirait pas en parfaite tranquillité.

Le fait d'avoir fait le geste héroïque de retourner sur la tombe de sa mère pour la prier, à la demande de sa sœur rédigée dans un télégramme, constituait pour Camille une courageuse, voire une audacieuse tentative, non seulement de réconciliation avec le souvenir de Rébecca, mais surtout de pardon pour ses inacceptables erreurs passées. Jusqu'à ce moment précis, en ce matin ensoleillé de juin 1897, la jeune femme s'était refusé de traverser le boisé pour se rendre sur les cendres de leur ancienne maison devenue la tombe de leur mère. Même Étienne n'avait pas remarqué que depuis deux ans, elle n'allait plus balancer les enfants sous le grand érable.

Mais pour l'amour de Marguerite, et surtout dans l'espoir de sauver Antoine, Camille s'était vaillamment rendue, après la lecture du télégramme, dans son ancien sanctuaire, ce lieu autrefois béni qu'elle voyait maintenant comme l'antichambre de l'enfer. Elle y avait cueilli une rose d'une main tremblante. Mais cette tentative d'amnistie avait échoué car, d'une certaine manière, elle n'avait pas trouvé la paix, et cette volte-face n'avait rien changé à sa rancœur à l'égard de Rébecca. Une rancœur qui n'aurait pas assez d'une éternité pour se dissoudre. C'était trop grave, trop gros, trop effrayant. Plus que Camille Laurin ne pouvait en supporter. Certains jours, elle se demandait si Joseph s'était jamais douté que sa princesse n'était pas de lui...

Il avait fallu un appel au secours d'Éva Beaulieu décrivant la détresse de Marguerite pour lui donner le courage, avant de partir pour Montréal, de retourner à pas hésitants sur le terrain couvert de ronces pour y cueillir une fleur. Cette fois-là, Camille n'avait pas pleuré, elle avait plutôt serré les poings et jeté un regard cynique sur la tombe de sa mère en la sommant aigrement de faire quelque chose pour son aînée et les siens.

— Cette fois, la mère, cette fois, tu fais mieux de bouger, sinon...

Elle n'avait pu en dire davantage, préférant prendre ses jambes à son cou et s'enfuir au plus vite vers la maison des Beauchêne devenue sienne, tenant sa rose à bout de bras comme on porte un cierge dans l'obscurité. Mais ces quelques mots prononcés sur un ton de menace résonnèrent longtemps dans son esprit. « Cette fois, la mère, tu fais mieux de bouger, sinon... » Sinon quoi? De quoi peut-on menacer une morte?

Marguerite se leva spontanément et déposa la rose avec douceur sur la poitrine d'Antoine en priant Rébecca à haute voix.

— Maman, prends soin de mon Antoine. S'il te plaît, ramène-le à la vie, je l'aime tant! Les enfants et moi avons tant besoin de lui... Pense à tes petits-enfants, maman!

À sa grande stupéfaction, le malade réagit subitement comme si une épine l'avait piqué, lui qui bougeait à peine depuis des jours.

— Antoine? Antoine, m'entends-tu?

Un grognement caverneux bien plus qu'une plainte se fit entendre, provenant du malade qui bougeait la tête dans tous les sens. Marguerite saisit sa main crispée et la porta en tremblant contre sa joue.

— Antoine, m'entends-tu, mon amour? Calme-toi, tout va bien. Je suis là, auprès de toi. C'est moi, Marguerite. Me reconnais-tu?

Le malade prit une longue inspiration et s'apaisa aussitôt. Elle se mit alors à prononcer doucement à son oreille ces mots usés, répétés des milliards de fois par tous les amoureux de la terre, ces mots qui portent toujours le même élan du cœur humain livré et mis à nu pour le plus prodigieux des dons de soi.

— Je t'aime, Antoine, je t'aime tellement! Comprends-tu ce que je te dis?

Pour la première fois depuis deux semaines, Antoine cligna des yeux. Marguerite aurait tout donné pour plonger dans le bleu de ces yeux-là et s'y noyer de nouveau, comme autrefois. Mais pour l'instant, ces simples mouvements effectués intentionnellement à l'instant précis où elle les réclamait, et même ces faibles serrements de doigts de toute évidence volontaires et consciemment effectués, la rendaient folle de joie.

— Camille, vite, retourne à la maison et demande à Anne d'amener Emmanuel, Bertrand et Évangéline. Je pense que leur papa est sauvé. De voir ses enfants va achever de le réveiller, j'en suis certaine. Maman, de là-haut, vient d'accomplir un miracle. Cette rose…

Marguerite ne comprit pas pourquoi Camille eut du mal à se relever tant elle se sentait chavirée.

≫◆≪

Ce soir-là, de retour dans la rue Émery, les trois sœurs sombrèrent très tôt dans le sommeil, serrées les unes contre les autres dans le lit de Marguerite et d'Antoine, incapables de se séparer après un tel événement. Un événement trop grand, trop impressionnant pour être absorbé d'un seul coup. Ces retrouvailles imprévues, ce serrement des unes contre les autres devant l'épreuve, ce sentiment d'impuissance partagé, mais aussi ce grand espoir et surtout la joie de cette guérison soudaine sous l'intervention de leur mère… Mais Rébecca avait-elle réellement entendu leurs prières ? Sans doute qu'aucune d'elles n'obtiendrait jamais de réponse à cette question, pas plus que les médecins de l'hôpital, d'ailleurs. Pas même Camille, dans la profondeur de son silence. Et pourtant, cette rose…

Tout cela eut néanmoins pour effet de rapprocher les trois sœurs au-delà de tout. Jamais elles n'oublieraient le sourire silencieux d'Antoine à la vue de ses enfants. Un sourire mystérieusement déclenché par une humble fleur déposée avec tendresse sur sa poitrine… Marguerite cria au miracle.

Elles s'endormirent en se tenant la main, l'aînée au milieu et les deux autres de chaque côté, unies pour le meilleur et pour le pire, pour le reste de leurs jours. Nul exil, nulle distance, nul méandre du destin n'arriverait plus jamais à les séparer. Et Camille, blottie contre Marguerite, se disait en elle-même : « Et nulle insoutenable vérité… »

Sur la table, à côté du lit, la rose flétrie répandait un étrange parfum de victoire.

Le lendemain soir, pendant le souper, après s'être assurée qu'Antoine prenait vraiment du mieux, Camille toussota légèrement avant d'adresser à sa sœur la question qui la chicotait depuis longtemps.

— Dis donc, Marguerite, ce n'est pas le moment de te parler de ça, mais si j'en faisais la demande officielle avant de retourner à Grande-Baie, crois-tu que ça prendrait du temps avant de pouvoir adopter un enfant?

32

Les années 1898 et 1899 tournèrent sur la grande horloge du temps sans imposer trop de drames dans l'existence des sœurs Laurin.

Si, après le sauvage assaut du bandit, Antoine mit un certain temps à retrouver l'équilibre cognitif et un parfait état de santé physique, son amour pour sa femme et leurs quatre enfants de même que son zèle à mettre en pratique le message évangélique constituèrent autant de stimulants pour l'aider à se remettre sur pied, même si d'occasionnels blancs de mémoire se produisaient, seules séquelles d'une tragédie qui aurait pu tourner encore plus mal. Quand Marguerite le voyait faire sauter sur ses genoux sa petite Marie de dix-huit mois, elle décelait encore dans les yeux de l'homme de sa vie l'étincelle magique capable d'embraser chacun de leurs jours au grand feu du bonheur.

Les demandes d'hébergement ne dérougissaient pas tant les besoins se faisaient pressants. Antoine, avec les profits du travail des résidentes et les dons et subventions de la part de son Église, avait pu louer un troisième logement, au-dessus du leur dans l'édifice de la rue Émery, afin d'agrandir le dortoir et installer dans les autres pièces un véritable atelier de couture.

Le pasteur ne se formalisait plus du peu de conversions au protestantisme parmi les habitants du quartier et chez les pensionnaires du refuge. Même si le nombre de fidèles présents dans la petite salle où il célébrait l'office du dimanche n'augmentait guère, il se sentait fier du bien qu'il accomplissait généreusement avec Marguerite. «La religion, ça se pratique sur le terrain et non sur un prie-Dieu», s'amusait à répéter l'ex-père Lacroix.

De son côté, Anne filait elle aussi des jours heureux à Lowell auprès de son mari et de leurs trois enfants. Si Pierre Forêt maintenait la ligne dure au sujet de la survivance canadienne-française aux États-Unis, Anne, elle, jouait avec bonheur son rôle de mère de famille, tout en s'impliquant, au grand plaisir de son mari, comme militante pour l'organisation d'une association censée voir le jour dans quelques mois : la Société Saint-Jean-Baptiste d'Amérique. La jeune femme faisait office de secrétaire bénévole pour ce regroupement des sociétés locales de langue française de la Nouvelle-Angleterre afin de lutter plus efficacement et résolument contre les organismes anglophones puissants et dynamiques qui risquaient de les assimiler. Mais surclassant cette occupation, ce qui s'avérait jadis un simple loisir était maintenant devenu pour elle une pratique quotidienne essentielle en même temps que fort lucrative : l'art de la peinture.

Dès qu'elle trouvait une minute, Anne se rendait dans son atelier aménagé par Pierre dans un coin du balcon, auquel il avait posé murs et fenêtres pour le transformer en solarium. Elle y retrouvait ses tubes de couleurs, ses pinceaux et ses toiles avec un plaisir certain. De plus en plus, ses tableaux se vendaient à gros prix dans les nombreuses succursales de Rosemary's Fair qui s'étaient multipliées en dépit du changement de propriétaire, après la disparition de Paul Smallwood.

Petit à petit, Anne se bâtissait une renommée de grande artiste. Déjà deux galeries réputées l'avaient approchée pour une exposition. Quand elle peignait, elle se sentait libre et heureuse. À sa manière, elle cherchait à traduire le bonheur et la beauté du monde sur chacune de ses toiles qu'elle remplissait de scènes d'enfants et de merveilleux paysages. D'un œil attendri, elle mémorisait certaines images touchantes du quotidien où, par exemple, une fillette caressait sa poupée ou un bambin riait aux éclats, juché sur les épaules de son père. Ces tableaux remplis de charme ne laissaient personne indifférent, tout comme ses paysages qu'elle rendait si lumineux qu'ils donnaient au spectateur l'envie d'y pénétrer un moment pour rêver. On ne résistait pas, et on achetait.

Sur l'un des murs du petit atelier, un seul tableau restait en place, à l'abri des acheteurs. Anne ne passait pas une journée sans y jeter un regard attendri. Il s'agissait d'un petit champ couvert d'herbes folles et limité à l'arrière par une forêt automnale. À l'avant-plan, à gauche, se dressait un grand érable dont le feuillage affichait les couleurs du feu. À l'une de ses branches, pendait une balançoire sur la laquelle se berçait une fillette, cheveux au vent. De l'autre côté, trois roses rouges s'épanouissaient sur un rosier sauvage. Grande-Baie, chemin Saint-Bruno, ancienne propriété des Laurin. Invariablement, cette peinture ramenait Anne vers son pays natal, sur cette terre refermée non seulement sur la tombe de sa mère mais aussi sur une enfance trop brutalement interrompue. Et invariablement, elle rejoignait par la pensée ses sœurs dont elle se sentait solidaire malgré le cruel éloignement imposé par le destin.

Un jour, elle reçut une lettre de Camille datée de la fin d'octobre 1899, l'invitant avec son mari et ses enfants à venir passer la fête du Nouvel An à Grande-Baie.

On s'organisera bien pour loger tout le monde. Après tout, le passage au vingtième siècle pendant la nuit du jour de l'An me semble un événement de suffisamment d'importance pour le vivre toutes ensemble et avec les nôtres, enfin! Certains de nos enfants ne se connaissent même pas, il est temps d'organiser une rencontre familiale dans notre lieu d'origine, tu ne penses pas? J'ai envoyé la même invitation à Marguerite. Je vous attends donc dans la semaine entre Noël et le jour de l'An.

Camille

Ce «avec les nôtres» de la lettre ne précisait pas leur père Joseph, même s'il se trouvait physiquement en mesure de quitter, pour quelques heures ou quelques jours, l'Institut psychiatrique de Concord où il résidait toujours. Seule Anne, à cause de la proximité, se faisait un devoir d'aller le visiter à de rares occasions. Cependant, si Joseph avait retrouvé une meilleure condition physique, il n'en allait pas de même pour sa santé mentale. Certes, il avait de rares moments de lucidité durant quelques minutes, mais il lui arrivait encore plus fréquemment de délirer ou de tomber en état de crise hystérique majeure où seules les courroies le retenant de force à son lit pouvaient en venir à bout.

En revanche, lors de sa dernière visite, Anne avait trouvé son père d'un calme déroutant. Il avait même semblé l'avoir reconnue pendant un court laps de temps. À son arrivée, elle l'avait vu, attablé seul à l'extrémité de la grande salle commune, en train de peindre à la gouache des langues de feu sur de larges feuilles de papier dans les tons de rouge et d'orange. Des milliers de langues de feu recouvraient des dizaines et des dizaines de pages du haut jusqu'en bas sans marges ni d'espaces à découvert.

Quoi ? Joseph en train de peindre ? C'est la dernière chose à laquelle Anne se serait attendue. Devant son air ahuri, l'infirmière avait expliqué que « Mister Laureen » pratiquait sans arrêt ce qu'elle appelait du *raw art*[14]. Cela, semblait-il, l'aidait à se libérer des tensions incontrôlables qui risquaient de le faire exploser à tout moment. Mais mystérieusement, systématiquement, inlassablement, Joseph ne peignait que des flammes. Devant cela, Anne avait tressailli, se rappelant trop bien les feux follets dont il parlait si souvent, autrefois. Quant à leur maison brûlée…

Elle chassa vite l'éventualité d'amener leur père dans la région du Saguenay, mais elle se réjouit, par contre, de l'extraordinaire initiative de Camille. Il s'agissait là d'une excellente idée. Évidemment, l'organisation serait de taille pour recevoir tout ce monde chez les Beauchêne, avec leurs quatre enfants de moins de six ans dont les deux derniers commençaient à peine à marcher. En effet, deux ans après avoir donné une petite sœur en bonne santé à leur fille Sophie, Camille et Étienne n'avaient pas hésité à adopter d'adorables jumeaux. Et il semblait qu'une nouvelle demande d'adoption était en marche.

À vrai dire, depuis la mort du petit Daniel, la princesse autrefois adorée de Joseph, gâtée par Angelina mais détestée par Eugénie, s'était métamorphosée pour laisser enfin fleurir à l'air libre sa véritable vocation, soit celle d'épouse et de mère famille. Le temps où la

---

14. Art brut.

jeune écervelée fréquentait les bars de la rue Saint-Laurent en compagnie de Béatrice, et celui où elle s'était acoquinée avec le plus beau voyou de Montréal étaient restés loin derrière elle. Avec son mari, elle continuait de tisser une belle histoire d'amour et menait enfin une vie rangée de paysanne calme et heureuse.

Elle avait tout de même hésité avant de faire part à Étienne de son projet de réunir tous les siens durant la période des Fêtes, s'attendant à des protestations : « Quoi ? Tu n'y penses pas ! Tu n'en as pas déjà assez sur les épaules ? Où allons-nous mettre tout ce monde-là ? Et combien ça va coûter ? »

Mais à son grand étonnement, son mari avait réagi tout autrement.

— Bonne idée ! J'ai bien hâte de connaître mieux tout ce monde-là, moi !

Déjà il faisait des plans.

— Dès mon retour de la chasse, on pourra commencer à découper le gibier et cuire des ragoûts et des tourtières, maintenant que la température a baissé. Que dirais-tu d'un énorme cipâte ? On mettra tout ça à geler dans un coin du hangar.

Ravie par une telle réaction, Camille ne l'en aima que davantage.

— Attendons au moins qu'arrivent les réponses à mes lettres d'invitation, mon amour.

— Ça ne va pas tarder, tu vas voir ! Je suis certain que tout le monde va venir.

En effet, Marguerite et Anne se montrèrent enchantées et acceptèrent promptement l'invitation. Pour célébrer l'arrivée de l'année 1900, les trois sœurs Laurin et tous les membres de leurs familles en provenance de Lowell, de Montréal et de Grande-Baie seraient réunis.

Camille ne portait plus à terre.

33

La famille Lacroix arriva la dernière à Grande-Baie, quelques jours avant le jour de l'An. Antoine s'était montré quelque peu réticent à délaisser ses fonctions de pasteur et à renoncer aux offices du temps des Fêtes en dépit du petit nombre d'assistants, et malgré les protestations de sa femme. Il refusait d'abandonner les pensionnaires pendant plusieurs jours, surtout durant cette période de l'année où les malheureuses filles se trouvaient plus vulnérables que jamais. Aux yeux du pasteur, le refuge revêtait presque autant d'importance que sa propre famille, et Marguerite avait eu l'impression de lui imposer cette rencontre organisée par Camille « à l'autre bout du monde », comme il s'entêtait à nommer Grande-Baie.

Mais Marguerite ne pouvait refuser une telle invitation pour réunir les trois familles au grand complet. Moment privilégié s'il en était ! Elle avait donc insisté et gagné son point. D'ailleurs, sans son mari, comment aurait-elle pu se rendre seule à « ce bout du monde » avec les bagages et les quatre enfants ?

Un pasteur anglophone de l'Église baptiste avait finalement accepté de remplacer Antoine durant son absence, malgré son accent quasi incompréhensible quand il parlait français. Il verrait aux urgences et s'occuperait des lectures lors des offices du jour de l'An et du dimanche suivant. Mais au moins, pour Noël, le révérend Lacroix, père spirituel de toutes ces femmes, avait été là pour les écouter et les consoler.

La petite famille, père, mère et enfants, se retrouva donc à la gare Bonaventure, tôt le matin du 28 décembre, pour prendre le train de Montréal vers Québec, puis celui de Québec vers Chicoutimi. L'oncle Ludger les avait gentiment attendus dans son large traîneau afin de les reconduire à Grande-Baie par les routes enneigées.

Le «mononcle» se pâma sur le charme des enfants et, bon prince, Antoine amorça sa conquête avec de vifs remerciements pour son transport et des exclamations de ravissement sur la féerie du paysage, lui qui découvrait la région pour la première fois. Ludger en profita pour lui proposer une excursion de pêche sur glace avec ses beaux-frères, et dont le départ était pour le lendemain.

— Tout est organisé pour notre «sortie entre hommes». On part à l'aube. Dommage que vous arriviez si tard, on vous attendait hier. Vous n'aurez pas trop de temps, monsieur le pasteur, pour voir les femmes et les enfants ce soir avant de repartir demain matin.

— Je vous en prie, mon oncle, appelez-moi Antoine. Dites donc, cette pêche, ça va durer longtemps?

— Deux jours, trois tout au plus. On sera de retour pour la veille du jour de l'An, ne vous inquiétez pas.

Frémissant d'excitation, Antoine jeta un regard en coin à sa femme en quête d'un signe d'approbation. Le sourire épanoui de Marguerite suffit à le rassurer. Ce plaisir anodin, ces deux jours d'évasion totale, son mari les méritait bien, après tout, lui si entièrement dévoué aux autres, sept jours par semaine et vingt-quatre heures par jour… Et puis, cela allait lui fournir l'occasion de faire plus ample connaissance avec les maris de ses sœurs. Après toutes ces années, il n'avait même jamais rencontré Étienne !

Le traîneau s'arrêta devant la maison des Beauchêne au son joyeux des clochettes. Une ribambelle d'enfants en habits d'hiver sortit de derrière un banc de neige et accourut pour accueillir les visiteurs. Devant ces adorables binettes rougies par le froid qui les examinaient avec curiosité, Marguerite lâcha un cri de joie.

— Ah ! mes neveux et mes nièces, que vous êtes beaux ! Les enfants d'Anne et de Camille… Venez que je vous présente vos cousins et cousines de Montréal.

Quand la porte s'ouvrit et qu'elle reconnut ses sœurs et leurs maris lui souriant dans l'entrebâillement, elle manqua défaillir de plaisir.

Même si, lors du souper de ce soir-là, les beignes s'avérèrent un peu dur et le vin de gadelles trop acide, les tourtières furent particulièrement délicieuses et le cipâte excellent.

Le bonheur était au rendez-vous.

❧❧

Le premier arrêt s'effectua au magasin général de Chicoutimi pour prendre les provisions. L'oncle et la tante avaient tout préparé à l'avance, convaincus qu'aucun des maris ne refuserait l'invitation à la pêche, surtout Pierre et Antoine, « les deux gars de la ville ». Étienne, quant à lui, habitué à de telles excursions, prêterait main-forte à Ludger. On traversa ensuite le Saguenay jusqu'à Sainte-Anne sur le pont de glace naturel, ce qui, évidemment, impressionna les « deux gars de la ville ».

Si Marguerite, Anne et Camille avaient pu voir la mine réjouie et l'agitation à peine retenue de leurs hommes, engoncés au fond du traîneau dans leur capot de poil prêté par Ludger, elles auraient ri à s'en tenir les côtes. On aurait dit de vrais petits garçons! Vraiment, elles avaient de quoi se réjouir de cette belle initiative du cher oncle, mais elles soupçonnaient leur tante Hélène, avec sa délicatesse toute féminine, d'en avoir été l'instigatrice. Sans la présence de leurs épouses et de leurs enfants, leurs maris se montreraient davantage au naturel et tisseraient assurément de précieux liens d'amitié.

Le chemin jusqu'aux lacs parut tout de même monotone aux passagers. La colonisation avait fait peu de progrès dans ce coin de la région.

— On va s'arrêter en cours de route au «campe» Bissonnette. C'est vieux et pas très confortable mais mieux vaut y réserver nos lits pour ce soir et demain soir dès maintenant car c'est souvent complet, rendu en fin de journée, surtout à ce temps-ci de l'année.

Une fois les réservations faites, on dépassa le lac Charles[15] et on se rendit au lac Clair où l'oncle abandonna les trois hommes près de la petite île en recommandant à Étienne de commencer à creuser dans la glace pour installer les lignes en attendant son retour.

— Je vais aller voir du côté de l'anse à Gotte et de la grosse île pour voir l'état de la glace. Demain, comme on disposera de plus de temps, on pourrait aller pêcher de ce côté-là et même pousser jusqu'à la passe d'en bas.

Pierre et Antoine lui recommandèrent la prudence sans trop savoir en quoi elle consistait. Après un amical signe de la main, on oublia l'oncle. La timidité naturelle d'Étienne fit un bond en avant quand il se retrouva seul

---

15. Ancien nom du lac Grenon.

en présence de ses beaux-frères, ces gens de la ville ins-truits, inscrits dans une classe sociale qualifiée d'élite. Lui, le gars de Grande-Baie, jamais sorti de son patelin sinon pour se rendre à la ville voisine de Chicoutimi, lui, le paysan, l'habitant, le colon, l'agriculteur, le gars de chantier, le bûcheron, le pêcheur, le chasseur, l'héri-tier de la terre familiale avec un bulletin de quatrième année primaire dans ses tiroirs, ne se sentait pas de taille à entamer des discussions avec eux et encore moins à devenir leur ami intime.

Mais le pasteur et le journaliste ne connaissaient rien à la pêche sur la glace tandis que lui, il savait appâter les hameçons et tendre les lignes. Et, bien sûr, chasser la perdrix et trapper le lièvre n'avaient pas de secrets pour lui. Il arrivait aussi à retrouver son chemin à travers les champs de neige à toute heure du jour et de la nuit. De plus, il pouvait prédire la température seulement à regarder le ciel. Et il connaissait évidem-ment le nom de tous les arbres, de toutes les plantes et fleurs sauvages, sans oublier sa capacité d'identifier aussi les oiseaux. Il pouvait même dire à quel moment et à quelle profondeur il fallait planter chacune des différentes graines du potager au printemps. Tuer une poule en lui évitant de souffrir et dépecer un bœuf n'avaient pas non plus de secrets pour lui. Il n'en perdait pas une once ! Et à la pêche, il n'avait pas son pareil pour taquiner le poisson et, plus tard, pour le découper en filets.

Mais comment parler de politique et d'économie avec un journaliste reconnu quand on vit isolé sur sa terre natale, seul avec une trâlée de marmots et leur mère, sans informations ni nouvelles sur le reste du monde sinon celles qui courent à l'occasion au magasin général ou sur le parvis de l'église, le dimanche matin ?

Quand la survie devient la seule préoccupation de chaque jour ?

Et comment discuter de religion avec un diplômé en théologie, ancien prêtre missionnaire et pasteur protestant par surcroît ? Pour lui dire quoi ? Que les bancs de l'église Saint-Alexis de Grande-Baie coûtent une piastre et quatorze cennes par année pour une famille de quatre enfants ? Que le sermon du dimanche précédent prononcé par l'évêque de Chicoutimi, monseigneur Labrecque, avait duré plus d'une heure et que lui-même, Étienne Beauchêne, était sorti sur le perron, incapable de supporter ces sempiternelles palabres sur le péché ?

Rencontrer ces deux hommes-là en présence de leurs épouses, cela pouvait toujours aller. Il se faufilait derrière sa jolie Camille, experte en relations sociales, semblait-il. Mais là, perdu au milieu de rien en leur seule compagnie... hum ! sa réserve naturelle l'emportait largement sur la hardiesse.

L'oncle revint sans que nul ne s'en rende compte, chacun étant absorbé silencieusement par la tâche de creuser les derniers trous dans la glace à l'aide de vilebrequins.

— Hé, les gars ! Vous ne voyez donc rien ? Antoine, Antoine, il y a une ligne qui bouge là-bas ! Vite ! Vite ! Et toi, Pierre, regarde de l'autre bord, ça grouille là aussi ! Sors de la lune, Étienne, pour l'amour du ciel, et va me relever ça !

Ludger et Étienne ne fournissaient pas à décrocher toutes les truites qui mordaient pour les lancer dans les seaux tandis que les deux autres sautillaient sur la grande étendue glacée comme des enfants en vacances.

Au crépuscule, le nordet se leva et se mit à souffler en rafales, effaçant les chemins jusqu'au camp. Mais l'oncle s'y connaissait et ramena l'équipée à bon port où un encombrement de chiens et de *sleighs* se trouvait à la porte. Tel que prévu, des charretiers étaient descendus des chantiers pour ramener deux blessés et une sauvagesse malade à Chicoutimi, et ils s'étaient arrêtés au « campe » en quête d'un gîte pour la nuit. Le propriétaire de l'auberge allait renvoyer tous ces gens-là faute de place quand Antoine offrit spontanément sa couchette aux visiteurs.

— Qu'au moins la pauvre Indienne prenne ma place, voyons donc ! Je vais simplement dormir par terre. Pas plus grave que ça ! Je me sens tellement fatigué après cette journée au grand air que je ne m'en rendrai même pas compte. En cinq minutes, je dors, c'est garanti !

Les trois autres imitèrent aussitôt son geste généreux. Les blessés et la *sqaw* d'abord, les vacanciers ensuite… Une fois tout le monde installé, Ludger ne put se retenir, à la veillée, de traiter avec Antoine du seul ministre protestant qui résidait à Chicoutimi depuis quelques années, pratiquant son ministère pour une vingtaine de fidèles seulement.

— Tous des Anglais qui travaillent pour la Price. Leurs meetings ont lieu dans la maison de l'un d'eux, si je ne me trompe pas.

— Ah bon… Un peu comme moi à Montréal.

— Ce n'est pas tout. On a déjà eu à Chicoutimi, par les années passées, un agent des terres de la Couronne protestant, mon cher. Un fanatique. Un vrai fou, je vous dis ! Pas parce qu'il était protestant mais… Quand on pense que monseigneur Bégin, de connivence avec l'honorable Price lui-même, l'avait fait nommer agent des terres afin de garder un œil sur ses décisions… L'Église est parfois prête à toutes les concessions pour exercer son pouvoir, même indirectement, je vous dis! Vous avez bien fait, mon cher Antoine, de quitter cette race-là.

La conversation resta en suspens car tous préféraient garder le silence sur ce sujet délicat plutôt que de déblatérer, comme l'oncle, contre la religion catholique.

Le lendemain ramena les quatre hommes sur le lac Clair. Cette fois, les néophytes connaissaient mieux la musique et ne se firent pas prier pour garder l'œil aux aguets et le pied alerte autour des trous creusés dans la surface gelée.

Soudain, Pierre Forêt lança un grand cri de frayeur et se mit à courir sur la glace.

— Dieu du ciel, qu'est-ce que je viens de sortir là? Un serpent? Ou le diable, peut-être?

Étienne ne put retenir un fou rire devant le geste spontané du journaliste de lancer sa prise le plus loin possible sur la neige et de s'enfuir à toute vitesse dans la direction opposée.

— Mais non, mais non! Il s'agit seulement d'une belle grosse anguille. Voilà pourquoi ça ne mordait pas depuis un bout de temps. Elle rôdait probablement aux alentours.

Étienne se montra content, il allait se délecter! Il promit de faire cuire l'anguille le soir même, au «campe».

— Hein? Ça se mange, cette bébitte-là?

Les deux beaux-frères n'en revenaient pas. Étienne, toujours un peu timide, haussa les épaules et décrocha l'anguille grouillante sous leurs regards ébahis. Le pasteur devina-t-il le malaise du jeune fermier? Il lui donna une bourrade amicale.

— Dis donc, le beau-frère, tu m'impressionnes ! Tu m'as l'air de tout connaître, toi ! Comme tu dois nous trouver niaiseux, Pierre et moi !

— Non, non, au contraire…

— Eh bien, moi, j'admire les gens comme toi, mon vieux. Toi, tu fais réellement corps avec la nature, tu vis une vraie vie auprès des vraies affaires dans notre vrai pays. Rien de faux ni d'artificiel dans ton existence. Toi, mon Étienne, tu représentes le vrai Canadien français. T'es pas un contaminé comme nous qui vivons sur le béton !

— Tu penses vraiment ce que tu dis ? Ça fait plaisir à entendre ! Euh… je ne parle pas des contaminés, je…

— Certainement ! Toi, au moins, tu as le courage de rester ici au pays, de développer le Québec, de le coloniser malgré les embûches et la dureté de la vie dans cette région éloignée. Toi et Camille, vous avez toute mon admiration.

— Merci de me le dire, Antoine !

Dans son élan de bienveillance, le pasteur ne remarqua pas que, non seulement le cultivateur avait relevé la tête, mais que le journaliste, lui, avait quelque peu tiqué quand il avait entendu prononcer le mot « contaminé ». Pierre Forêt ne put s'empêcher de demander des explications à son beau-frère.

— « Contaminé comme nous »… Qu'entends-tu par ça, Antoine ?

— Euh… Contaminés par le progrès, la production, le capital, la consommation, l'anonymat parmi la foule, le matériel, le superficiel… La vie nouvelle, celle de la ville, quoi ! On ne peut pas arrêter ce genre de progrès, Pierre, je te l'accorde, et tant mieux si notre peuple prend cette tangente et améliore ses conditions de vie. Mais la terre nourricière, la nature ne sont-elles pas à l'origine de tout ? Les gens de la terre, ces déclencheurs de la grande chaîne de la vie, sont à mes yeux tout aussi importants à notre survie que ton gérant de banque ou ton chef d'usine.

Pierre hocha la tête. Antoine avait raison. Avant même que le père Lacroix abandonne la prêtrise, le journaliste ressentait déjà une secrète admiration pour le vicaire de la paroisse Saint-Joseph, ce jeune homme de son âge si fervent, si engagé, qui avait consacré sa vie à Dieu et aux hommes. Évidemment, à l'époque, son histoire d'amour avec Marguerite avait quelque peu dérouté le mari d'Anne. Cependant, il avait constaté qu'au-delà de son apostasie et de son allégeance à une autre religion, Antoine demeurait toujours le même homme, intelligent, authentique, dévoué et généreux. Un grand homme. Il ressentit soudain une grande fierté de l'avoir comme beau-frère. Et de compter aussi Étienne Beauchêne parmi les siens, cet homme du pays, ce véritable pionnier de la race… Ce «vrai Canadien français», comme l'avait dit Antoine.

Ce soir-là, un bon feu ronronnant dans le poêle du « campe », l'incontournable omelette et quelques morceaux d'anguille frite qu'une lampée de brandy dans le café bouillant aida à faire passer, tout cela acheva d'engourdir les esprits. Les pêcheurs ne demandèrent pas leur reste pour aller se coucher et ronfler aussi fort que la bourrasque, entre les draps des vieux lits cabossés qu'on avait, cette fois, réussi à leur garder.

Là aussi, le bonheur était au rendez-vous.

❧

On rentra à Grande-Baie le jour suivant, veille du jour de l'An, la mine réjouie et les joues colorées par le froid. Quarante-trois truites s'entassaient dans le grand seau à l'arrière du traîneau. Des cris de joie accueillirent le retour des quatre hommes, des cris que l'écho répercuta jusque loin sur le Saguenay.

34

— Au nom du Père, et du Fils, et du Saint-Esprit. *Amen.*

Nul, dans le salon, ne broncha suite à ces paroles accompagnées du geste de la croix tracé simultanément par les trois hommes, la main ouverte et les doigts pointés vers le haut. Ni les enfants, ni les mères et ni les pères, trop émus par la solennité de l'événement... N'eût été des petits qui se relevèrent ensuite d'un bond pour reprendre leurs jeux, un silence solennel aurait régné longtemps en maître en cet impressionnant moment du premier janvier 1900.

Qui aurait cru qu'un jour, les onze enfants des trois sœurs, agenouillés auprès de leurs mères dans la maison des Beauchêne anciennement voisine de celle des Laurin, recevraient en même temps la traditionnelle bénédiction de leurs pères alignés côte à côte, l'œil humide et la main frémissante. Ces hommes que les jeunes femmes adoraient et qui avaient transformé leur vie. Vingt ans déjà qu'elles avaient quitté Grande-Baie, ces petites orphelines de mère, endormies au fond d'une charrette...

Et voilà qu'en ce premier matin du vingtième siècle, elles se retrouvaient toutes les trois à Grande-Baie, à quelques centaines de pieds du lieu de leur naissance, en présence de l'homme de leur vie et de leurs enfants, ceux-là même qui allaient assurer leur descendance. Chacune se sentait prête à entamer le nouveau siècle en croyant enfin au bonheur.

Ne manquait que Joseph, l'aïeul, le père, le beau-père et le grand-père de tout ce beau monde. Toujours vivant, toujours déconnecté de la réalité, toujours retenu dans un asile américain, la raison démolie par un passé de malheur qu'une grande illusion de vie heureuse aux États-Unis, «ce pays d'abondance et de félicité», n'avait jamais réussi à réparer…

En ce magnifique matin blanc de neige où les pères venaient d'implorer la Providence de bénir leurs familles, si les femmes retenaient leurs larmes avec peine, les hommes, eux, cherchaient à contrôler leur émotivité chacun à sa manière. Pierre Forêt regardait par terre en se frappant le bout du pied avec son talon, Étienne Beauchêne toussotait pour chasser de sa gorge un chat qui n'existait pas. Quant à Antoine Lacroix, fort impressionné d'avoir accompli ce devoir religieux traditionnel en même temps que ses deux beaux-frères, il ne cessait de poser les yeux en soupirant sur les petits-enfants de Joseph Laurin, en train de s'organiser pour une partie de cache-cache dans la maison. Il se demanda si quelqu'un d'autre que lui avait eu une pensée pour son bon-père en ce moment précis où c'était Joseph lui-même qui aurait dû donner la bénédiction paternelle.

La veille du jour de l'An, Ludger avait ramené de la pêche trois beaux-frères ravis et devenus de bons amis, puis il était reparti dans sa parenté en promettant de revenir le lendemain avec la tante Hélène pour saluer tout le monde, si le temps le permettait.

Ce soir-là, on avait veillé tard dans la cuisine, à la lueur des lampes à huile, en attendant le coup de minuit, et Étienne avait sorti une bouteille de rhum. À la longue, l'alcool avait délié les langues et fait tomber les dernières barrières. Même les femmes avaient accepté de prendre un «petit coup», une fois les trois enfants d'Anne, les quatre de Camille et les quatre aussi de Marguerite endormis dans les lits alignés au grenier. Après tout, il ne fallait pas manquer l'arrivée du nouveau siècle.

Quand la grande horloge du salon avait commencé à sonner ses douze coups, on s'était levé spontanément pour se souhaiter non seulement «une bonne et heureuse», mais aussi une longue vie en santé et un début de siècle sans trop de heurts. «Et que ça continue!» fut répété sur toutes les lèvres. Anne commença alors à pleurnicher.

— Nous voici enfin, enfin, enfin tous ensemble. Je n'en reviens pas! Fallait-il un changement de siècle pour revenir véritablement de l'exil? On devrait répéter ces moments extraordinaires chaque année, il me semble. En tout cas, ça compte beaucoup pour moi, mes sœurs chéries. Vous me manquez tellement, tellement… Je fais donc le vœu solennel de retrouvailles plus fréquentes.

— Moi aussi, moi aussi! répondirent en chœur les deux autres.

Il n'en fallut pas plus pour qu'on fasse écho aux pleurs de la belle Anne, maintenant naturalisée américaine, et qu'on vienne se serrer contre elle. Les souvenirs d'antan ne manquèrent pas de surgir. On évoqua l'enfance choyée auprès de Rébecca, le départ brutal et inexplicable en charrette avec Joseph après la mort de leur mère, une nuit de septembre 1880, puis la route interminable vers les États-Unis, l'accident de Camille et l'arrêt à Colebrook, puis l'abandon par leur père de ses deux grandes à Lowell où les attendaient quelques années difficiles. De Joseph, de son comportement malsain et imprévisible, de son irresponsabilité envers ses enfants, de ses multiples lubies, nulle ne fit mention. En ce moment béni, les affres de Joseph Laurin semblaient n'avoir jamais existé pour ses filles. Elles les avaient rayées de leurs souvenirs. La rancune avait disparu.

Camille s'en sentit soulagée. Malgré ses efforts pour oublier le passé, l'acte meurtrier de son père et son mobile terrible remontaient périodiquement à la surface de sa mémoire comme une cruelle obsession, même après tout ce temps. Arriverait-elle jamais à oublier les tromperies innommables de sa mère quand elle-même se voyait obligée de dissimuler sa parenté honteuse avec son mari, ce demi-frère condamné à enfiler obligatoirement un préservatif pour encore des années et des années lorsqu'il couchait avec la femme de sa vie ? Comment ne plus en vouloir à Rébecca, les jours où elle allait au cimetière de Saint-Alexis pour prier sur la tombe de son fils Daniel, mort en bas âge à cause de la consanguinité ? Et ces serrements de cœur qu'elle ressentait immanquablement chaque fois qu'elle avait à passer devant le terrain des Laurin où plus jamais elle ne se rendait… Ce bilan du passé en compagnie de ses sœurs l'énervait sans bon sens, elle qui faisait tout pour le réduire à néant. Elle se méfiait d'elle-même. Jusqu'où pourrait-elle résister à l'envie de divulguer son secret si jamais on touchait ces sujets de trop près ?

Sans le savoir, Marguerite vint lui prêter main-forte.

— À quoi nous sert de brasser tant de souvenirs ? On vit dans le présent, maintenant. Regarder en avant en croyant au bonheur, chacune à sa manière, voilà l'important !

Anne avait remis son mouchoir brodé dans sa poche même si des larmes persistaient à mouiller son visage.

— Dans ce cas, comme je me sentirai malheureuse, dorénavant, si je passe plus de six mois sans vous voir, je vous invite donc officiellement pour un pique-nique au parc de la Merrymack de Lowell, à la Saint-Jean-Baptiste, en juin prochain. Ça vous va ? Après tout, l'Amérique du Nord n'est pas si vaste… Pas assez pour nous empêcher de nous rencontrer chaque année, en tout cas ! Et je pense qu'on devrait adopter cette pratique et en faire une coutume familiale.

On avait acquiescé en chœur, yeux fermés et mains croisées sur la poitrine. Il passait une heure du matin quand on était monté aux chambres en se donnant rendez-vous pour le lendemain matin, assez tôt pour la messe de neuf heures à l'église Saint-Alexis. Antoine avait accompagné le groupe à l'église sans protester et Marguerite lui en avait su gré. Après tout, circonstances obligeant, un pasteur baptiste pouvait bien se permettre d'assister à une messe catholique sans en faire tout un plat.

C'est au retour de l'église qu'on avait effectué la bénédiction paternelle. Quelques minutes plus tard, malgré la poudrerie qui prenait de la vigueur, un bruit de grelots vint mettre un terme aux effusions religieuses. L'oncle Ludger suivi de sa femme Hélène entrèrent dans la maison les bras chargés d'étrennes pour les enfants.

— Salut, la compagnie ! Ah cré torrieu ! Mais ils sont combien, ces petits-là ?

— On en a onze et… c'est peut-être pas fini !
Dégreyez-vous, mon oncle, ma tante. Restez pas dans
la porte, on gèle !

— On est juste venu deux minutes pour vous en
souhaiter une bonne et heureuse en passant. On s'en
retourne rejoindre le reste de la famille chez ma sœur,
sur le chemin Saint-Charles. D'habitude, la fête dure
trois jours et deux nuits.

L'oncle se retourna alors vers les trois hommes
quelque peu amochés par une nuit trop courte.

— Coudon, les gars, avez-vous dégusté toutes vos
truites c'te nuite ?

Puis il enchaîna devant un Antoine qui bayait aux
corneilles :

— C'est ça, les gens d'Église… Ça chasse les péchés
mais ça vaut pas cinq cennes pour pêcher, ha ! ha !

Le rire communicatif de Ludger dérida finalement
toute la maisonnée. Avec sa femme, il distribua des
oranges et des ballons à chacun des enfants. Puis
Hélène sortit trois enveloppes de son grand sac.

— C'est pour vous, les filles. J'ai rencontré votre
tante Léontine, cet automne. Je ne sais pas si c'est
parce que ma sœur souffre de tuberculose avancée et
qu'elle veut faire place nette dans sa conscience et
dans ses tiroirs, mais elle a offert de vous redonner les
sommes d'argent payées par les Beauchêne en location,
à partir de 1880, de la terre appartenant à Joseph. Ma
sœur présidait le conseil de famille et administrait
l'argent au nom de votre père, au cas où il reviendrait.
Après le mariage de Camille avec un Beauchêne, vous
vous rappelez qu'Éugénie avait cessé de payer ce loyer
et que la dispute avait pris dans la famille. Comme
Joseph va sans doute finir ses jours dans un asile aux
États-Unis et que vous êtes ses seules héritières,

Léontine a décidé de vous remettre cet argent tout de suite. Le terrain voisin appartient donc maintenant à toutes les trois.

Il n'en fallut pas plus pour que les trois sœurs, saisies d'étonnement, ressortent leurs mouchoirs. La tante poursuivit toutefois sur un ton plus officiel.

— Il vous faudra par contre, Marguerite et Anne, signer à Camille une donation en bonne et due forme de la terre des Laurin, sinon, selon la loi, elle devra vous payer les deux tiers du loyer, si elle veut que son bel Étienne continue à la cultiver.

Reprendre légalement possession du lieu de leur enfance constituait la dernière chose à laquelle Marguerite, Anne et Camille se seraient attendues, en ce premier jour de l'année 1900. L'aînée réagit aussitôt.

— Bien sûr que je donne entièrement ma part à Camille, c'est évident! Elle habite à côté depuis des années, et la terre de mon père contribue à nourrir ses enfants.

Anne fit immédiatement écho à sa sœur sur un ton sans équivoque.

— Cette terre-là t'appartient dorénavant en entier, sœurette.

Camille éclata en sanglots. C'était plus qu'elle ne pouvait en supporter. Ce terrain maudit où dormait sa mère et où elle n'avait pas mis les pieds depuis cinq ans, sauf pour aller y cueillir une rose dans l'espoir de guérir Antoine, ce lieu lui revenait en entier à elle, et à elle seule. C'est en reniflant qu'elle salua le départ de son oncle et de sa tante, incapable de trouver les mots pour les remercier.

Un grand silence s'installa alors dans le salon. Marguerite s'empressa de sortir des boîtes de biscuits en pain d'épices confectionnés par les pensionnaires du refuge et elle en distribua à tous en guise d'étrenne. Camille, tentant de se remettre de sa confusion, extirpa d'un grand sac des paires de mitaines assorties à des bonnets de laine qu'elle avait elle-même tricotés. Anne offrit aux enfants des tableaux miniatures sur lesquels elle avait peint des animaux stylisés « pour suspendre au-dessus de chaque petit lit ».

Elle s'en fut par la suite à l'étage et redescendit aussitôt avec deux paquets soigneusement emballés qu'elle tendit à ses deux sœurs d'une main fébrile.

— J'aimerais que vous les ouvriez en même temps.

Camille et Marguerite s'exclamèrent de la même manière à la vue du tableau peint à la main, contenu dans chacun des paquets. Il s'agissait de deux fidèles reproductions de celui accroché dans le solarium d'Anne. Il représentait le terrain des Laurin. Rien n'y manquait : la douce colline, le grand érable, la balançoire et la petite fille et le rosier aux trois roses rouges, souvenir du premier retour d'exil des trois sœurs, peint par Anne le jour où Camille avait rencontré Étienne.

— Je voulais que vous vous rappeliez toujours d'où nous venons. Mais je n'aurais jamais pensé qu'aujourd'hui même, notre tante Hélène me devancerait…

Elle ne termina pas sa phrase. On pleura et on s'embrassa à qui mieux mieux. Personne ne devina l'amertume que couvraient les remerciements de Camille. Ce lieu qu'elle continuait à fuir venait encore une fois à elle, malgré elle, plus fort qu'elle… Maman !

Elle tenta de rassembler ses esprits, ferma les yeux et sembla réfléchir un moment. Puis, elle poussa un long soupir avant de s'écrier, d'une voix étranglée par l'émotion :

— Dites donc, si on allait allumer un beau grand feu de joie sur ce fameux terrain d'à côté ?

— Là où se trouvait notre maison? Tu es sérieuse, Camille? Un feu de camp en plein hiver? Dehors, dans notre ancien chez nous?

— Pourquoi pas? Le vingtième siècle commence si bien et il semble tellement plein de promesses, il faut fêter ça!

Les femmes habillèrent les enfants et les hommes fendirent du petit bois d'allumage et le transportèrent en même temps que quelques brassées de bûches. Une demi-heure plus tard, en cette fin d'après-midi où, entre chien et loup, le jour cède la place à la nuit, de magnifiques flammes éclairèrent le grand érable et sa vieille balançoire. Tout à côté, le rosier sauvage pointait le bout de quelques branches tordues à travers la neige piétinée par les petits-enfants de Joseph Laurin.

À un moment donné, Camille sortit de sa poche un vieux calepin et un bout de papier portant un poème, puis elle s'approcha pour les lancer dans le feu.

Seul le jeune Emmanuel la vit faire.

— Qu'est-ce que tu fais, ma tante Camille?

— Oh rien, je brûle des vieux papiers qui traînaient dans ma poche.

Elle se recula et regarda silencieusement le feu détruire les seules preuves qu'elle avait conservées de l'insoutenable vérité.

Joseph Laurin n'avait-il pas déjà qualifié le feu de purificateur?

Épilogue

Lowell, 21 novembre 1912

Ma chère Camille,

J'ai le regret de t'annoncer le décès de notre père, avant-hier, à huit heures le soir, à l'âge de soixante-dix ans. Quand l'hôpital d'État du New Hampshire m'a avisée que sa santé se détériorait rapidement, je m'y suis rendue immédiatement. Papa est mort dans mes bras sans avoir vraiment retrouvé sa lucidité, sauf son entêtement à réclamer sa princesse auprès de lui. Je pense qu'il t'aimait beaucoup. Tu étais même sa préférée!

Nous l'avons enterré, ce matin, dans le cimetière de Concord, après un court service à l'église. Pierre, nos trois enfants et moi y avons assisté, accompagnés de nos meilleurs amis, Rose-Marie et son deuxième mari qui ne s'appelle plus Georges Boulanger mais George Baker. Que notre père repose enfin en paix au paradis, auprès de maman et de ton cher Daniel… Étrangement, à notre retour à Lowell, nous avons appris que notre belle église Saint-Jean-Baptiste a été sévèrement endommagée par le feu au début de la journée, juste au moment de l'enterrement de Joseph.

J'espère que cette mauvaise nouvelle de la disparition de papa ne nous empêchera pas de rire et de nous amuser lors de notre prochaine rencontre prévue cette fois à Montréal chez Marguerite et Antoine, à l'occasion des Fêtes. Cette tradition de nous revoir toutes les trois en compagnie des nôtres, au moins une fois par année, constitue l'une des plus belles richesses de mon existence.

Salue bien Étienne pour moi et fais une bise de ma part à chacun de tes sept enfants.

Anne

Fin

Note de l'auteure

Comme pour les deux tomes précédents, les pères oblats Garin et Lagier, de même que l'avocat Hugo Dubucque ont effectivement fait partie de l'histoire. Par contre, leurs interactions avec les personnages de ce roman sont tout à fait fictives et relèvent entièrement de l'imagination de l'auteure. Au même titre, Henriette Feller, la fondatrice de l'Institut Feller, et son associé Louis Roussy, William Booth et sa femme, les fondateurs de l'Armée du Salut, le directeur d'école M. Normandeau, le prédicateur anti-catholique Charles Chiniquy, l'homme d'affaires montréalais Muir, le directeur d'un journal américain, M. Couture, les docteurs Caron et Beauchamp ainsi que les évêques Mgr Bourget, Mgr Labrecque et Mgr Bégin ont réellement existé tout au long de l'époque qui sert de cadre au roman, mais leurs interventions sont purement le fruit de l'imagination de l'auteure.